# Fritz Deutsch
# Gotteserzählungen

## Nicht ganz fromme Geschichten zur Bibel und zur Religion

Fritz Deutsch

# Gotteserzählungen

Nicht ganz fromme Geschichten
zur Bibel und zur Religion

# Impressum

Bibliografische Information der Deutschen Nationalbibliothek:
Die Deutsche Nationalbibliothek verzeichnet diese Publikation in der
Deutschen Nationalbibliografie; detaillierte bibliografische Daten sind im
Internet über http://dnb.dnb.de abrufbar.
© 2023 Fritz Deutsch

Herstellung und Verlag: BoD – Books on Demand, Norderstedt
ISBN: 978-3-738631159

# Inhalt:

# Einleitung

*Ich glaubte an den Nikolaus, damals, sechs Jahre alt. Dann musste ich lernen, dass es den Nikolaus gar nicht gebe. Aber seine Geschichten über die Hilfen für eine hungernde Stadt, für einen Vater, der aus Armut seine Töchter nicht verheiraten kann? Gibt es das nicht, selbstlose Hilfe? Feierten wir ein Phantom in einer kalten, herzlosen Welt? Damals begann etwas in mir, sich für die Geschichten zu öffnen, die eine andere Welt zeigen, als jene der Wirtschaft und Selbstausbeutung. Damals träumte ich davon, einmal ein Buch zu schreiben. Ich wollte erzählen, um die Welt verständlicher werden zu lassen. Sankt Martin, Nikolaus, aber auch Jesus, das waren fortan vor allem Geschichten. Ständig kommen neue Erzählungen dazu. Unaufhörlich ändert sich mit ihnen unser Weltverstehens, zum Guten wie zum Schlechten. Auch Putin und Trump erzählen Geschichten, bilden ihre Narrative. Werde ich es auch können? Und werden meine Geschichten aufbauen oder einreißen?*

*All das zeigt mir, wie wichtig Erzählungen sind. Was zum Herzen dringen will, das kommt durch die Ohren. Und was nicht mehr erzählt wird, das wird vergessen. Beobachten Sie bitte einmal, wie viel über Fußball erzählt wird, oder auch über europäische Fürstenhäuser. Nur in der christlichen Religion wird kaum noch erzählt. Zu groß scheint die Angst zu sein, etwas Falsches zu sagen. Oder befürchtet man, dass religiöse Themen niemanden mehr interessieren? Lebendige Religion braucht Gefühle, und Gefühle brauchen Musik und – Erzählungen.*

*Mir ist, als litten vor allem wir Katholiken derzeit an dogmatischer Versteinerung. Die Rede von Petrus, dem Felsen, wirkt wie ein Gegengift gegen allzu flüssige Religion. Dazu kommt: Fake-News, schlampiger Umgang mit den Quellen, pädagogische Absicht, Rechthaberei lassen Erzählungen vertrocknen. Sie verlieren den Kontakt zu lebendiger Erfahrung, verdampfen in Beliebigkeit oder erstarren in Dogmatik. Wenn* eine Erzählung nicht mit der Zeit mitwächst, neue Fragen aufnimmt, ihr Inneres immer neu zur Sprache bringt, dann wird sie steril und hört auf, über das Leben zu reden. Bei den religiösen Narrativen habe ich oft diesen Eindruck. Dabei ist Erzählen von Gott immer Antwort auf einen Anruf, der mich heute erreicht, und auf den ich mit heutigem Reden und Tun reagiere.[1] In unserer heutigen kirchlichen Krise können wir scheinbar nur noch unsere Dogmen wiederholen, selbst wenn sie kaum noch verstanden werden. Doch neue Erzählungen können die Keime einer Erneuerung enthalten. Kann ich dabei mithelfen?

Aus Erleben entstehen Mythologien, Erzählungen. Doch es ist zuerst nur punktuelles Erleben. Zum Erleben muss sich etwas dazu gesellen. Wenn sich eine Erzählung bildet, dann geschieht das wie bei einem Bettler, der Mülltonnen nach Essbarem durchsucht.[2] Hat er dann eine alte Banane gefunden, den Rest einer Pizza, dann zeigt ihm seine Phantasie die Menschen, die das weggeworfen haben, dann entsteht sein Urteil, etwa über „die da oben", die sich diese Verschwendung leisten können. Hätte er anderes gefunden, wäre seine Erzählung eine andere geworden.

Das gilt auch für die Geschichten in diesem Buch. Keine verkündigt nur eine einzige Wahrheit, einige wollen Erfahrungen mit Gott zur Sprache bringen, indem sie den Sinn der biblischen oder lehrhaften Themen mit heutigem Denken anreichern. Andere Erfahrungen würden andere Erzählungen erzeugen. Ich wünsche mir eine geistige Erzählkultur, die jeglicher Einseitigkeit vorbeugt. Erst wenn wir wieder lernen, auch hinter schlichten Worten eine ganze Vielfalt an Bedeutungen zu entdecken, erst dann kann auch unser Glaube wieder aufblühen. Dieses Entdecken will geübt werden. Zu lange sind wir an die einseitige Diät theologischer Haferflocken gewöhnt worden. Gönnen wir uns die Entdeckung geistiger Näschereien. Erzählen wir also.

Jene Augenblicke, die man als Gotteserfahrung deutet, seiner Nähe wie seiner Ferne, erzeugen in der Religion Geschichten. Die Geschichten um Moses und Jesus sind so entstanden. Doch auch Erlebnisse mit den Priestern und ihren Kulten werden weiter erzählt. Zusätzlich gibt es in der Religion wie im Krieg Behörden, Propagandaministerien, Glaubenswächter, die über unsere Geschichten wachen, damit nichts erzählt wird, das sie nicht gutheißen können. Das erzeugt dann sterile Geschichten, von geringer Glaubwürdigkeit, denen es auch nicht hilft, wenn sie in offiziellen Veranstaltungen vorgetragen werden.

Erzählen ist immer ein Risiko. Ich verrate womöglich von mir, was ich mir selbst nicht eingestehen will. Der Hörer füllt die Erzählung mit seiner Erfahrung und hört eine völlig andere Geschichte, als sie mir vorschwebte. Die Wächter über unser Reden rümpfen die Nasen.

Die Geschichten, die aus meiner Phantasie stammen, fordern von mir zu erzählen, alte Geschichten neu aufleben zu lassen, Haltungen in Erinnerung zu rufen, von denen ich nicht weiß, ob wir sie einmal brauchen werden. Hier gilt: „Man müsste" wieder häufiger die alten Legenden erzählen, die von Martin und Nikolaus. „Man müsste" aus der Bibel erzählen. „Man müsste"? Ich verlasse das, was man spöttisch „rheinische Müsstik" nennt, jene Form der Rede, in der jeder zweite Satz die Floskel enthält „man müsste", und beginne zu erzählen. Es werden Übungsstücke religiösen Erzählens, freundliche, traurige, auch ironische. Vorbild sind dabei nicht die zeitlosen Kunstwerke eines Bach oder Beethoven, es sind eher die Etüden eines Bertini oder Czerny, schlichte, kleine Stückchen, die dennoch die gewünschte Kunst einüben. Und wenn es vielleicht einmal nach Scott Joplin klingt, auch gut. Ich nenne die Geschichten „Übungen", sie beanspruchen keine Meisterschaft, sie wollen ein neues Reden einüben.

Doch wäre es schade, wenn ich der einzige Erzähler bliebe. Ein Hauptanliegen dieses Buches ist es, meine Leser zu eigenem Erzählen anzuregen. Denn nur aus einem Kranz vieler einzelner Erzählungen kann sich etwas bilden, das einer zukünftigen Gottesrede den Weg weist. Gerade die derzeitige Krise des Christentums braucht das gemeinsame Bemühen, wieder eine neue, und dabei eine bessere, und das bedeutet auch eine glaubwürdigere Gott-Rede zu schaffen.

Zum Inhalt: Die ersten beiden Geschichten benennen das Problem: Wie gelingt das religiöse Reden. Danach alttestamentlich geprägte Erzählungen über die Schöpfung, Kain und Abel, Jakob und Esau, David, Elija. Es folgen Versuche, von „Jesus" zu erzählen.
Nach den Geschichten zur Bibel dürfen Übungen zur Dogmatik nicht fehlen, zu Eucharistie, Karfreitag, Ostern, zum Sakrament allgemein, zur göttlichen Dreifaltigkeit. Es folgen Übungen zum christlichen Reden über Gott, Versuche, Psalmen in die heutige Zeit zu sprechen.
Wir kommen in der heutigen Kirche an: „Flash-Mob" und „Sehnsucht braucht Zeichen", meine Träume von Möglichkeiten, die noch zu viele für unmöglich halten. Den derzeitigen Zustand der Ökumene erzählt „Manche Briefe müssen geschrieben werden".
Dann zwei Geschichten, wie ich als Laie, mir das Erleben von katholischen Priestern vorstelle, eine ironische, in der das Gespräch zweier alter Priester belauscht wird, „Unter Priestern", und eine bittere „Dornröschenmann", der Versuch zu verstehen, wie es zu Missbrauchshandlungen kommen konnte. Auch „Das Interview" erzählt eine höchst klerikale Geschichte. „Abende mit Folgen" sind eine längere Erzählung und eher abstrakt, denn es sollte kein Buch werden. Den Abschluss bilden „Auch ein Klima" und „Die Seuche".
Um den Text nicht zu überfrachten, wurden Zitate und Hinweise auf Bibelstellen in den Anhang gesetzt.

Nun wünsche ich viel Freude beim Lesen und: Versuchen Sie e auch selbst die Gottespoesie. Lassen Sie Ihrer Phantasie freien Lauf. Vielleicht entdecken Sie dabei ein kleines Wort, bisher unbeachtet, das doch Ihr Leben bereichert. Vor allem aber kann ich bestätigen: Es macht Freude.
Bonn, Januar 2023 Fritz Deutsch

# 1. Übung – Seekarten

*Religion ist wie ein Atlas, dessen Karten uns durch die Gefahren des Lebens leiten sollen. Aber es gibt in diesem Atlas brauchbare und weniger brauchbare Karten. Deshalb dieses Gleichnis von einem Kartenhändler aus einer anderen Zeit:*

Vor zwei Jahren besuchte ich in S. einen Religionslehrerkongress, und nach zwei anstrengenden Tagen beschloss ich, über die Stranddüne nach L. zu wandern. Anfangs ging ich allein, dann traf ich ihn, gemeinsam gingen wir weiter, plauderten, und er erzählte von seinem Beruf: er handele mit Seekarten, und wer an dieser Küste zur See fahre, der brauche schon eine gute und zuverlässige Seekarte, zu gefährlich sei die Küste, zu viele Klippen und Untiefen berge sie und unvorhersehbare Strömungen. Ohne gute Karte habe man gar keine Chance, ja selbst mit der besten Karte sei die Fahrt voller Gefahren, "aber den jungen Leuten heute können die Karten nicht mehr einfach genug sein, nur nicht zu viele Details, das verwirre sie, da verlassen sie sich lieber auf ihr Lot, und am Ende stecken sie in der Falle, wie dieser Kutter da", und er wies voraus auf ein Wrack, das erst kürzlich gestrandet zu sein schien, denn man sah noch etliche Leute sich zwischen Ufer und Wrack bewegen.

"Ja, ja, da wollte wohl wieder einer allzu klug sein, sehen sie, so sind die Jungen, nur keine komplizierte Karte. Und manche Karten sind in der Tat mit Angaben so vollgestopft, dass man den Überblick verlieren kann. Den Reedern, müssen sie wissen, kann nämlich nicht genug eingezeichnet sein, damit ihren Schiffen nur ja nichts passiert. Kaum erzählt ein Matrose, vor L. habe man den Klabautermann gesehen, oder vor S. habe es eine Windhose gegeben, schon kommen sie an und verlangen Eintragungen in alle Karten, um ihre Kapitäne vor dem Klabautermann und der Windhose zu warnen. Und ich kenne alte Karten, die stecken solcherart voller Unsinn, dass die wirklich gefährlichen Stellen darin untergehen. Ja, ja, es ist schon eine Last, wenn man es allen recht machen will."

"Aber es soll doch jetzt eine amtliche Kartenkontrolle geben", warf ich fragend ein.

"Ja, zu unserem Unglück gibt es die auch noch. Da stellte die Obrigkeit so eine Landratte als Seekartenkontrolleur ein, damit wir nur noch Karten benutzen, die von den alten Seekarten abgezeichnet sind, als würde sich die Küste niemals ändern. Zur See ist der Kerl nie gefahren, aber wehe dem Kapitän, der keine offizielle Karte vorweisen kann, der muss dann eine heftige Buße zahlen. Tja, und die guten Kapitäne haben seither zwei Karten, eine genehmigte, so mit schwarzem Stempel, und eine, nach der sie fahren, aber die zeigen sie nicht, und man muss schon in ihre Kneipe gehen, um die neuesten Eintragungen und Änderungen zu erfahren. Und die erscheinen in keiner genehmigten Karte. Es ist eine Schande. Wissen sie, seither macht mir der Kartenhandel keine Freude mehr. Nicht mehr Qualität ist gefragt, sondern dieser dumme Stempel, die Karte muss nicht mehr das wirkliche Meer zeigen, sondern das Abbild jener uralten Musterkarten. Es ist ein Jammer."

"Und es besteht keine Chance, die offiziellen Karten zu verbessern?"

"Wir dürfen sie vereinfachen, und die Reeder haben für einige zusätzliche Eintragungen die Erlaubnis erwirkt, aber es sind alles belanglose Dinge. Der Küstenverlauf aber mit seinen Klippen und Untiefen, der wird gezeichnet wie vor zweihundert Jahren."

"Nun, einige Klippen werden ja auch geblieben sein", fragte ich weiter.

"Klar, ganz schlecht sind diese Karten nicht, aber kein guter Kapitän vertraut ihnen noch. Ich sagte es ja, der Kartenkontrolleur ist 'ne alte Landratte. - Nein, nein, das Geschäft macht keine Freude mehr. Aber der Aufseher braucht nur eine meiner guten Karten zu finden, die haben ja alle keinen Stempel, dann bin ich das Geschäft sowieso los. Alles nur eine Frage der Zeit."

Unterdessen hatten wir die Stelle erreicht, an der das Wrack lag, ein schöner neuer Kutter, der hier auf eine Klippe gelaufen war. Emsig waren einige Leute damit beschäftigt, alles und jedes aus dem Wrack zu bergen, ehe das Meer es verschlingen würde. Ein Schwarzhaariger kam grinsend auf uns zu:

"Tag Kartenhändler."

"Du kennst mich?"

"Klar, ich hab' euch früher manche schöne Karte verkauft, die so ein Wrack auf die Küste gespuckt hatte. Ach, dieser Kutter hatte ja auch eine", und er lief zu einem hohen Stapel Bergegut, suchte und kam zurück.

"Hier ist sie, sehen Sie, eine schöne, neue Karte, und ganz amtlich, mit großem schwarzem Stempel, die können Sie mir doch abkaufen."

"Zeig her", sagte der Kartenhändler, und ich fragte ihn:

"Diese Klippe hier ist dann wohl nicht auf dieser Karte verzeichnet?"

"Doch", sagte er, "schauen Sie, hier ist sie, gerade hier unter dem Stempel, ja, ja, da übersieht man sie leicht."

Wir redeten noch über dies und das, nicht mehr über Karten.

Am nächsten Tag wollte ich den Kartenhändler in S. besuchen, aber ich fand seinen Laden nicht. Auf meine Frage nach guten Seekarten wies man mich zum 'Amt für Seekarten', einer großen, dreistöckigen Behörde. Dort gab es die einzige authentische und amtliche Seekarte, und der Beamte, der mir die Karte verkaufte, nannte mir ein Lokal. Er habe gehört, dort verkehrten erfahrene Kapitäne, bei denen könne ich auch eine brauchbare Karte erhalten, hier gebe es nur noch die amtliche, und dann bat er mich, ihn nicht zu verraten.

Ich verließ das Amt für Seekarten mit einem glücklichen Gefühl, dass ich kein Kapitän, sondern nur Religionslehrer bin.

## 2. Übung – Gottesargumente

Ich betrat den Philosophie-Kursraum der Jahrgangsstufe 11, sah eine schlecht geputzte Tafel, einen Lehrerstuhl zu weit von den Schülern entfernt, sah 16 Augenpaare auf mich gerichtet. An meiner Schule war Religionsunterricht Pflicht, also saßen hier keine Schüler, die das Fach Religion abgewählt hatten und deshalb Philosophie lernen sollten. Hier sah ich nur Schüler, die Philosophie lernen wollten. Es war ein Privileg, einen solchen Kurs unterrichten zu dürfen. Ich rückte das Lehrerpult etwas näher zu den Schülern und setzte mich darauf.

„Dann wollen wir einmal weiter philosophieren. Das heißt, wir wollen sehen, ob wir unser Denken nicht ein Stückchen weiter über seine bisherigen Grenzen hinausschieben können. Deshalb reden wir heute von Gott." Ich mache eine kurze Pause, dann:

„Von Aristoteles stammt folgender Gedanke: Alles Irdische hat eine Ursache. Wenn man sich nicht in eine unendliche Kette von Ursachen verlieren will, dann muss es eine erste Ursache geben, die selbst keine Ursache mehr hat. Thomas von Aquin nimmt im Mittelalter diesen Gedanken auf und nennt diese unverursachte Erstursache „Gott". Oder kurz gesagt: Gott, das ist die denknotwendige Erstursache alles Irdischen."

Schweigen, dann Gerda: „Wenn alles Irdische eine Ursache hat, dann ist Gott nichts Irdisches, und doch ist er Ursache alles Irdischen?"

„Sie sagen es. Und deshalb nennen wir alles, was zur irdischen Welt gehört, ‚immanent', Gott aber nennen wir ‚transzendent'." Ich schreibe die Worte an die Tafel.

„Jetzt haben wir ein Wort gefunden, mit dem wir die Eigentümlichkeit Gottes beschreiben können, aber viel hilft es uns noch nicht. Die Welt als Ganzes könnte diese Erstursache sein, - oder die Welt als Ganzes ruht innerhalb dieser Erstursache, - oder aber da ist etwas ganz außerhalb der Welt und doch kausal mit ihr verbunden."

Dabei schreibe ich die Wörter ‚Pantheismus', Panentheismus' und ‚Theismus' an die Tafel. Wie es scheint, steht unser Denken vor einer Gabelung und weiß nicht, wohin sich wenden.

Benedikt: „Im Religionsunterricht hat Pater Thomas gesagt, es gebe ein Dogma, dass jeder Mensch mit dem Licht der natürlichen Vernunft Gott zweifelsfrei erkennen könne. Ist das der Weg der natürlichen Vernunft?"

„Gut gesagt, Benedikt. Aber was erkennen wir zweifelsfrei?"

Gerda: „Wir erkennen nur, dass unser Denken auf eine erste Ursache stößt. Aber wenn Sie gleich drei Theorien an die Tafel schreiben, dann scheint mir das nicht so ganz zweifelsfrei zu sein."

Mit der Antwort hatte ich nicht gerechnet. Meine Argumentation fühlte sich an wie eine Sackgasse. Ich will einen neuen Anlauf versuchen:

„Es wäre also schön, wenn es nicht nur im Denken sondern in der Wirklichkeit solch eine Ersturursache gäbe. Vielleicht denkt unser Denken aber über die Wirklichkeit hinaus. Hier kommen wir im Augenblick nicht weiter. -

Lassen Sie mich also ein anderes Argument betrachten: Anselm von Canterbury sagte, auch im Mittelalter, Gott sei das, über das hinaus Größeres nicht denkbar sei. Was halten Sie von diesem Argument?"

Es entsteht eine leichte Unruhe im Kurs, Gemurmel. Bin ich zu schnell vorangegangen? Ich warte ab.

Paul fragt in das Gemurmel hinein: „Und was soll das sein, über das hinaus Größeres nicht denkbar ist?"

„Eben Gott."

Paul: „Das ist mir zu abstrakt."

„Ich mag diese Definition sehr, denn sie zeigt, was alles nicht Gott sein kann. Nehmen Sie irgendetwas Materielles und sagen, es sei Gott. Dann verdoppeln sie es in Gedanken. Sehen Sie, es kann nicht Gott sein. Nehmen Sie das ganze Universum und dann die Theorie der Paralleluniversen. Bitte jetzt keine astronomische Debatte. Aber Sie sehen an dieser Definition, das Universum kann nicht Gott sein. Das Kriterium des Anselm ist hervorragend dazu geeignet, falsche Götter, also Götzen zu entlarven."

Christine: „Aber etwas Abstraktes, etwas das man nicht verdoppeln kann, das könnte Gott sein?"

„Probieren wir es aus! Man darf es nicht nur nicht vergrößern oder gar verdoppeln können, man darf nichts Größeres darüber hinaus denken können."

„Und was soll das sein?"

„Das frage ich Sie!"

Wieder eine Runde Gemurmel. Der Kurs hat angebissen. Jetzt muss ich nur darauf achten, dass wir die Richtung nicht verlieren.

Benedikt: „Pater Thomas sagte einmal, in der Bibel stünde: ‚Gott ist die Liebe'. Meinen Sie so etwas?"

„Ja, das steht so in der Bibel. Also wollen wir es untersuchen. Wie stellen Sie sich denn einen Gottesdienst vor für einen Gott, der die Liebe ist?"

Paul: „Klasse, ein Bums-in."

„Paul, man kann das auch vornehmer sagen. Doch so ganz abwegig ist Ihre Idee nicht, denn einige Religionen kennen die Tempelprostitution, ..."

Paul: "Sag ich's doch!"

„ ... wir sind aber vornehmer und unterscheiden die ‚Liebe zwischen Freunden', die ‚sorgende Liebe', die ‚geschlechtliche Liebe'. Und in der Bibel ist die Rede von der ‚sorgenden Liebe', griechisch ‚agape'."

Georgina: „Und Gott ist nur die sorgende Liebe?"

„Ja."

„Dann ist es nicht Gott, denn ich kann mir Größeres denken, eine Liebe eben, die auch die Erotik einbezieht."

„Da haben Sie Recht. Nehmen wir einmal die Liebe in ihrer ganzen Fülle. Kann das Gott sein?"

Richard: „Sie meinen also, die Liebe so ganz allgemein genommen, das ist dann Gott?"

„Ob ich das meine, weiß ich noch nicht, aber wir wollen es prüfen."

Und diese Prüfung erwies sich als bedeutend aufwändiger, als ich es geplant hatte. Vor allem stolperten wir immer wieder über den Stein, die Liebe selbst nicht genau beschreiben zu können.

„Denken Sie bitte an den nächsten Tagen einmal darüber nach, oder reden Sie mit jemandem darüber. Dann wollen wir in der nächsten Stunde sehen, wie wir mit unserer Untersuchung weiterkommen."

Die nächste Stunde kam, das Thema hatte uns wieder.

Gerda: „Ich habe mit meinem Vater darüber gesprochen ... (O Gott, der Vater ist Theologe, ich mache mich auf alles gefasst.) ... und er meint, bevor wir Gott definieren oder die Liebe, sollten wir erst einmal darüber nachdenken, wie wir überhaupt über Gott und so reden können."

Christine: „Was meinst du damit, darüber reden zu können?"

„Die Dinge dieser Welt können wir beschreiben. Aber können wir Gott beschreiben?"

Benedikt: „Pater Thomas sagt immer, von Gott könne man nur anbetend reden."

„Und was könnte er damit meinen?"

Richard: „Ja, so stell ich mir das vor. Wenn man von Gott redet, dann muss man erst ein Kerzchen anzünden, sich hinknien und ein Kreuzzeichen machen. Und ein Jude setzt dazu eben seine Kippa auf und spricht das ‚Höre Israel'."

Paul: „Omm ... !"

„Was willst du damit sagen? Die Buddhisten sprechen ihr ‚Om', und jede Kultur hat ihre eigene Form der Anbetung, doch was hilft uns das?"

„Da gebe ich Paul Recht. Die äußere Form des Sprechens ist nicht entscheidend. Wenn wir aber auf den Inhalt sehen, was können wir dann über Gott aussagen? Wir können nur so über Gott reden, dass wir ihn dabei als Gott anerkennen, ausdrücken, dass er ganz anders ist als alles. Sehr viel können wir dann nicht über Gott sagen."

Gerda: „Und doch müssen wir eine Sprache finden, in der wir über Gott sinnvoll reden können, auch wenn es keine Beschreibung sein kann."

„Machen wir es uns leichter. Suchen wir zuerst einmal eine passende Sprache, um über die Liebe zu reden."

Die nächste Viertelstunde ging in den Versuchen unter, über die Liebe zu reden, nicht ohne dass Paul die eine oder andere Bemerkung einfließen ließ, die nicht alle als passend empfanden. Doch dann waren wir uns einig: Die Sprache über die Liebe ist die Poesie. Erotische, sorgende, freundschaftliche Gedanken kann man alle poetisch ausdrücken, sogar Enttäuschung an der Liebe und Trauer, wenn sie verloren wurde. Vielleicht ist es mit Gott ähnlich. Wenn man ihn schon nicht beschreiben kann, kann man doch in der Poesie von ihm sprechen.

„Können wir uns darauf einigen, dass ‚Gott' dasjenige ist, an dem wir unsere Liebe, unsere Hoffnung, unser Vertrauen verankern können?"

Der Kurs schien damit einverstanden.

Benedikt: „Pater Thomas sagt doch immer, dass Gott dreifaltig sei, Vater, Sohn und Geist. Ist das keine Beschreibung Gottes?"

„Ich glaube, Pater Thomas hält es für eine Beschreibung. Für mich ist es aber ein erster Schritt in die Poesie über Gott hinein. Wir bewundern seine Vielfachheit, und lassen ihm doch seine ganze Andersheit. Sehen Sie, mit dem Denken über Gott haben wir auch die Grenze des Denkbaren wieder erweitert. Wenn die verschiedenen Religionen dann ihre Gottesgeschichten erzählen, so soll uns das zeigen, wie reich dieser Gottesbegriff ist. Mehr können wir als Philosophen nicht dazu sagen. Wenn Sie mehr wissen wollen, fragen Sie besser den Pater Thomas."

# Psalm

Wenn es dich gäbe, Gott, sag mir, zu wem sollte ich beten?
Wenn es dich gäbe, wie den Stein,
was hinderte mich, dich zu werfen;
wenn es dich gäbe, Gott, wie meine Schmerzen,
was hinderte mich, dich zu betäuben,
wenn es dich gäbe, wie die Alten lehren,
was hinderte mich, dich zu vergessen.

Wenn es dich gäbe, Gott,
wenn du nichts anders wärst als alles, was es gibt,
sag mir, warum?
Sag mir, warum es mich dann gibt,
wenn keine Hoffnung ist auf den, der anders wartet,
wenn keine Sehnsucht ist nach dem, der anders hört?
Was sollte ich denn schreien meine Not,
wenn nur ein Stein, ein Fühlen, eine Wahrheit
mich meine Not zu Berge wälzen lassen im ewigen Kreislauf.

Hier sitze ich, warte, auf dich,
der niemals kommen wird,
dem ewig meine Sehnsucht brennt,
dem meine Lieder singen,
dass hinter allem, was es gibt, doch einer wartet,
der anders ist.

## 3. Übung – Bilder vom Anfang

Es ist still im Forst, ich höre nur den Schnee unter meinen Schritten. Überall Schnee. Im Sommer ist der Weg schön asphaltiert, aber jetzt nur Weiß in Weiß. Nichts, woran sich die Gedanken festhalten können. Das Denken gleitet zurück, gleitet bis zum Anfang. Damals schuf Gott Himmel und Erde, aber er musste lange aufräumen, bis diese Ruhe einkehrte, dieser siebte Tag, an dem Gott seinen ersten Spaziergang im Schnee machte. Ich weiß, die Alten erzählen es anders, aber sie wissen doch auch nicht, wie sie es sagen sollen, also erzählen sie es gleich zweimal. Und hier ist eben die dritte Version: Als Gott alles geschaffen hatte, deckte er es mit tiefem Schnee zu. Und dann wartete er, bis Tauwetter käme und junge Knospen und neues Leben und Vögel, die sängen, und Menschen, die stellten Schilder auf, „Verlassen der Wege verboten". Und Gott fragte sich: „Wollte ich das?"

Im nächsten Herbst plane ich eine Vortragsreihe über „Bilder vom Anfang". Es geht nicht anders, der erste Abend handelt von den ersten Kapiteln des ersten Buches der Bibel, des Buches „Im Anfang".[3] Denn da erzählt man sich den Anfang von allem. Ich aber, hier auf dem geraden Weg durch den Forst stapfend, ich suche Ideen, wie mein Vortrag anfangen soll. Aber um mich her ist alles viel zu weiß, als dass sich Bilder einstellen könnten.

Der Anfang dieses ersten Buches ist so genial einfach: Gott sprach, und es wurde. Und dann sagte er: „Lasst uns Menschen machen, als Bild unserer Herrschaft." Wie ein Fürst im Zweistromland stellte Gott sein Bild auf, stellte Menschen auf, damit jeder sehe, er ist Gott. Fühlte sich Gott so machtlos, dass er in jedes Haus sein Bild stellen musste? Oder war der Mensch so mächtig, dass ihm nur noch ein kleines fehlte, er wäre selbst ein Gott geworden?

Meine Gedanken finden eine erste Spur: Mann und Frau als Bild Gottes. Warum nicht der Papst? Warum kein Kaiser? Nur Mann und Frau. Ich schweife ab: Wir bauen Schneemänner, keine Schneepaare, nur Männer mit Kohlenaugen und langer Karottennase. Mehr Mann darf man den Kindern nicht zumuten. Aber Schneemänner sind nicht wie wir, schon bald tauen sie, am Ende finden wir eine verschrumpelte Karotte und zwei Kohlenstücke auf der Erde. Eigenartig, zu einem Schneemann gehören Augen aus Kohle, aber es gibt fast keine Kohle mehr. Bald gibt es auch keine Schneemänner mehr. „Macht euch die Erde untertan." Das soll er gesagt haben, wir haben es dann gemacht. Die Folgen, keine Kohlen mehr für Schneemänner, bald auch kein Schnee mehr. Da hat uns ein Gott so seiner ähnlich gemacht, dass wir die ganze Welt umbauen können, nur können wir oft am Ende des Tages nicht sagen: „Und es war gut."

Die ganze Geschichte mit den sieben Tagen und dem rhythmischen: „Und Gott sprach – und es geschah – und Gott sah, dass es gut war." Das ist nicht nur Lob Gottes, das ist auch die Fast-Vergöttlichung des Menschen. Da muss man dann eine zweite Geschichte erzählen, die Geschichte von diesem „fast".

Da steht der Erdling, Mensch möchte man ihn noch nicht nennen, denn er ist noch allein. Kein Mensch ist allein. Aber er ist schon so nahe an Gott, dass ihm die Tiere keine Kameraden mehr sind. Man pflückt zwar das gleiche Obst, wühlt die gleichen Wurzeln aus dem Boden, aber das ist dann genug der Gemeinsamkeit. Jahrtausende später werden sich Menschen fürchterlich aufregen, wenn einer sagt, auch der Mensch entstamme dem Tierreich. Nein, dafür ist er dann doch zu nahe an Gott. Wenn da nicht dieser kleine Unterschied noch wäre zwischen dem Menschen und Gott.

Und dann schenkt Gott ihm die Frau. Jetzt sind sie Mann und Frau, vollständige Menschen. Und jetzt sind sie Gott noch ein Stück ähnlicher, denn jetzt können sie sogar ihre Nachkommen selbst hervorbringen. Jetzt hat Gott das Bild seiner Herrschaft fertig. Aber unter der Hand wird es mehr Bild von Herrschaft als Bild Gottes, denn der Mann beginnt sofort, über die Frau zu herrschen. „Meine Rippe gehört mir!", so könnte sein Slogan gelautet haben. Das Modell wird Zukunft haben.

Was aber tun diese Menschen? Sie wollen sein wie Gott. wollen wissen, was gut und was bös ist. Hat ihnen niemand gesagt, dass sie doch längst ihrem Gott so ähnlich sind, dass sie ihm nicht noch ähnlicher werden können? Allerliebst die Geschichte mit der Schlange. Ich hätte wohl eher von einem sprechenden Schneemann geschrieben, einem mit ganz langer Möhrennase. Aber was soll's. Sie wollten erkennen, was gut und was bös ist, und genau das bekamen sie. Ich blicke von meinem Weg zur Seite, aus dem weißen Schnee ragen einzelne verwitterte Baumreste, schwarze Stümpfe, die in dem unschuldigen Weiß an den Tod und seine Dunkelheit erinnern. Ja, so muss es ihnen ergangen sein. Zuerst sehen sie nur, dass sie nackt sind. Wenn der Herbst kommt, ist Nacktheit bös, dann braucht man Kleidung. Dann aber erkennen sie, dass in jedem Guten überall ein kleines Böses haust, Arbeiten macht nicht nur Freude, es ist oft sehr beschwerlich, Kinderkriegen, der Anfang und das Endprodukt sind ja gut, sehr gut, aber dazwischen liegt die Schwangerschaft, am Ende die Geburt mit all den Lasten und Mühen. Und was die Herrschaft angeht. Die Frau entdeckt, dass sie nur allzu oft unter der Macht des Mannes steht. Das fängt schon damit an, dass dieser Erdling schreit: „Sie war's, sie hat angefangen, sie hat mich verführt." Und unzählige Mächtige in Staat und Kirche werden es ihm nachschreien.

Vor mir sehe ich neben dem Weg ein Jägerhäuschen, orange Mauern unter einem Dach aus Schnee. Hier haben einmal Fürsten ihr Jagdpicknick abgehalten. Fürsten waren sie und Bischöfe, also noch göttlicher als dieses arme Paar im Garten Eden nur hätte sein können. Aber sie sind vergangen, was blieb ist ein Waldhäuschen mit einer Bank davor. Im Sommer kann man sich mit seinem Mädchen darauf setzen usw. Jetzt ist es zu kalt.

So ein ganz Schlauer erzählte später von der Sünde des Adam, so nannte man den Erdling in unserer Gegend. Er wollte wie Gott sein und dafür musste er bitter bestraft werden, nicht nur er, auch alle seine Nachkommen. Dabei wollte der doch nur sein, was er längst war, ein Standbild Gottes. Aber jener Fürstbischof, der in diesem Häuschen vesperte, der war sicher mehr als so ein Adam, der war das eigentliche Bild Gottes. Aber der wurde nicht bestraft, dem baute man einen schönen Dom, ein feines Schloss, einen neuen Paradiesgarten. Und niemand lachte. Noch heute erzählen die, die Gott besonders gut zu kennen behaupten, da gebe es einen riesigen Unterschied zwischen

Mann und Frau, so groß, dass die Frau unmöglich Gott vertreten könne. Nur gut, dass die Frau auch von der Erkenntnis-Frucht gegessen hat und unterscheiden kann, was gut und was bös ist, was klug und was nur dumm.

Mir wird kalt, ich mache mich auf den Rückweg. Kalt, das ist bös, zuhause ist es warm, das ist gut. Hier bin ich allein, das ist zum Nachdenken gut aber als Dauerzustand bös, zuhause wartet meine Frau, das ist meistens gut, außer wenn sie geputzt hat und ich aus dem Forst komme mit schlammigen Schuhen, die ich nie hinreichend abtreten kann. Und weil ich das einsehe, diesen Unterschied von gut und bös, bin ich deshalb ein altes Sündenaas, zu dessen Rettung aus ewiger Verdammnis nur ein Menschenopfer ausreichend war? Etwas stört mich an diesem Satz. Ich werde darüber nachdenken müssen. Eines hatte Gott vergessen zu sagen, als er damals sagte, alles sei gut, nämlich: „aber es ist wahnsinnig kompliziert." Wir Menschen haben noch einen Unterschied lernen dürfen, den zwischen Ideal und Wirklichkeit. Die Bibel erzählt eben zwei verschiedene Geschichten, wie bei der Erschaffung der Welt.

Wie soll ich meine Vorträge planen? Zwei Regeln werden mich leiten:

1. Wenn Gott etwas sagt, dass für alle Menschen bedeutend ist, dann sagt er es so, dass auch alle Menschen es verstehen können.
2. Wenn Gott etwas sagt, dass für alle Menschen bedeutend ist, dann sagt er es so, dass es in der Welt eines jeden Menschen die Bedeutung für diesen Menschen entfalten kann.

Aber um nach diesen Regeln meine Vorträge zu planen, muss ich üben zu erzählen. Ich will von vielen Anfängen erzählen, besonders von denen, über die Gott sagt, es sei gut.

## 4. Übung – Kain und Abel

Am Donnerstag soll ich bei einem „biblischen Abend" in meiner Gemeinde zu der Erzählung von Kain und Abel sprechen.[4] Wer kennt die Geschichte nicht von den beiden ungleichen Brüdern, deren einer offensichtlich Erfolg bei Gott hat, deren anderer durch seinen Misserfolg bei Gott zum Mörder wird, gerichtet von einem Gott, der den Mord immerhin nicht verhinderte, und beschützt von Gott, der an ihm nicht selbst zum Mörder werden will. Eigentlich kannte ich diese Geschichte zu gut, um noch etwas Neues zu finden. Doch dann schaue ich sie mir immer genauer an, rede darüber, suche die Brüche und Ungereimtheiten, und plötzlich ist es eine ganz andere Geschichte geworden, mit Abgründen, die ich nicht erwartet hätte.

Zwei Fragen sind es, die mich immer wieder einhalten lassen: Was ist das für ein Gott, der auf das eine Opfer schaut, auf das andere aber nicht? Und was ist das für ein Gott, der das Mordopfer nicht schützt, wohl aber den Mörder? Und mit jeder kleinen Erkenntnis die noch drängendere Frage: Wie kann ich das weitersagen? Wen interessiert das überhaupt? Oder muss ich die Frage anders stellen: Was traue ich meinen Zuhörern zu? Je länger ich darüber nachdenke, desto unsicherer werde ich, die neue Fremdheit des Textes schlägt um in die Fremdheit der Situation, der Text holt mich ein. Aber bin ich Abel? Bin ich Kain?

Gibt es eine Situation, in der wir uns heute diese beiden Brüder vorstellen können? Aber – darf es überhaupt eine solche Situation geben? Ist es nicht gerade dieses einmalige Geschehen am Anfang, das uns unsere ganze Bosheit sichtbar machen soll, einmalig wie das einmalige Fruchtessen der Stammeltern im Garten Eden? Darf man „Kain" und „Abel" übersetzen? Ich stelle mir die kirchenfrommen Leute vor, zu denen ich sprechen soll, ihre Erwartungen an meine Rede, ihr Recht auf Wahrheit. Ist es nicht meine eigene Trostlosigkeit, die auf die satte Zufriedenheit meiner Zuhörer einschlagen möchte? Lauert die Sünde des Hochmutes, der Besserwisserei an meiner eigenen Tür? Luther hatte es gut, der konnte ein Tintenfass nach dem Teufel werfen, aber ich kann den Teufel nicht sehen, und ein Schreibcomputer eignet sich minder zum Werfen.

Mir ist, als schöbe sich ein kleines Lächeln über meine Seele, ein „Nimm dich doch nicht so wichtig!" Warum auch soll ich meine Seele vor den Zuhörern ausbreiten? Gib ihnen, was sie wollen, wessen sie bedürfen, und keine Theologendiät! Ich versuche es:

Vielleicht gelingt es mit einer Verheutigung der Geschichte, die ewige Wirksamkeit dieses Zwistes deutlich zu machen, den immerwährenden Bruderstreit, die Eifersucht, den Neid, und die ganze Hilflosigkeit gegenüber diesen Dämonen? Ich denke mir eine Situation aus, in der Kain und Abel heute leben könnten, zwei Schüler vielleicht, Brüder, elf und vierzehn Jahre alt. Habe ich die Klagen ihrer Eltern nicht schon oft gehört?

Verehrte Damen und Herren!

Ich möchte diese Geschichte von Kain und Abel nicht in religiöses Begriffs-Chinesisch übersetzen, ich möchte diese Geschichte erzählen, wie ich sie als Lehrer manchmal erlebe, möchte Sie, liebe Zuhörer, damit ködern, diese Geschichte aus Ihrer eigenen Sicht wieder zu erzählen und darin zu entdecken, wie auch unsere Liebe so oft enttäuscht reagiert, wenn „der Herr auf Abel und sein Opfer schaut, aber auf Kain und sein Opfer schaute er nicht."

Nennen wir also die beiden Jungen, um die es hier geht, Kain und Abel. Sie könnten auch Walter und Franz heißen, Otto und Jens, Nils und Kevin, es spielt keine Rolle, wie sie heißen, wohl ihr Alter, denn Abel, 11 Jahre alt, Klasse 6 des Gymnasiums, ist noch das liebe, fleißige Kind, dass seit Jahren seinen Eltern nur Freude macht. Kain dagegen, 14 Jahre alt, Klasse 9, hat sich doch seit einiger Zeit verändert: Seine Leistungen in der Schule sind deutlich abgesackt, stundenlang sitzt er in seinem Zimmer am Computer, bedröhnt von lauter Musik, jede Auseinandersetzung mit ihm wird zum Kampf. Selbst sein Äußeres hat deutlich an Schönheit verloren, allzu lange Arme und Beine stören bei jeder Gelegenheit, Pickel verunzieren das früher schöne Kindergesicht und da ist ein dunkler Schatten unter der Nase, der noch mehr nach Schmutz aussieht als nach Bart.

Kain und Abel brachten am 7. Juli ihre Zeugnisse nach Hause, jene Opfer für die elterlichen Götter, und für Kain war es ein Opfergang. Abels Zeugnis war noch kindlich makellos, alles „gut" und „sehr gut", wenn man von dem „befriedigend" in Sport einmal absieht, aber er war ja auch sehr häufig krank gewesen im letzten Halbjahr. Ganz anders das Zeugnis Kains, bei dem ein „mangelhaft" sich unter vielen „ausreichend" versteckte, knapp ausgeglichen durch ein einsames „befriedigend", wenn man von dem „gut" in Sport einmal absieht. Und was dem Fass den Boden ausschlug, war wieder einmal der gehasste Satz des Vaters: „Du solltest dir ein Beispiel an deinem Bruder nehmen!" Kain ging in sein Zimmer, wollte nicht essen, aber diesmal war es der Vater, der sagte: „Ja, jetzt schämst du dich! Du hättest vorher lernen sollen. Wenn du aber nichts tust, dann brauchst du jetzt auch keine Wut zu bekommen."

Kain sagte nichts. Zu tief schmerzte ihn die Kritik seines Vaters, die so gar kein Verständnis für das Seelenleben eines pubertierenden Jungen zeigte. Warum wollten seine Eltern nicht, dass ihr großer Sohn erwachsen würde? Es war ihm peinlich, mehr als er hätte sagen können. Am nächsten Tag verdrosch er seinen Bruder, dass die Eltern ihn zum Arzt bringen mussten. Kain wurde hart bestraft. Die Einsicht Gottes, dass die Strafe zu hart sein könnte, hatte die Elterngötter noch nicht ereilt.

Die Geschichte erzählt uns von verzweifelter Liebe, die enttäuscht endlich zu Hass wird. Sie erzählt uns von Gott, der den Sünder auch nachher noch versteht, der ihm seinen Schutz nicht entzieht, der aber auch zu uns Sündern sagt: „Seid vollkommen, wie es auch euer himmlischer Vater ist".[5]

## 5. Übung – Abraham

Manchmal muss ich eine Entscheidung treffen. Das fällt mir schwer. Dann beneide ich die Menschen, die wissen, was Gott von ihnen will, und die dann seinem Willen folgen, so wie der Abraham in der Bibel. Bei mir scheint Gott in der Regel zu wollen, dass ich selbst entscheide. Dann folgen Tage des Grübelns, Tage der Flucht in kleine Aufgaben, die mich für kurze Zeit ablenken, ehe das Vor- und Nachdenken mich wieder einholt. Was geschieht in mir, während ich meinen Fragen ausweiche? Schweigen sie oder flüstern sie hinter meinem Rücken? Damals in München stand ich vor einer großen Entscheidung, sie sollte mein weiteres Leben bestimmen.

Sommerabend, Englischer Garten. Ganz ruhig lag der Weg unter meinen Füßen, nebenan plätscherte leise ein kleines Rinnsal, Seitenärmchen der Isar, ein fast voller Mond goss über alles ein Licht, als gäbe es keinen Morgen, Nacht als Bild der Ewigkeit.

Am Nachmittag hatte ich im Seminar von Professor Rainer Carls SJ über den Philosophen Frege vorgetragen, über seine Schrift, die mit dem Bekenntnis endete, ein kleines Gegenbeispiel seines Kollegen Russel habe diese Frucht langer Arbeit fast sinnlos gemacht. Frege musste sich erneut an die Arbeit begeben.

Aber das Seminar ist vorbei. Nun denke ich über den Artikel nach, den ich für ein religiöses Magazin schreiben will: Abraham als Vater des Glaubens, zwei Seiten lang. Der Titel wurde mir vorgegeben. Die Erzählung der Bibel ist: Auf Gottes Geheiß zieht Abram aus seiner Heimat weg, zieht bis Ägypten, verhökert seine Frau Sarai an den Pharao, wenn auch nur für eine kurze Weile. Dann ziehen sie wieder nach Kanaan, Abram, Sarai, und wahrscheinlich auch Hagar, die ägyptische Magd. Abram baut fleißig Altäre und Gott verheißt ihm einen Nachkommen, eigentlich viele Nachkommen. Abram vertraut Gott und der rechnet es ihm hoch an, sie schließen einen Vertrag. Hagar wird nun die erste Leihmutter der Geschichte mit all den Problemen, die Leihmutterschaft zu allen Zeiten mit sich bringt. Doch Gott besucht den

Abram, der sich seit einiger Zeit Abraham nennt, und verheißt ihm einen weiteren Sohn, dieses Mal von seiner Ehefrau, der Sara. Abraham will schon antworten: „Herr, ich habe mich all die Jahre auf Sara abgestrampelt und nichts gezeugt, aber auf dein Wort hin will ich ...".". Weil Sara gelauscht hat und ob der Vorstellung von dem bevorstehenden Seniorensex schrecklich lachen muss, wird der Satz warten, bis er im Neuen Testament in anderem Zusammenhang zumindest so ähnlich gebraucht wird[6]. Bei seinen weiteren Reisen verhökert er die Sara wieder, dieses Mal an den König von Gerar, und wieder nur für eine kurze Weile, dann nahm er sie mit Zugewinn zurück, und obendrein wurde bald der Isaak geboren. Und eines Tages hörte Abraham wieder Gott reden, und der verlangt nichts weniger, als dass Abraham seinen Sohn Isaak töte, als eine Art Gehorsamsprobe. Gott hatte schon seine Mühe, Abraham im letzten Moment von dieser Schlachterei abzuhalten. Soweit die Geschichte.[7]

Ach, was könnte man über diesen Abraham einen schönen Schelmenroman schreiben. Aber nicht auf zwei Seiten, nicht bei dem Thema: „Vater des Glaubens"[8]. Auch der kleine Bach neben meinem Weg will mir nicht soufflieren. Also muss ich sammeln, was ich schon gelernt habe: Abraham gehorchte Gott. Der Wegzug aus Haran, die Zeugung des Isaak, die Opferung des Isaak, Taten aus Gehorsam. Die Bibel betont es ausdrücklich, Gott stellte Abraham auf die Probe.[9] Gott als Treuetester, wie sie in den Erzählungen der Yellow-Press vorkommen. Und Abraham besteht die Probe. Glaube als Gehorsam? Nun, für katholische Seelen ist dieser Gedanke gar nicht so fremd.

Auch baut Abraham fleißig Altäre, in Sichem, bei Bet-El, in Mamre. Ganze Kirchen zu bauen wäre besser, aber das lag damals noch außer Reichweite. Glaube, der sich in Monumenten bezeugt. Jedes Wegekreuz im Allgäu ein Zeichen des Glaubens.

Vor allem aber vertraut Abraham Gottes Zusagen, der Zusage vieler Nachkommen ebenso wie der Verheißung des Isaak. Glaube als feste Erwartung dessen, was die Gottheit ankündigt. Was sagt das heute? Glaube an die Zukunft unserer Kirche, weil Gott sie verheißen hat, - gegen alle Erwartungen?

Doch dann das Verhandeln Abrahams mit Gott über das Schicksal der Stadt Sodom.[10] Bedeutet Glauben auch, mit Gott zu verhandeln? Lässt sich der Allmächtige beschwatzen? Kein Gehorsam, kein Treuetest, kein steinernes Monument, keine Gewissheit, dass alles schon gut gehen wird. Abraham verhandelt mit Gott fast so wie mit seinesgleichen. Ist das Glaube? In unserer Kirche haben wir dieses Verhandeln an die entsprechenden Fachheiligen abgegeben, auch an jene Heiligen, die noch in die Lehre gehen und auf unsere Bitten hin so ei n kleines Wunder als Gesellen- oder Meisterstück abliefern sollen. Mit Gott selbst verhandeln höchstens noch die Juden, die klagen ja auch in ihren Psalmen.

Nun habe ich vier Momente des Glaubens gefunden: Gehorsam, Zeugnis, Vertrauen, Verhandeln. Doch so ganz scheinen sie sich noch nicht ineinander zu fügen. Eine Strecke weit gehe ich stumm, gedankenlos, in meinem Kopf muss sich alles erst einmal zusammensetzen, ehe ich weiterdenken kann. Vor mir eine kleine Brücke, darunter fließt ein Arm der Isar über große Steine, die Andeutung von Stromschnellen, Wellen, Schaum, Spritzer. Und alles in ein weißes Mondlicht getaucht. Wie wird aus diesem Schäumen dann wieder der ruhige Bach, der mich bisher begleitet hat?

Auch bin ich nicht mehr allein auf meinem Weg, freundliche Männer allenthalben. Sie überholen mich, schauen mich an, gehen stumm vorbei, ein jeder wie ein Gedanke, der erscheint und dann wieder verblasst. Außer ihren Schritten höre ich nichts. Müsste ich Angst bekommen? Aber das Bild ist so friedlich, so mondlich. Was wollen diese Männer im Mondschein? Ich fühle mich mit einem Mal fremd hier, wie Abraham im Land Kanaan, ich bin Abraham. Es gibt eine Welt außerhalb meines Lagers, eine Welt, die ich nicht verstehe, die mir Gott ebenfalls zeigt. Es gibt den kleinen Wasserfall, aus dem der ruhige Bach entfließt. Das Wasser kann seinem Lauf vertrauen, es bleibt nicht im Wasserfall, es gelangt wieder in ruhiges Fließen. Ich gehe zurück, verlasse mich ganz auf meinen Weg, glaube meinem Weg.

Das ist es, der Glaube Abrahams besteht nicht darin, dieses oder jenes zu tun, diese oder jene Probe zu bestehen. Der Glaube Abrahams ist reine Freundschaft zu seinem Gott. Weil der sein Freund ist, kann er ihm gehorchen, weil er diesen Gott liebt, pflanzt er überall die steinernen Merkmale auf. In seinem Land fehlen die Bäume, in deren Rinde er einritzen könnte: Abraham liebt Gott. Weil Gott sein Freund ist, vertraut er auch seiner Verheißung. Abrahams Glaube ist reine Freundschaft, ohne jedes Warum, ohne jeden Nutzen. Auf Nutzen versteht sich unser Abraham. Allein wie er aus der Weggabe seiner Frau Profit zieht, wie er seine Herde groß und größer macht, wie er Verträge um Weideland schließt, das zeigt mir, Abraham versteht sich auf Nutzen. Aber bei Gott, da fragt er nicht danach. Der verheißt ihm den größten Nutzen, den er sich zu erträumen wagt, eine riesige, unzählbare Nachkommenschaft. Aber Abraham fragt nicht danach. Gott ist sein Freund, und das ist sein Glaube.

Ich atme auf, so habe ich einen Ansatz für meinen Artikel gefunden. Lustvoll wendet mein Kopf den Gedanken nach allen Richtungen. Er ist stimmig, oder? Zwei kleine Fragen bleiben noch: Wie vernimmt Abraham, was Gott von ihm will? Wie kann sich Abraham sicher sein, dass das so Gehörte wirklich den Willen seines göttlichen Freundes ausdrückt? Für heute ist es genug, aber morgen werde ich auch diesen beiden Fragen nachgehen, mein Artikel will es. Nur der Artikel? Ich denke zurück an Frege. Hoffentlich findet sich nicht doch noch ein Gegenbeispiel, das meine schönen Überlegungen entwertet. Dann müsste ich wieder erneut aufbrechen, einen Gedanken suchen, ein Bild, das alles erklärt.

Muss ich es sagen, auch der nächste Abend findet mich im Englischen Garten. Junivollmond, milde Luft, dieses Mal wandere ich in Richtung des Kleinhesseloher Sees. Heute brauche ich keine Stromschnellen, mich sehnt es nach der Fülle des Wassers, wie sie nur ein See zeigen kann.

Erste Frage: Wie vernimmt Abraham den Willen Gottes? Die Bibel sagt, er hörte Gott, die Theologen sagen, er habe Auditionen gehabt, also

Hörerlebnisse, aber das erklärt nichts, das deckt das Unwissen durch ein Fachwort zu. Immerhin, wenn man so ein Fachwort besitzt, dann wird nicht mehr weiter gefragt: Aspirin lindert Schmerzen durch seinen schmerzlindernden Faktor; und ein Auto wird durch Energie angetrieben. Würde man alle Pseudoerklärungen aus der wissenschaftlichen Literatur streichen, wie herrlich dünn würden unsere Lehrbücher. Den ganzen Hegel könnte man dann vielleicht auf fünfzig Seiten unterbringen, vielleicht auf sechzig. Aber wie zum Teufel kommt Abraham an den Willen Gottes?

Wenn du ein Problem nicht lösen kannst, löse ein einfacheres. Aber meine beiden Fragen sind schon denkbar einfach. Dann löse eben ein größeres Problem. Pack deine kleinen Fragen in eine größere, stell sie in einen größeren Rahmen. Wenn du die größere Frage beantworten kannst, dann sind deine kleinen Fragen auch gelöst. Also die größere Frage: Wie entdeckt man überhaupt Neues?

Der erste Hirte, der seine Schafe zählte, der entdeckte die Addition und mit ihr die Tür zur Zahlentheorie, bis hin zur Gamma- und Zeta-Funktion; der erste Bauer, der mit einer straff gespannten Schnur ein rundes Beet abzirkelte, der öffnete ein Fenster zur Geometrie, er ahnte noch nichts von Vektorfeldern auf vierdimensionalen Mannigfaltigkeiten. Der erste Mensch, der sah, dass alle Äpfel zur Erde fallen und keiner von der Erde zum Baum empor, der öffnete das Denken zur Physik hin bis ... ; der erste Züchter, der darüber nachdachte, warum manche seiner Lämmer weiß, andere schwarz, wieder andere gescheckt seien, der betrat einen Weg, der einmal zur Entdeckung der DNA führen wird und zur Entwicklung von Impfstoffen gegen Corona-Viren.

In allem, was wir entdecken, erfinden, sagen, lebt mehr als das gerade Entdeckte, Erfundene, Gesagte. Wir kennen es noch nicht, aber irgendwann kann es sich zeigen. Jede Gemeinschaft hat ihre Sprache, ihre Regeln und Gebräuche, und hat doch mehr. Das ist noch niemandem bekannt, und man kann es auch nicht an irgendwelchen Tatsachen ablesen. Gäbe es Dichtung, wenn in der Sprache nicht mehr lebte als ein Beschreibungsmittel für Tatsachen und Emotionen? Gäbe es Musik, wenn ihre Klänge durch Wellenlängen und Amplituden vollständig beschrieben wären?

Das ist die Lösung der ersten Frage: In allem, was Abraham erlebte, lag mehr, als er auf den ersten Blick sehen konnte. Und was ihm bei seinem Grübeln deutlich wurde, das wurde für ihn zu einem Wort Gottes. Sein Erschrecken über das Neue war so stark, dass er nie auf den Gedanken gekommen wäre, daran zu zweifeln oder ihm nicht zu gehorchen. Gott erfuhr er aus einem Anruf, der ihm aus allen Dingen entgegenkam, auch aus dem eigenen Innern. Einen kleinen Vorgeschmack dieses Anrufs hatte er vernommen, als er sich das erste Mal verliebt hatte. Auch damals meinte er, nicht anders zu können. Solches schienen auch andere zu kennen, aber dann wurden sie gefühllos, unmusikalisch für den Klang der Welt und damit taub für den Anruf.

Abraham wurde nicht gottestaub, und das ließ ihn immer wieder vernehmen, was sein Freund wollte. Konnte er sich da nicht täuschen? Das führt uns zur zweiten Frage: Wie konnte er sicher sein, dass das so Gehörte wirklich den Willen seines göttlichen Freundes ausdrückte? Freundschaft verleiht eine eigene Sicherheit, aber auch die schützt nicht vor Missverständnissen. Spätestens als er hörte, er solle seinen Sohn schlachten, da muss es ihm aufgegangen sein, dass er sich auch täuschen kann. Vielleicht ließ ihn dieser Gedanke ein wenig zögern, ehe er den Isaak versuchte zu schächten, und das gab Gott die Möglichkeit, doch noch verhindernd einzugreifen. Wenn etwas Gottes Willen war, dann konnte er nicht anders als gehorchen. Aber der Klang des göttlichen Anrufs schuf auch Möglichkeiten, dem Geschehen eine andere Wendung zu geben. Wie es bei Abraham war, das wissen wir nicht.

Aber unsere Tradition scheint das Problem zu kennen, und deshalb haben die Alten etwas erfunden, das sie die Unterscheidung der Geister nennen. Prüfe, ob das, was du als Anruf Gottes zu hören glaubst, ob das wirklich von Gott stammt oder vom „Feind der menschlichen Natur".[11] Schon Verliebten möchte man das anempfehlen: Prüfe, ob deine Empfindungen Liebe sind oder Hormonzustände oder maskierte

Eigenliebe oder ... Das ist nicht leicht, denn die Gefühle können außerordentlich heftig sein.

Der kleine Bach neben mir mündet in den See. Am anderen Ufer sehe ich das Licht eines Lokals, höre die Musik, sehe Menschen in munterer Gesellschaft. Seit Tagen schon stellen sich mir andere Aufgaben als dieser kleine Aufsatz über Abraham, Berufsfragen, Lebensfragen. Wie Schmuggelware habe ich sie unter den Fragen über Abraham verborgen, nun melden sie sich wieder. Zuerst ist es nur ein kleines Gefühl, doch dieses kleine Gefühl, es wächst sich zu einem großen See von Emotionen aus, und ich stehe allein an einem Ufer, anderswo feiern Menschen und lachen, ich aber muss meine Gefühle ordnen, die mit einem Mal so sehr angewachsen sind, dass ich darin ertrinken könnte. Der Ort sagt mir: Gehe nicht weiter, wenn du nicht schwimmen kannst! Du kannst jetzt nicht zu den Feiernden gehen, deine Entscheidungen musst du selbst treffen! Wenn du Vertrauen hast, dann folge deinen Impulsen; wenn dein Vertrauen geschwunden ist, wenn du dich in einer Probe siehst, wie sie dir nur ein solcher Mensch auferlegt, der dir nicht mehr vertraut, dann folge der Aufforderung nicht!

Hat Abraham die Geister unterschieden? Auf dem Weg nach Hause versuche ich, den Regeln des Abraham nachzuspüren: Die Antwort der Liebe auf den Wunsch eines göttlichen Freundes ist Gehorsam. Liebe braucht ihre großen und kleinen Zeichen, aber versuche, nur ehrliche Zeichen zu benutzen! Genieße den Segen deiner Freunde, er gibt dir Kraft und wird dir weiterhelfen! Mit Freunden kann man reden. Vor Machthabern muss man schweigen. Vor Bischöfen pflegt man zu schweigen, Päpste sieht man nur von ferne. Zu Gott kann man sprechen, ihn bitten, ihn anklagen, mit ihm verhandeln. Hat Abraham schon einen Blick in eine Welt tun dürfen, die man seit dem Neuen Testament das Reich Gottes nennen wird? Wenn dein Freund deine Freundschaft aber testen will, dann hat er sie längst abgeschrieben. Aber kein Anruf Gottes kommt aus einer abgeschriebenen Liebe.

Nun konnte ich den Artikel schreiben. Vielleicht würden es etwas mehr als zwei Seiten, man würde sehen. Etwas an diesen Gedanken hat auch in mir ein neues Hören geweckt. Abraham, zieh fort, beginne neu.

Wenige Wochen später habe ich mich entschieden, reise ich aus München ab. Beim Abschied von Rainer Carls segnet er mich. In den Jahren danach habe ich diesen Segen oft gebraucht. Danke Rainer.

## 6. Übung – Noch einmal zwei Brüder

Abraham hatte seinen Knecht ausgesandt, um für seinen Sohn Isaak eine schöne Frau zu suchen, schön, fruchtbar, und etwas Vermögen würde auch nicht stören[12]. Eliezer hatte die Rebekka mitgebracht. Sie hatte alle gewünschten Eigenschaften, Isaak war seinem Vater dafür dankbar. Und noch zwei Eigenschaften hatte Rebekka, die zuerst gar nicht auffielen, sie hatte einen eisenharten Willen, wenn man das bei einer Frau der Bronzezeit hätte sagen können, und sie hatte die Schläue, ihren Willen auch durchzusetzen. Hätte man Isaak gefragt, wer in seinem Lager das Sagen habe, er hätte aus tiefster Seele geantwortet, in seinen Zelten ginge alles nach seinem Willen. Genau das war Rebekkas Kunst, ihren Willen so durchzusetzen, als wäre es Isaaks Wille.

Zuerst aber war sie Rebekka die Fruchtbare. Gleich mit ihrer ersten Schwangerschaft gebar sie Zwillinge, den Esau zuerst, den Redlichen, den Einfältigen, und gleich danach den Jakob, den Verschlagenen, der kam auf seinen Großvater Abraham. „Normale Geburten kennen wir in unserer Familie nicht, entweder kommen keine Kinder oder sie kommen gleich im Doppel", wie Isaak es ausdrückte. Obwohl es Zwillinge waren, hätten sie kaum verschiedener sein können, der eine mit seinen roten Haaren und einer gewissen Begriffsstutzigkeit, immer bereit seinem Bruder zu folgen, was der auch anstellte, der andere dunkelhaarig, beredt, jedermanns Liebling. Als Jakob einmal einen Honigkrug fallen ließ, der Krug war zerbrochen und der Honig lief über den Fußboden, dass es eine elende Ferkelei war, damals schon wusste es Jakob so darzustellen, dass Esau dafür bestraft und er selbst getröstet wurde.

Isaak wollte beiden Söhnen ein gleich guter Vater sein, auch wenn das bei der Begriffsstutzigkeit seines Erstgeborenen schwerfiel. Rebekka aber bewunderte den Jakob; Esau, den Dummkopf, den Trottel, den verachtete sie. Wenn man zur Mahlzeit ging, dann sagte klein Esau höchstens „Hunger", aber Jakob: „Mamilein, was hast du heute deinem Sohn wieder Leckeres gekocht?" Dann konnte er seine Ärmchen um sie legen und sein Gesichtchen an ihre Beine drücken, dass ihr ganz warm wurde. Wird es uns also wundern, dass Rebekka an dem kleinen Schmeichler einen Narren gefressen hatte? Ihm verzieh sie alles, selbst wenn er Jahre später von den Mägden kam und Bemerkungen machte, wie „Die Brüste meiner Mutter stehen auch nach vielen Jahren noch aufrechter als die Hängetitten der jungen Orsa." Und solches gehörte sich für einen Sohn wirklich nicht gegenüber seiner Mutter. Aber sie konnte ihm nichts übelnehmen, am wenigsten seine Komplimente.

Eines Tages weidete Esau einen Teil der Herde am ‚weißen Brunnen', dort gab es früher üppige Weide. Der Brunnen gab in der Vergangenheit immer genug Wasser, aber heuer floss das Wasser nur spärlich und bald war der Brunnen leergeschöpft, und noch war die Herde nicht ganz getränkt, von Esau zu schweigen, der immer als Letzter trank, nach den Tieren. Man hatte es befürchtet, und deshalb sollte Jakob mit drei Eseln, beladen mit Wasserschläuchen, zum weißen Brunnen ziehen und das Fehlende ersetzen. Das tat er auch, doch muss sich dort etwas zugetragen haben, worüber nie gesprochen wurde. Denn seit diesem Tag war Esau dem Jakob untertan, genau so, als sei Jakob der Erstgeborene. Schon als sie am nächsten Tag zurück ins Lager geritten kamen, da stieg Esau zuerst ab und hielt dem Jakob den Esel, dass er bequemer absteigen könne. Danach behandelte Jakob seinen Bruder ganz so, als sei der noch der Ältere, aber seinem Vater sagte er im Vertrauen, er selbst sei nun der Erstgeborene, „sagen wir für einen Topf voller Linsenbrei".[13] Isaak vermutete, Jakob könnte den Esau erpresst haben, aber als er es nur andeuten wollte, befahl ein Blick Rebekkas ihm zu schweigen. Also schwieg er, schwieg immer häufiger, nahm kaum noch zur Kenntnis, was um ihn herum im Lager geschah. Man erzählte bald, er sei blind geworden. Aber seine Blindheit war mehr ein ‚Nicht-sehen-wollen‘ als ein ‚Nicht-sehen-können‘.

Bald kamen Händler aus der Stadt um zehn Schafe zu kaufen. Isaak und seine beiden Söhne saßen lange mit ihnen zusammen, ganz wie es der Brauch war. Isaak verhandelte und man näherte sich dem Preis, fünf Schläuche Wein für zehn Schafe. Doch dann fragte er:

„Was sagt mein Erstgeborener dazu?“

Esau schwieg. Dafür antwortete Jakob:

„Ich meine, sie sollten einen Schlauch mehr geben, und dafür dürfen sie sich dann die Schafe selbst aussuchen.“

„Meinst du?“, fragte Isaak.

Und Jakob flüsterte ihm zu:

„Zeige ihnen 8 weiße und 2 gescheckte, sie werden die Gescheckten eintauschen wollen. Aber sie haben keine Ahnung von Schafen. Unsere Schafe sind alle gut.“

Nach einiger Rede und Gegenrede einigte man sich darauf: Zehn Schafe gab es für sechs Schläuche Wein, und die Händler aus der Stadt durften sie sich frei in der Herde aussuchen. Natürlich waren die Zuchtböcke ausgenommen. Aber die Käufer fanden bald zehn schöne, fette Schafe. Ganz ahnungslos schienen sie jedenfalls nicht zu sein.

Wochen später befahl Jakob einem der Knechte, einen Teil der Herde zu einer Weide im Osten zu treiben. Der aber widersprach Jakob und sagte, er wolle erst den Esau fragen, ob das auch richtig sei. Da schlug ihm Jakob seine Faust hart ins Gesicht.

„Wenn ich etwas anordne, dann wird es getan. Dann musst du niemanden mehr fragen.“

Der Knecht verstummte. Fortan fragte niemand mehr den Esau, was zu tun sei. Die Machtfrage schien geklärt. Isaak hörte davon, aber er sah darüber hinweg. Was wollte er lange mit Jakob rechten, am Ende würde es womöglich heißen, er selbst sei daran schuld gewesen, dass Jakob den Knecht leider, leider schlagen musste. Isaak stellte sich nun endgültig blind, er hatte Angst vor Jakob und wollte nicht sehen, was in seinem Lager geschah. Deshalb konnte Jakob auch seinen Segen erschwindeln. Man würde besser sagen, er konnte den Segen der Furcht seines Vaters abringen. Dass Rebekka dem Jakob dabei half, braucht nicht erwähnt zu werden, er war doch ihr kleiner Liebling, auch wenn er längst ein Mann war. Das Schreien Esaus, das den ganzen Nachmittag durch das Lager gellte, wollte auch niemand wissen, außer Jakob, dem langsam aufging, dass er nun den Bogen doch überspannt hatte. Sein Bruder und einige Knechte sahen ihn an, dass es ihm kalt über den Rücken lief. Und weil er gerne von sich auf andere schloss, graute ihn vor der nächsten Nacht. Von seiner Mutter reichlich mit Proviant versehen machte er sich aus dem Staub, so schnell er konnte. Nur Rebekka weinte ihm nach, aber sie war klug, sie weinte still.[14]

## 7. Übung – Wie über David schreiben?

Es war noch früher Morgen, als sie zusammentrafen, um ihre Arbeit weiterzuführen. Die ersten Hähne krähten, das Licht lag noch golden auf den Steinen der Stadt. Vom nahen Tempel hörte man die Stimmen des Morgenlobs. Sie waren vier, und sie saßen hier zu einem ernsten Geschäft: Auf Befehl des Herrn Nehemija, des Stellvertreters des Großkönigs mit Sitz in Jerusalem, und mit ausdrücklicher Billigung des Herrn Ezra, amtender Priester am Tempel daselbst, sollten sie die alten Texte sichten und sie zusammenstellen, damit Juda, nach langem Exil wieder an alter Stelle neu gegründet, damit dieses Volk nicht nur einen neuen Tempel bekomme, sondern auch die Weisungen Gottes schön geordnet und aufgeschrieben nachlesen konnte. Vier waren sie, Jamiel, Scharon, Woitijahu und Ascher.

„Was liegt heute vor?"

„Zuerst einmal die Geschichte von David und Bathseba, der Mord an Urija und die Reue des David.[15] Wollen wir damit beginnen?"

„Was geschrieben ist, ist geschrieben." Woitijahu hatte meistens diese einfache Lösung zur Hand.

„Aber wollen wir nicht einmal sehen, was geschrieben ist und wozu es unseren Vorfahren gut war?"

„Wozu soll es schon gut gewesen sein. Es ist einfach so geschehen, basta."

„Man hat Zweifel, dass es so geschehen ist. Aber auch nicht alles, was geschehen ist, war es wert aufgeschrieben zu werden."

„In Israel" und damit meinte Ascher das ehemalige Nordreich, „dürfte es den Leuten mächtig gestunken haben, dass ihr König Saul einfach abgestellt wurde und aus dem Süden so ein Emporkömmling, ein ehemaliger Bandit, nun König über Juda und Israel sein sollte."

„Da hast du Recht, Ascher, und das erklärt, warum man dem David diese vielen Morde anhängte, besonders die am Haus Sauls. Und dahinein kommt der Mord an Urija wie gerufen. Bandit bleibt eben Bandit."

„So können wir nicht argumentieren", man sah Ascher richtig an, wie er den Stiefel Nehemijas auf seinem Nacken fühlte.

„Das ist ja auch nicht das Ende des Liedes. Den Mord an den Saulleuten leugnet David mit aller Kraft, hier aber bekennt er sofort den Mord an Urija, kaum hat der Prophet Natan ihn zur Rede gestellt. Und damit schlägt er zwei Fliegen mit einer Klappe. Das eine Argument heißt: Wenn David so bereitwillig diesen feigen Mord zugibt, dann hätte er doch wohl auch die politisch motivierten Morde zugegeben. Macht es euch klar: Das Geständnis dieses einen Mordes macht das Abstreiten der anderen Morde plausibel."

„Einleuchtend. Und was soll der andere Grund gewesen sein?"

„Der König David hatte Salomon als seinen Nachfolger bestimmt und hatte damit seine älteren Söhne übergangen. Hier nun liefert er ein Motiv für diese Vorzugswahl. Salomon ist sein Kind von der heißgeliebten Frau und kein Bastard."

„Da trägst du aber dick auf!"

„Das kannst du sagen, doch das Argument ist sehr fein ersonnen. Und es wird noch verstärkt durch die Gottesrede, die den Salomon bestätigt und dem Haus David immerwährende Herrschaft verspricht."

„Ein feines Argument. Und Gott hat damals genau das gesagt, was der König hören wollte?"

„Vielleicht nicht genau das, aber so ähnlich. Und an uns Schreibern liegt es, das passend aufzuschreiben."

„Du meinst, wir sollen aus dem Wort Gottes politische Propaganda machen?"

„Seht das so", jetzt sprach Jamiel, „egal was wir schreiben, es ist politisch, es ist Propaganda, auch das Wort Gottes. Aber die Politik, die wir aufschreiben, die wir den Leuten vorstellen, die ist auch ein Gestaltwerden des Wortes Gottes."

„Und welche Politik sollen wir aufschreiben?"

„Nun auf jeden Fall, dass auch der mächtigste König unter dem Wort Gottes steht und unter seinem Rechtsspruch. Auf Erden können wir die Könige nicht richten, aber da ist einer, der ihnen auf die Finger schaut."

Scharon: „Als Ebenbilder Gottes haben alle Menschen gleiche Würde, und vor Gott ist David nicht wertvoller als der Urija. Deshalb ist es gut, dass diese Geschichte aufgeschrieben ist."

„Vorsicht", Jamiel, „wenn wir das zu allgemein sagen, verlangen noch die Frauen, die Sklaven und die Fremden auch gleiche Rechte. Wir müssen das schon etwas feiner ausdrücken."

„Frauen und gleiche Rechte", polterte Woitijahu los, „so weit kommt es noch. Das werden wir schon zu vermeiden wissen. Und was die Fremden angeht. Vom gemeinsamen Kult sind sie gottlob ausgeschlossen. Jetzt brauchen wir nur noch einen Grund, sie auszuweisen, dann ist die Welt wieder in Ordnung."

„Du vergisst die fremden Frauen, die unsere jüdischen Männer geheiratet haben."

„Die Ehen werden aufgelöst. Eine Kanaanäerin zu heiraten, das ist ja fast Sodomie."

„Freunde, ereifert euch nicht, ihr kommt vom Thema ab."

„Und das ist?"

„Was machen wir mit der Geschichte von David und Bathseba?"

„Aber die ist doch gut", Ascher, „sie zeigt doch, dass am Anfang eines Großisrael zwei Könige standen, die Gott erwählt hat und denen er immerwährende Herrschaft ihres Hauses versprochen hat. Und Nehemija nennt sich nicht selbst König. Er wartet mit uns darauf, dass Gott das Haus Davids wiederherstellt und einen neuen König salbt."

„Und ich darf noch einmal betonen", Jamiel, „dass durch den Propheten und Gottes Wort die absolute Macht des Königs eingeschränkt ist. Wenn der König der oberste Kriegsherr ist, auch wenn David damals schon nicht mehr selbst in den Krieg zog, dann ist Gott der oberste Gesetzgeber. Und so haben wir auch jetzt den Nehemija als obersten Politiker und den Ezra als Vertreter Gottes."

Woitijahu lacht: „Jetzt fehlt uns nur noch eine eigene Instanz der Rechtsprechung und du hast deinem Lieblingsgedanken von einer Aufteilung der Macht wieder einen Platz gegeben. Aber so einfach ist es nicht. König bleibt König. Und das Reich David wartet nicht auf den letzten Tag, es will jetzt entstehen."

„Und in deinem neuen Großreich ist nur ein einziger oberster Politiker, oberster Gesetzgeber, oberster Richter?"

„Wie auch sonst."

„Aber was mich sehr stört, der Urija war kein Judäer, er war ein Hethiter, also ein Fremder. Stammt das Haus David am Ende von Fremden ab?"

„Sieh es einmal so. Das Fremde war schon mit Rut in die Ahnenreihe des David eingezogen, da kommt es auf die Bathseba nicht mehr an. Und wenn David den Hethiter umbringen ließ, immerhin hat er dann keinen Judäer umgebracht."

„Auch wieder richtig. Also, was machen wir mit der Geschichte?"

„Wir sollten sie so in der Schrift stehen lassen, wie sie ist. Der reuige David wird Gottes Spezi. Gott sieht ihm fast alles nach, verspricht ihm so gut wie alles. Nun ja, Davids Reich wird sehr bald kleiner und kleiner, und heute haben wir keinen Enkel Davids auf dem Thron. Aber uns bleibt der Traum von einem großen Israel, das vom Euphrat bis zum Nil reicht. Und diesen Traum brauchen wir, wenn wir Israel wieder aufbauen."

„Recht hast du. Lassen wir die Geschichte, wie sie ist. Hoffentlich liest nie ein Fremder diese Geschichten. Er käme womöglich auf den Gedanken, Gott habe auch ihm immerwährende Herrschaft versprochen. Nicht auszudenken, welches Unheil einer ohne die Einschränkungen durch Gottes Weisungen und Gebote aus dieser Idee ausbrüten könnte."

„Doch solange es keine Frau ist." Woitijahu musste das letzte Wort behalten.

Die vier klärten noch weitere Texte, redigierten hier und da ein wenig, damit es besser zu ihrem Zusammenhang und zur Politik des Wiederaufbaus passt. Dann rief sie der Geruch von Falafeln, ausgebackenen Kichererbsenbällchen, nach Hause zum Essen und einer langen Mittagsruhe.

Woitijahu war froh, dass ein alter Text erhalten wurde, Ascher fand, dass das Anliegen seines Regenten bestens berücksichtigt war, Scharon sah die Rechte aller Menschen, also aller richtigen Menschen, angemessen vertreten. Nur Jamiel war nicht ganz zufrieden. Die Trennung der Gewalten war doch etwas untergebuttert worden, von Subsidiarität, wie man es Jahrtausende später nennen würde, war nicht die Rede gewesen. Vielleicht musste eines Tages ein neuer Messias kommen, der dann alles wieder ins Lot bringen würde. Jetzt blieben ihm Hoffen und Warten.

## 8. Übung – Ein Bischof erlebt Elija

Der schwarze Mercedes rollt in den Hof des bischöflichen Hauses. Was zuletzt nur noch sehr selten geschah, Bischof Maier hatte seinen Bruder Klaus besucht. Der war ein katholischer Bauer, rechtschaffen, bodenständig, seit 35 Jahren mit seiner Elfriede verheiratet, mit fünf Kindern zwischen 16 und 31. Nun war Elfriede krank geworden und sollte demnächst operiert werden. Klaus und seine Frau waren in großer Angst, und sein bischöflicher Bruder war zu ihnen hin gefahren, um den beiden etwas Trost zu geben. Manchmal tat es seiner Exzellenz gut, zwischen all den kirchlichen Aufgaben den Geruch des Alltags wahrzunehmen, die wirklichen Sorgen wirklicher Menschen zu hören, eher er wieder von Personalplänen, missionarischen Projekten, Finanzierungsplänen und gefühlt tausend Anträgen und Bitten seiner Diözesanpriester überschwemmt wurde. Auf der Fahrt nach Hause hatte Bischof Maier sich erinnert, dass er einmal mit dem Wunsch begonnen hatte, den Menschen ein Seelsorger zu werden. Nun war er der allmächtige Chefmanager eines großen Betriebs, dessen Entwicklungsprofil jeden Ökonomen in den Wahnsinn getrieben hätte. Über ihm gab es nur noch den Papst und Gott, wobei letzterer sich auffällig wenig am Geschäft seines Bistums zu beteiligen schien. Bischof Maier fühlte sich sehr allein und müde.

Zuhause las er noch ein Kapitelchen der Bibel, und gerade heute stieß er auf die Stelle, die davon erzählt, wie Elija auf dem Horeb in einer Höhle sitzt, und um ihn herum gibt es Feuer und Erdbeben und Sturm, und Gott ist nicht in diesen Naturgewalten.[16] Dann ein „Fast Nichts", und Er, der „Ich-Bin" ist in diesem „Fast-Nichts". War Bischof Maier schon von den Sorgen seines Bruders bedrückt, diese Stelle gab ihm den Rest. Es fühlte sich an, als verlöre er den Boden unter seinen Füssen. Nun musste er in der kommenden Woche nicht nur ein Bistum leiten, er musste auch mit sich selbst wieder ins Reine kommen. Und er spürte, dieses Mal würde ihm der gute Pater Anselm nicht helfen können, weder mit seinem tiefen Wissen der Theologie und Lehre der Kirche noch mit seinen aufmunternden Sprüchen. Er musste wieder das lernen, was man im Studium „Beten" genannt hatte, kein Gespräch mit Gott, denn der pflegte nur wenig zu antworten, verbarg sich lieber im „Fast-Nichts", sondern ein Schreien zu Gott, ein Ringen mit Gott wie ein liebender Ehemann, dem seine Frau zu sterben droht, und der sie doch mit allen Mitteln halten will. Doch was wusste ein Bischof schon von der Ehe?

Sein Bruder Klaus kannte die Ehe, doch er hatte nie mit ihm darüber gesprochen. Und er hatte fünf Kinder. Über die sprach er viel, mit Sorge. Denn Kinder machten ihren Eltern immer Sorge; das war wie ein Naturgesetz. Seine Tochter Claudia, 21 Jahre jung, war vor zwei Monaten mit ihrem Freund zusammengezogen, unverheiratet. Als sein Bruder es ihm erzählte, spürte man seine Besorgnis. Das junge Paar wollte zusammenbleiben, aber vor einer Heirat wollten sie sich prüfen, ob sie eine Ehe zusammen schaffen könnten. Klaus hatte ihn um seinen Rat gefragt. Aber was sollte er raten? Nach dem Kirchenrecht durften sie nicht zusammenleben, aber nach demselben Kirchenrecht sollten sie sich ernsthaft prüfen, ehe sie sich vor Gott Treue bis zum Tod versprechen würden. Gewissenhafte Prüfung auf Abstand? Der Bischof kannte seine Nichte als eine ernsthafte Person, er ging fest davon aus, dass das junge Paar nicht leichtsinnig zusammengezogen war. Er konnte seinem Bruder keinen Rat geben. „Lass die jungen Leute. Gott wird ihnen schon einen Weg zeigen." Sein Bruder hatte ihn angesehen wie ein Mondkalb. Das aus dem Mund eines Bischofs! Warteten nicht viele Gläubige darauf, dass ihr Bischof ihnen sagte, was schon immer gut und böse gewesen sei? Konnte auch ein Bischof dazulernen?

Sein ältester Neffe Johann, schon 31 Jahre alt aber noch ohne eigene Familie, der sollte einmal den Hof übernehmen. Doch er zeigte immer weniger Neigung dazu und, Klaus sagte es mit einem Seufzer, er stellte sich in der Landwirtschaft auch denkbar ungeschickt an. Er würde den Hof nicht führen können. Und heute musste man nicht nur etwas von Pflanzen und Tieren verstehen, genauso wichtig war es, mit der Berliner und Brüsseler Bürokratie zurecht zu kommen. Und zu alledem kam jetzt auch noch die Krankheit seiner Elfriede. Die bevorstehende Operation machte ihm keine „Sorgen", sondern richtig Angst.

Alle die Sorgen und Ängste seines Bruders gingen dem Bischof nahe. Aber er sah auch, die Welt hatte andere Sorgen als ein Bischof. Unmerklich bildete sich ein neuer Gedanke in ihm: Gott hat andere Sorgen als die Kirche. Noch ließ er diesen Gedanken nicht zu.

Am nächsten Morgen liest Bischof Maier statt der vorgesehenen Abschnitte des Breviers alle Kapitel in den Büchern der Könige, die von Elija redeten.[17] Wie er erwartet hatte, blieb er bei der Geschichte von Nabots Weinberg hängen. Es war immer klar gewesen, wer hier gut, wer böse handelte. Aber heute ging ihm auf, wie sehr diese Geschichte auch von zwischenmenschlichen Beziehungen handelte: Ahab und Isebel waren ein Paar, in dieser Geschichte benehmen sie sich wie Mutter und Sohn, wie ein verwöhnter Sohn obendrein. Der Prophet ist dem König unterlegen, aber wenn er zu Ahab redet, dann spricht aus ihm die ganze Autorität seines Gottes. Er verkündigt nicht nur, was immer richtig ist, er verkündet auch das Urteil Gottes über Ahab.

Der Gott des Propheten ist ein gewaltiger Gott, ein Gott wie ihn Päpste und Bischöfe brauchen, um sich Geltung zu verschaffen. Und gegen ein wenig Gewalt scheint er auch nichts zu haben. Denn nach seinem Sieg in einem Wettopfer mit den Priestern des Baal lässt er diese im Namen Gottes kurzerhand umbringen. Bischof Maier aber muss in diesen Tagen lernen, dass sein Gott auch ein „Fast-Nichts" ist. Wenn in einer weiteren Geschichte Elija mutlos unter einem Ginster liegt, das kann der Bischof nachfühlen. Mutlosigkeit, die überkommt ihn immer öfter. Auf seinem Schreibtisch liegt ein Bericht: Jemand hat der Kirche sein ganzes Vermögen vererbt, und nun fechten dessen Kinder das Erbe an. Juristisch scheint der Fall klar zu sein, aber ist es gut so? Daneben Berichte über geistlichen und körperlichen Missbrauch durch Kleriker. Früher, ja da war klar, was man als Bischof zu tun hatte, oder besser, was man nicht tun sollte. Das ist anders geworden. Bischof Maier nimmt sich vor, im Lauf der Woche mit einigen der Opfer zu sprechen. Er will ihnen zuhören, von ihnen lernen. Wird er ein Ahab, der auf den armen Nabot hört? Es brechen neue Zeiten an.

Nach zwei Tagen die Nachricht, dass der Mann einer Mitarbeiterin gestorben ist. Unter der Nachricht liegt schon ein vorbereitetes Schreiben, mit dem der Bischof sein Beileid ausdrücken mag. Aber Bischof Maier mag nicht. Er besucht seine Mitarbeiterin zu Hause. Gemeinsam fahren sie zur Friedhofshalle, wo sie den Toten noch einmal sehen können. Die ganze Zeit die weinende Frau. Dann sitzt der Bischof bei ihr, hört ihr zu, hört die ganze Wildheit ihrer Klage. Er unterbricht nicht, belehrt nicht. Hier soll er nicht amten, hier muss er sich als Mensch der fremden Not hinhalten. Aber es ist schwer. Da wird Gott angeklagt, und der ist der Garant seines ganzen kirchlichen Daseins. Müsste er Gott nicht verteidigen? Wenn er diese Klage gegen Gott zulässt, gibt er ihr dann nicht Recht, und sägt er dann nicht an dem Ast, auf dem sein bischöfliches Amt sitzt. Nach über einer Stunde ist die Kraft zur Klage aufgebraucht, das Gespräch wendet sich alltäglichen Dingen zu.

„... was hat Ihnen denn Ihr Pfarrer zum Tod Ihres Mannes gesagt?"

„Mein Pfarrer? Der hat noch nicht mit mir gesprochen. Seine Sekretärin hat hier angerufen und auf den Anrufbeantworter gesprochen. Wenn ich ein Seelsorgegespräch wünschte, dann sollte ich im Pfarrbüro um einen Termin nachsuchen."

„Keine persönliche Aufmerksamkeit?"

„Wozu auch. Er fühlt sich so schon ständig überlastet. Da kann ich mit meinem toten Mann nicht auch noch seine Kraft beanspruchen. Was er mir dann sagen würde, das wird er wohl in der Beerdigungsmesse predigen. Ich werde ihn nicht anrufen, einmal zuhören reicht."

Der Bischof ist bestürzt. Welche Schuld trägt er daran, dass seine Priester sich so überfordert fühlen, dass ihnen keine Zeit mehr bleibt, die Trauernden zu trösten? Aber trösten sie überhaupt noch? Die letzte Bemerkung der Frau lässt ihn ahnen, dass da längst kein Gespräch mehr ist, nur das Abbeten der immerwährenden Trostformeln, selbst wenn diese inzwischen hohl klingen. Er bedankt sich für dieses Gespräch. Auf dem Heimweg plagen ihn sonderbare Gedanken: Bischof ist er für die große Gemeinschaft seines Bistums, und als Bischof muss er oft allgemein reden. Aber im Innern besteht sein Bistum aus den vielen

Einzelnen. Er kann nicht mit jedem und jeder reden, aber kann er nicht wenigstens ab und zu hinhören, gelegentlich daraus lernen? Und im Gespräch mit diesem oder jener, muss er da die allgemeinen Lehren vor sich hertragen, oder darf er auf die Kompetenz jedes Einzelnen vertrauen? Sie haben keine Theologie studiert. War das denn alles sinnvoll, was er in seinem Studium gelernt hatte? Und sie haben liebende Herzen. Gibt es nicht eine Weisheit der Liebe, die über jedes Studium hinausragt?

In seinem Arbeitszimmer nimmt er den Ordner mit der Aufschrift „Maria 2.0" zur Hand. Die Fragen dieser Frauen, ihr Programm für eine erneuerte Kirche liest er, daneben auch die klugen Entgegnungen seiner Sachbearbeiter. Aber jetzt schaut er nicht, ob alles klug und richtig und vernünftig ist. Er schaut, ob die Worte aus schlauen Köpfen oder liebenden Herzen kommen. Dann nimmt er sein Telefon und bittet eine Frau Wagner darum, in den nächsten Tagen einmal mit ihm zusammen einen Kaffee zu trinken. Frau Wagner ist erstaunt. Ihr Name stand ganz unten auf der Liste der Unterschriften, und sie hat auch keinen Titel, keinen kirchlichen und keinen akademischen. Was will der Bischof von ihr. Sie wird staunen, er will lernen.

Noch mehrmals liest er in dieser Woche in den Erzählungen vom Propheten Elija. Elija war ein kraftvoller Mann, so wie heute mancher Bischof. Aber er musste lernen, musste viel lernen. Der offizielle Glaube, den er mächtig vertrat, der tröstete ihn nicht, als er ganz mutlos war. Die offizielle Rede von Gott, die erklärte nicht, warum der „Ich-Bin" manchmal ein „Fast-Nichts" war. Sein Tod wurde nicht erzählt, angeblich hat ihn Gott in einem feurigen Wagen in den Himmel geholt. Sein Nachfolger hat es so erzählt, der wusste, wie allmächtig Gott war. Sein Nachfolger war ein viel größerer Prophet. Bischof Maier beschloss, ein ganz kleiner Bischof zu werden.

## 9. Übung – Über Jesus reden?

Warum schreibt ein Mensch seine Erfahrungen bei der Suche nach Gott auf? Die wenigsten Autoren lassen es uns wissen. Einer von ihnen ist der Evangelist Lukas. Wenn man sein Vorwort[18] liest, erhält man den Eindruck, er sei mit den anderen Erzählungen des Lebens Jesu nicht so ganz einverstanden und wolle es jetzt besser machen. Ist es schriftstellerischer Ehrgeiz oder treiben ihn neue und andere Erfahrungen in der christlichen Gemeinde dazu an, seine Schwerpunkte anders zu setzen? Seine Adressaten leben irgendwo im römischen Reich, allerdings nicht in Palästina. Wir können deshalb auch Heidenchristen in seiner Gemeinde annehmen. Anders der Evangelist Matthäus. Er sagt nicht ausdrücklich, warum er schreibt, aber die Auseinandersetzung mit dem Judentum prägt seine ganze Schrift. Man kann den Eindruck haben, Judenchristen bildeten einen zentralen Bestand seiner Gemeinde.

Andere Gemeinden – andere Schwerpunkte – andere Motive zu schreiben. Ist alles anders? Bei beiden Schriftstellern möchte man meinen, es dränge sie, dieses oder jenes zu schreiben, damit es nicht ungesagt bleibe, als schrieben sie gegen eine schweigende Masse an, die nur zu sehr geneigt zu sein schien, den neuen Weg des Jesus von Nazareth zu verflachen. Ist das etwas Neues?

Wenn wir ins Alte Testament schauen, dann finden wir die großen Propheten, die schreiben auf, was unbedingt gesagt werden muss. Dieser Drang drückt sich in ihrer Berufungserzählung aus. Jesaja erzählt von seiner Vision[19], und über zwanzigmal lesen wir „so spricht der Herr". Jeremia kennt eine ausführliche Berufungserzählung[20]. Ezechiel nennt ausdrücklich, wie das Wort Gottes an ihn erging[21]. Die Propheten Hosea, Amos, Jona, Micha, Zefanja, Haggai, Sacharja, sie alle sprechen davon, wie das Wort Gottes über sie kam.[22] Und was sie hörten, das mussten sie weitersagen.

Theologen klassifizieren nun diese Ereignisse nach verschiedenen Typen: Vision, Audition, Entrückung. Religionswissenschaftler fragen, was da geschehen sein mag, das diese Menschen so sehr überwältigte. Viele Leser stellen es sich so vor, dass Gott irgendwie menschliche

Gestalt annahm, um mit Menschen kommunizieren zu können. Von dieser Vorstellung aus ist es nicht mehr weit zu der Lehre, Gott habe auch in Jesus menschliche Gestalt angenommen. Paulus schreibt so: „sandte Gott seinen Sohn in der Gestalt des Fleisches"[23]. Die Gefahr dieser Deutung: Spielte Gott nur Mensch? Es brauchte lange, bis ein Konzil das zu klären versuchte: Jesus war ganz Gott und ganz Mensch, unvermischt und ungetrennt. Hilft das weiter?

Andere stellen sich die Erfahrungen der Propheten nach dem Vorbild der Träume vor. Sie träumten, phantasierten, sahen, hörten, und erwarten: Sie wurden wach, schüttelten sich und gingen wieder ihrem Tagewerk nach. Was war das Überwältigende, das sie nicht losließ, das sie nötigte, alles aufzuschreiben, damit es auf keinen Fall vergessen werde?

Der Chemiker Kekulé entdeckte den Benzolring im Traum. Wie konnte ihm der Traum etwas zeigen, das da war, aber von dem niemand wusste? Wenn vor der Welt unseres Bewusstseins etwas liegt, das schon da ist, auch wenn wir es noch nicht wissen können, dann ist jede Erfahrung dieses Vorherliegenden überwältigend, dann sehen wir Zusammenhänge, die sind klar und überzeugend, und sie nötigen uns, sie weiterzusagen. Wenn in der ganzen Schöpfung ein Anruf Gottes an uns liegt, dann müssen wir antworten, sobald wir ihn hören. Waren die Worte der Propheten ihre Antwort auf diesen Anruf?

Doch halt. Ganz so einfach ist es nicht. Wenn wir glauben, aus der Tiefe unserer Welt einen Anruf zu hören, wie können wir den von einem krankhaften Hirngespinst unterscheiden? Diese Frage müssen wir beantworten, wenn wir nicht jede Religion der Unvernunft ausliefern wollen. Paulus schreibt im ersten Brief an die Korinther, was er verkündige, sei „Heiden eine Torheit"[24]. Man kann den Satz böse verstehen: Wollen wir Irrsinn als Garantie für Richtigkeit erklären? War die Politik von Donald Trump deshalb richtig, weil sie denkenden Menschen als eine Dummheit erschien?

Die katholische Kirche baut an dieser Stelle das Lehramt als Filter ein, der allzu abstruse Vorstellungen fernhalten soll. Aber das verschiebt die Frage nur. Was, wenn das Lehramt selbst unvernünftige Züge annimmt? Das kann nicht geschehen? Lesen Sie einmal, was frühere Päpste zu Demokratie, Pressefreiheit, Religions-freiheit, Menschenrechten geschrieben haben. Bis heute hat der Vatikan die Menschenrechtskonvention der UN nicht unter-schrieben. Ein Grund: Die Konvention meint, Männer und Frauen seien gleichberechtigt. Wir sagen es nicht laut, aber der katholische Adam ruft bis heute: „Meine Rippe gehört mir."

Nach dieser kleinen Abschweifung kommen wir wieder zurück zur Frage, warum die heiligen Autoren geschrieben haben. Gerade aus der Prophetie des Alten Testaments können wir heraushören, dass sie nicht anders konnten. Um das zu verstehen, gab es verschiedene Ansatzpunkte, aber keine Lösung, die uns rundum befriedigt hätte. Doch solange wir keine rundum überzeugende Lösung dafür haben, warum die Autoren schrieben, und welche eindeutige Antwort sie auf unser Fragen nach Gott geben, sollten wir mit einer Vielfalt von Gründen und Bedeutungen rechnen. Vielleicht liegt die ganze Antwort eben in einem Bündel von Teilantworten, auch wenn wir diese nicht in jedem Fall harmonisieren können.

## Die Weihnachtsgeschichte nach Matthäus und Lukas

Alle Jahre wieder lesen wir diese schönen Geschichten von der alles andere als schönen Geburt Jesu, und wir lesen beide Autoren so, als ergänze der eine, was der andere vergessen habe zu sagen. Dabei war keiner der Autoren bei diesem Geschehen dabei, beide schrieben über siebzig Jahre danach. Und wer hätte sich schon alle diese Details bei der Geburt eines armen Kindes merken wollen. Lukas schreibt immerhin, dass Jesu Mutter Maria sich alles eingeprägt habe. Doch Maria ist ein Sonderfall, wir werden es noch sehen.

Bevor wir aber weiter darüber nachdenken, wollen wir in eine Kirche gehen und uns dort die Weihnachtskrippe anschauen. Hirten finden wir dort und ihre Schafe, im Stall mit dem Kind einen Ochsen und einen

Esel, am Rand nähern sich drei königliche Gestalten, mich erfreuen die Kamele und die Kamelführer. Der Geruch des Orients scheint über dem Geschehen zu liegen. Seit Luther ist der Vater Josef ein Zimmermann, in unserer Familienkrippe gibt es deshalb auch eine Werkbank, Sägen, einen Hobel, eine Axt. Ein Handwerker ohne Geld reist nicht ohne sein Werkzeug, denn er muss überall arbeiten können. In einigen Krippendarstellungen steht vor dem Stall ein Junge, der hüpft und lacht aus vollem Hals. Man nennt ihn den „Jucheißer", denn er schreit sein „Juchei" aus lauter Freude über die Ankunft des Gottessohnes.

Wir gehen ins Bonner Münster. Die Krippendarstellung dort setzt Bethlehem mit unserer Stadt gleich, Bonner Originale bevölkern die Szene, ein lokaler Portraitmaler, Marktfrauen, das Bonner Münster, Jahrhunderte zu früh. Das Weihnachtsgeschehen als zeitloses Ereignis, immer bereit, erneut zu werden, immer auch bedroht von den Königen Herodes unserer Zeit.

Aber was genau schrieben die Evangelisten? Matthäus beginnt mit einem üppigen Stammbaum Jesu, der beginnt bei Abraham. Dann die Geschichte von Josef, den ein Engel im Traum davon überzeugt, dass er die schwangere junge Frau nicht wegjagen darf. Es kommen Magier, zuerst nach Jerusalem, dann nach Betlehem. Wieder wird der Engel gebraucht. Im Traum gebietet er den Magiern, das Kind nicht dem Herodes zu verraten. Dieser lässt nun viele Kinder in und um Betlehem ermorden, nur Jesus nicht, der entkommt, denn der Engel hat Josef gewarnt, die Familie war nach Ägypten geflohen. Von dort kehrt sie später, wieder von einem Engel belehrt, nach Nazareth zurück. Dann hat der Engel endlich Urlaub.[25] Und von Jesus hören wir erst knappe dreißig Jahre später wieder etwas.

Frühling. Auf dem Weg durch den Forst zu einem Jägerhäuschen. Der Schnee ist geschmolzen, links und rechts des Weges Wassertümpel, hier fließt es nur langsam ab. An einer Stelle haben die Sauen die Erde aufgerissen, sie suchen Wurzeln, Schnecken. Überall tritt nun zaghaftes Grün hervor, zu viel Grün, als dass ich meine Gedanken zusammenhalten könnte. Ich will darüber nachdenken, wie Matthäus die

Kindheit Jesu erzählt, aber meine Gedanken verlieren sich in der Kindheit des Waldes. Über den Kronen der Bäume liegt erst ein Hauch von Grün, eine Ahnung nur, doch die sagt, dass hier schon bald wieder Leben sprießt.

Waren die Engel des Matthäus wie dieses Grün, nur eine Andeutung des Kommenden? Ich denke meistens so viel gegenständlicher. In der Weihnachtszeit gab es viele Engelfiguren, immer mit Flügeln. „Und meine Seele spannte weit ihre Flügel aus ...", so sang es die Romantik. Wir sind heute scheinbar nüchterner: „Über den Wolken muss die Freiheit wohl grenzenlos sein ...". Aber diese eigenartige Sehnsucht bleibt, heilige Familie, Engel, Stern von Bethlehem, drei Könige. Sind es Chiffren unserer Ahnung eines Anrufs, der aus Tiefen kommt, die wir nicht so beschreiben können, wie wir die Dinge beschreiben, auch nicht so, wie wir unsere Ideale beschreiben? Ist grenzenlose Freiheit nicht auch nur ein Ideal, das von einem anderen Ruf geweckt wurde? Dann hat die Krippendarstellung im Bonner Münster recht, es ist ein immerwährendes Geschehen, es ist das Ergrünen des Waldes in jedem Frühling. Ich höre einen Specht. Ihn mag ich, denn er bearbeitet mit seinem Schnabel die konkrete Materie. Aber was sagt ihm, wie sein Bau werden soll, um darin seine Brut großzuziehen? Wir nennen es Instinkt, immerhin haben wir einen Namen dafür. Verstanden haben wir es noch nicht. Doch hören wir in jedem Klopfen des Spechts die Frage: Wie baust du deine Welt, damit deine Kinder darin leben und wachsen können? In einigen Monaten werden wir den Kuckuck hören, der ruft: Lass es andere machen. Nicht einmal die Natur gibt uns eindeutige Antworten.

Unweit des Häuschens liegt eine alte Eiche, noch im Liegen ein fürstlicher Baum. Ich durchquere ihren Stamm, denn ein Bildhauer hat einen Teil dieses Stammes ausgesägt. Daraus wurden ein Altar geschnitzt, ein Lesepult, der Thron eines Bischofs und Hocker für die Menschen drumherum. Sie stehen in der Bonner Bischofskirche der Altkatholiken. Mir sagt die Eiche nun: „Hör auf den Specht. Wenn du etwas verstehen willst, dann musst du es gestalten, musst Teile herausbrechen und sie neu zusammensetzen, dann erzählen sie dir vielleicht ihr Geheimnis." Sofort beginne ich, breche Teile aus dem Matthäusevangelium heraus und setze sie neu zusammen.

In der langen Stammbaumliste fallen mir vier Frauen auf, allesamt keine, die meine Mutter sich als Schwiegertochter gewünscht hätte. Wenigstens drei sind keine Jüdinnen. Und doch sind ihre Nachkommen Träger des Abrahamssegen, sogar Könige sind darunter. Ist Jesus, der Sohn Josefs, auch solch ein Seiteneinsteiger? Der Text sagt, Josef sei nicht sein leiblicher Vater.[26] Und die Gelehrten in Jerusalem werden sagen, aus Betlehem komme der Messias. Ich setze die Teile zusammen. Es gibt einen Weg in das Gottesreich, der verläuft außerhalb der biologischen Abstammung. Und mit den Weisen aus dem Morgenland sehe ich, er verläuft auch außerhalb der religiösen Abstammung. Sogar Magier, so steht es bei Matthäus[27] und ich stelle sie mir als Priester eines heidnischen Kultes vor, sind auf dem Weg ins Reich Gottes. Sie ziehen erst nach Jerusalem, wie schon das Alte Testament von einer Wallfahrt der Völker zum Zion schreibt.[28] Doch dann gehen sie auf einem anderen Weg zurück. Sie haben Gott in einem Kind gefunden, wozu also zurück nach Jerusalem gehen.

Wollte uns das Matthäus sagen, der Weg ins Gottesreich sei für alle Menschen offen? In seiner Gemeinde mit den vielen Juden hieß das dann, dass das Gottesreich auch für Heiden offen ist. Konflikte sind angekündigt. Und sehr dezent stellt er uns in Herodes vor Augen, wie mörderisch es sein kann, wenn man nur auf seinem vermeintlichen Recht besteht.

Es ist ein erfreulicher Gedanke, der mich auf dem Rückweg begleitet. Mir ist, als raune die alte Eiche mir nach: „Es gibt nicht nur einen Weg zu Gott, es gibt den katholischen, den evangelischen, in meinem Fall auch den altkatholischen, es gibt viele Wege." Ich möchte sie fragen, ob es auch Wege außerhalb des Christentums gebe. Doch dann sagt sie auch: „Sieh dir an, was sie aus mir gemacht haben, einen Altar, einen Thron und viele Hocker. Wenn die Leute bei ihrer Gott-Suche nach Gewissheit verlangen, dann brauchen sie Steine und Eichenholz. Und es gibt immer auch einen, der antwortet: Nur mir nach, ich weiß den rechten Weg. Ach", so seufzt sie, „wenn dieser eine nur Gott selbst wäre."

Am nächsten Tag ist das Wetter, wie man hier sagt, ‚uselig'. Heute kann ich nicht aus meinem Büro weggehen. Draußen würde ich nicht klüger, nur nass. Aber ich will noch über das Lukasevangelium nachdenken. Zuerst einmal, was wird erzählt?

Am Anfang der Geschichte wird Johannes der Täufer angekündigt, natürlich wieder durch einen Engel. Johannes wird ein großer Prophet werden, er wird leben wie ein Prophet, er wird wirken wie ein Prophet. Und schon hier hören wir einen wichtigen Begriff: „Gerechtigkeit". Dann wird der Engel die Geburt Jesu ankündigen. Maria aber geht danach zu Elisabeth und dort singt sie ihr bedeutendstes Lied, das Magnifikat. Unüberlesbar handelt es davon, dass die Machtverhältnisse im Gottesreich umgedreht werden. Auch nach der Geburt des Johannes singt sein Vater Zacharias ein Lied von seinem kleinen Sohn als einem Propheten der Liebe Gottes.[29]

Soweit das Programm, dann kommt die Durchführung, zu erkennen an dem Wörtlein „es geschah"[30], das manche Übersetzungen leider unterschlagen. Jesus wird in Betlehem geboren, Hirten wird die Geburt eines Heilandes verkündigt. Nun wimmelt es von Engeln. Die Hirten aber finden den Heiland als ein Kind, „in Windeln gewickelt", wie es eben alle Kinder sind.

Es folgen die schönen Geschichten von Simeon und Hanna, die wieder in diesem Kind den Heiland erkennen. Zum Abschluss dann die Erzählung von dem zwölfjährigen Jesus im Tempel. Die liebe ich, denn sie zeigt wie kaum eine andere jenen Schritt in die Selbständigkeit, den jeder junge Mensch gehen muss, und gleichzeitig die unbeholfene Reaktion der Eltern auf diese neue Selbständigkeit. Auch die heilige Familie war eine normale Familie, da kommt so etwas vor.

Wie aber soll ich in meinem Büro vor einem regengrauen Himmel über den Gehalt dieses Textes nachdenken. So viel spüre ich schon jetzt: Dieser Text ist nicht für Judenchristen geschrieben, die Vorschrift des Gesetzes wird so deutlich erklärt, wie man sie nur einem Fremden erklären muss. Aber der Autor kennt die Gepflogenheiten der römischen Besatzung in Kleinasien.

Ich schließe meine Augen und träume: Da kommt ein Bote aus Rom in eine Stadt in der heutigen Türkei und verkündet die Geburt eines Retters, den Anbruch einer neuen Heilszeit, einer Zeit völligen Friedens. Denn dem Kaiser in Rom wurde ein Sohn geboren, dem göttlichen Herrscher ein göttliches Kind. Die Zuhörer sind pflichtgemäß begeistert und ahnen doch, den göttlich-kaiserlichen Appetit kann nur eine Steuererhöhung stillen. Damit aber niemand mault oder gar lacht, stehen um den Boten herum eine ganze Kohorte mit blanker Waffe. Die schlagen sie an ihre Schilde und brüllen ein vielfaches Hurra. Und die romtreue Stadtverwaltung zögert nicht, dieses frohe Evangelium auf einer Marmortafel festzuhalten.[31]

Szenenwechsel: Da kommt ein Bote zu Hirten und verkündet, ein Heiland sei geboren, ein armes Kind, das nicht einmal ein Bettchen hat, sondern in einer Futterkrippe liegt. Hirten haben keine Angst vor Steuererhöhungen, was sollte man ihnen schon wegnehmen. Sie lachen nicht, sie werden nur neugierig. Und um den himmlischen Boten steht eine ganze Kohorte von Engeln, unbewaffnet, und sie schreien nicht „hurra", sondern singen vom Frieden, den Gott schenkt. Und statt auf eine Marmortafel schreibt es Maria in ihr Herz.

Ich schüttle mich wach. Draußen ist es immer noch ‚uselig'. Kann das so geschehen sein oder ist es nur meine Einbildung? Zumindest der Teil mit dem Boten aus Rom ist uns in Inschriften überliefert, die ganze Rederei vom Retter und vom Frieden. Aber was macht Lukas damit? Er stellt es einfach auf den Kopf. „Er stürzt die Mächtigen vom Thron und erhöht die Niedrigen".[32] Und „es geschah". Das zeigt er in der Geburt Jesu. Und keine Marmortafel hält das fest, sondern ein liebevolles Herz.

Ist das die neue „Gerechtigkeit"? Gerechtigkeit ist in diesen Sätzen eine Tugend der Könige. Für gebildete Griechen bedeutete Gerechtigkeit, alle Bewohner der Stadt nach ihrem Stand zu achten und zu behandeln. Für manche unserer Zeitgenossen bedeutet Gerechtigkeit, alle Menschen gleich zu behandeln. Für einen damaligen Juden, dessen Geschichte mit dem Auszug aus Ägypten begann, bedeutet

Gerechtigkeit, dass den Armen und Unterdrückten Recht wird. An diesem Unterschied kauen wir noch bis heute. Die „Option für die Armen", wie sie Theologen in Lateinamerika formuliert haben, das ist die Gerechtigkeit des Lukas. Und während bei Matthäus betont wird, dass Gottes Heilsangebot allen Menschen gilt, unterstreicht Lukas, dass es im Reich Gottes keine Machthaber geben soll. Die höchste Macht ist die Macht eines wehrlosen Kindes. Erst nachdem wir gelernt hatten, dass man Macht auch Dienst nennen kann, Machthaber auch Diener, ja „Diener der Diener", erst da haben wir wieder den Punkt erreicht, den das Römerreich schon damals innehatte, erst seit diesem Zeitpunkt sind wir richtig „römisch"-katholisch.

Ist es nur das, was uns Lukas erzählen will, nur die Geschichte einer Umwertung der gesellschaftlichen Werte? Ich werde noch oft dieser Geschichte nachträumen müssen, bis sie manche tiefere Bedeutung preisgibt. Aber das Wetter lädt ein zum Träumen.

In meinem Traum stehe ich vor dem Tempel in Jerusalem. Als Heide darf ich nicht weiter hineingehen. Ich sehe sie kommen, Josef, Maria, Jesus in einem Wickeltuch. Was wollen sie hier? Sie leisten, was das Gesetz von ihnen als frommen Juden verlangt. Reicht Lukas hier dem Matthäus die Hand? Für Jesus gilt immer das jüdische Gesetz, schon hier aber in der Fassung für Arme, die auf das Opfer eines Schafes verzichtet, für Arme reichen ein Paar Tauben. Und Lukas lässt den alten Simeon sagen: „Ein Licht zur Offenbarung für die Heidenvölker und zur Verherrlichung deines Volkes Israel".[33] Juden und Heiden in einem Satz, Gottesreich für alle. Ich erinnere mich, die gesellschaftliche Ordnung wird sich wie bei Lukas so auch bei Matthäus umkehren. Da sind sich beide Evangelisten einig. Werden auch wir Heiden eines Tages in den Tempel gehen dürfen, Juden und Heiden vereint im Lob Gottes?

Seltsam, wie im Traum die Grenzen des Raumes aufgehoben werden. Unsere kleine Familie ist nun im Vorhof der Frauen. Auch im Tempel von Jerusalem durften Frauen nicht beliebig nahe an das Heiligtum herantreten, nur einen kleinen Schritt weiter als die Heiden.

Das waren schon recht katholische Juden damals. Da sehe ich die Drei. Josef bringt seine Tauben zum diensthabenden Priester. Aber Maria. Über ihrem Gesicht liegt unverkennbar ein Zeichen von Unmut. Maria, was kränkt dich? Sie bewegt ihren Mund nicht, und doch höre ich die Worte, als seien sie zu mir gesprochen: „Die Tage meiner Reinigung sind nun vorbei, denn durch die Geburt war ich unrein. Ein Kind zu gebären, macht eine Frau unrein. Ob Gott nach der Erschaffung der Menschen sich auch erst einmal unrein fühlte. Wir erklären etwas, worin wir Gott am nächsten kommen, für schmutzig. Brauchen wir das, um nicht hochmütig zu werden? Aber warum ist nur die Frau voller Schmutz? Das Kind hat doch Vater und Mutter. Sie sagen, ich sei so voller Schmutz, dass wir ein eigenes Opfer bringen müssen, damit ich wieder sauber werde. Doch was ist das für ein Opfer? Das gleiche opfern wir, wenn jemand gereinigt werden muss, weil er das Aas eines unreinen Tieres angefasst hat. So viel Verachtung für die Frau, die ein Kind zur Welt bringt."

Warum träume ich so unruhig? Ich erinnere mich, noch in meiner Kindheit mussten die Frauen nach einer Geburt „ausgesegnet" werden, wie es damals hieß. Sind bei uns die Gebärenden ebenso unrein? Ist das der Grund, warum Frauen in der katholischen Kirche niemals Priester werden können? Ich schaue dem Treiben im Tempel weiter zu.

Eine steinalte Frau kommt zu Maria. Man scheint sich zu kennen. Die Alte hutscht das Kindlein, spielt mit ihren dürren Greisinnenfingern vor seinem Gesichtchen, murmelt irgendetwas mit fast zahnlosem Mund. Doch der kleine Jesus weint nicht. Ist er es gewöhnt, dieses „Eiapopeia", dieses „Ist das aber ein Süßer!" Nun höre ich sie. Maria redet die Frau mit Hanna an. Man kennt sich also. Mein Traum verlässt Maria und ihr Kind, geht mit Hanna. Wie klar mein Traum mit einem Mal ihre ganze Lebensgeschichte sieht:

## 10. Übung - Hanna

Vierundachtzig Jahre war sie damals alt. Das sei doch noch kein Alter, so meinte sie, nur hier und da stehe es mit der Gesundheit nicht zum allerbesten. Seit zwei Jahren ging sie am Stock, und von Zeit zu Zeit blieb sie stehen, atmete tief durch, ein leiser Ruck ging durch ihren Körper, und dann setzte sie ihren Weg fort, langsam, ein wenig schwankend, als sei das Gleichgewicht verwirrt, langsam zum Tempel hin, Tag für Tag, zum Tempel und später wieder nach Hause. Dazu gelegentlich zum Krämer, selten zum Metzger, kleine Besuche, alle mit diesem schwankenden, stockenden Schritt, aber meist eben zum Tempel. Gottesfürchtig nannten sie die Leute und eine Prophetin. Und sie fürchtete Gott, oh, wie sie ihn fürchtete, mit schlotternder Angst, ihn, den Bilderlosen, dessen Namen man nicht aussprechen durfte, und der Herrscher war über alles, vor allem über ihr kleines Leben. Sie wollte ihn lieben, aber was am Ende blieb, war große Angst, sklavische Furcht vor seiner Willkür, Zittern, und das Gefühl rettungslosen Ausgeliefertseins. Und je größer ihre Furcht war, desto herrlichere Namen gab sie ihm, Retter Israel, Heil der Schwachen, und sie fastete noch strenger, betete noch länger, lag im Tempel weit ab vor seinem Allerheiligsten auf den Knien. Dann machten die Priester einen Bogen um sie, denn ihre Furcht war ansteckend, und ihre Verzweiflung sprach allen Lehren Hohn, vor allem ihren eigenen, wenn sie die Rettung Israels beschwor. Rettung wovor? Sie konnte es nicht sagen, alles war ihr Unheil. Und Gott, dieser Starke, der sollte alles zum Heil wenden, man musste ihm nur gut mit Bitten zusetzen. Es bildete einen seltsamen Widerspruch zu ihrer Gottesangst, dass man diesen Gott wie ein verwöhntes Kind umstimmen und beschwichtigen konnte. Gottesbeschwichtigung, das eigentlich war ihr Beruf, zumindest seid ihr Mann gestorben war.

Ja, sie war einmal verheiratet gewesen, sieben Jahre lang, dann starb ihr Mann. Es waren harte Ehejahre. Sie war damals jung, sehr schön und sehr scheu vor allen Menschen. Wie litt sie oft unter seiner polternden Zärtlichkeit, seiner Brunst, seiner Leidenschaft. Nicht, als habe er sie nicht geliebt, er hatte sie sehr lieb, aber seine Liebe hatte etwas Rohes an sich, wenn seine groben Hände ihre Seele fast zerdrückten, und sein Lachen, oft war ihr, als bräche ein Weltgelächter über sie her, und dann machte ihre Furcht sie klein, klein und wehrlos, wie ein Spielzeug seines starken Willens, dann nannte sie ihn groß, um ihn zu besänftigen; und wollte er ihr seine Stärke zeigen, verging sie fast vor Angst. Nun aber, nach so vielen Jahren, verklärte die Erinnerung alles, und die gemeinsame Zeit schien ihr die schönste Zeit ihres Lebens. Später war sie oft an sein Grab gegangen, bis es selbst das nicht mehr gab. Mit 84 überlebt man selbst seine eigene Vergangenheit. Wie alles Vergangene verklärte sie ihre Ehe, es wurde ihr eine heilige Zeit, eine Zeit des Gottesglücks. Und hätte sie einer gefragt, wie sie sich das künftige Heil vorstelle, "wie die Ehe mit meinem Mann", hätte sie geantwortet.

Demgegenüber war die Heutezeit grob, roh, brutal, und nichts geschah, bei dem sie nicht die schlimmsten Möglichkeiten erahnte, erspürte, erlitt. Und deshalb wohl hieß sie die Prophetin. Kein Unheil geschah, das sie nicht vorausgesagt hatte, und vieles Unheil geschah nicht, obschon sie es angekündigt hatte. Es war, als gäbe Gott von Zeit zu Zeit ihrem ungestümen Beten nach und ließe sich des Unheils gereuen. Und je weniger eintrat, desto mehr betete sie, betete ohne Unterlass und sah doch nur all das Unheil vor sich.

Nicht, als habe sie politischen Weitblick. Als im fernen Rom dieser Octavian an die Macht kam, glaubte sie durchaus allen Parolen vom Friedensreich und konnte jene Träumer nicht verstehen, die davon redeten, lieber mit Ägypten zu paktieren, mit diesen Heiden und Stieranbetern. Und wenn seither die Gegend um die Stadt herum mit Kreuzen gespickt war, so klagte sie über die Toren, die sich gegen die gottgegebene Obrigkeit auflehnten. Nie kam ihr in den Sinn, der Augustusfriede sei nicht nur friedlich. Aber was die Eiferer planten, das konnte nur Verderben bringen, und so betete sie, dass das Verderben nicht über das ganze Volk komme. Und längst hatte sie nicht mehr nur um ihretwillen Angst. In ihrem Herzen hatte ihr ganzes Volk Angst.

Dennoch war es fast ein Zufall, dass sie heute im Tempel war, denn es war nicht eigentlich ihre Zeit des Tempelganges. Sie wollte einer Totenfeier beiwohnen, als das mit dem Reinigungsopfer geschah.

Totenfeiern ließ sie nie aus. Die Toten gaben ihr Recht. Da lag die Bestätigung der Grausamkeit Gottes, des Elends der Welt, und nur Beten, Beten und Fasten vermochten größeres Unheil abzuwenden. Die Toten waren die Kinder der Kinderlosen, ihnen galt ihre höchste Sorge, seit ihr Mann vorangegangen war. Und nur unaufhörliches Beten und große Opfer vermochten die Toten vor den jenseitigen Qualen zu retten. Und konnte man sicher sein? Die Angst gab das Maß des Opfers. Und wieder war jemand gestorben, irgendein Bekannter, und nun schleppte sie sich den Tempelberg hinauf, leise schwankend und Psalmen murmelnd. Und vor ihrem Auge entstand wieder alles Unheil, das Unheil der Eiferer, die die Römer gegen ihr Volk aufbrachten, das Unheil der Krankheiten, das sie allenthalben sah und noch deutlicher in ihren Beinen spürte, das Unheil des Todes und das Unheil Gottes, dieses grausam Fordernden. Kaum eine Straße sah sie, in der nicht irgendetwas geschah, was diesen Gott reizte und von ihr äußerste Sühne forderte, und wenn sie es nicht sah, sie konnte es sich denken.

Aber der Zufall brachte sie nicht zur Totenfeier, sondern zuerst zu dieser Mutterreinigung, zeigte ihr dieses Kind, über dem ihr zahnarmer Mund einen Segen murmeln wollte, ehe sie weiterging, wie man halt Kinder segnet, erste Beschwörung künftigen Unheils. Doch dann reckte sich ihr ein Ärmchen entgegen, glänzte ein Auge, so klein noch, und sah doch nur sie. Seit wie vielen Jahren hatte niemand sie mehr angesehen, hatten die Kinder bei ihre ihrem Segen geschrien, hatten die Mütter gesagt "Lass es, Alte!" Und nun hielt sie gar das Kind im Arm, hielt es gut fest, stützte das Köpfchen. Wer Kinder halten will, muss stark sein, muss eine ganze Welt halten können. Und sie fühlte, wie sie stark war, und hielt in dem Kind eine ganze Welt, und im Kind blickte ihr Gott sie an, gar nicht grausam, sie glaubte ein Lächeln zu sehen. Und dann fühlte sie, wie die Weltlast von ihrer Seele glitt. Wenn sie für Gott am Ende wie dieses Kind wäre, keine Magd, keine Sklavin, ein lachendes, tanzendes Töchterlein? So froh hatte sie lange nicht mehr an ihren Gott gedacht. Und nun hörte sie, wie der alte Simeon sie ansprach: "Komm Hanna, jetzt können wir sterben. Wir geben alles unseren Kindern. Und ihnen wird's zum Heil werden."

„Man wird's sehen! "

An diesem Tag wollte das Prophezeien nicht mehr gelingen. Auf der Totenfeier sah man eine lächelnde Hanna, und ihr Heimweg schien schneller als gewöhnlich. Sie sprach dann oft noch von dem Kind, dem alle Hoffnung gehört, und einige fragten verwundert, ob sie denn je ein Kind gehabt habe. "Ja, ja, mein Kind", war ihre Antwort, "mein Kind von Gott." Und damit legte sie sich auch zum Sterben. "Mein Kind, und sagt ihm, es soll alles gut machen, alles, sagt es ihm. Vielleicht, vielleicht ist Gott doch gut. Man wird's sehen! Mein Kind... "

Sie war eine Prophetin, sagten die Leute. Nein, eine Heilige, sagten andere. Einer schrieb damals: "Die Frau, die kinderlos war, lässt er im Hause wohnen. Sie wird Mutter und freut sich an ihren Kindern." Es stand auf ihrem Grab.

Als ich erwache liegt vor meinem Fenster eine graue Abenddämmerung. Worüber wollte ich nachdenken? Was entdecken wir in den Evangelien nach Matthäus und Lukas? Ausweitung des Gottesheils, eine neue Gerechtigkeit, aber auch eine Hoffnung, die stärker ist als alle Schwarzseherei.

## 11. Übung – Der junge Mann Jesus

Vor mir liegt noch eine Geschichte, die Lukas erzählt, die erste Reise des jungen Jesus nach Jerusalem und zum Tempel.[34] Ich rufe das Geschehen vor die Augen meiner Fantasie. Mit zwölf Jahren feierte Jesus seine Bar Mitzwa, wurde er ein „Sohn des Gesetzes" und damit religionsmündig. Fortan galten alle Bestimmungen des Gottes-Gesetzes auch für ihn. Er war erwachsen. Bei den Katholiken werden die jungen Leute gefirmt, bei den Protestanten konfirmiert. Über das

Erwachsensein bestimmen aber in unseren Breiten die Gesetze des Staates. Jesus feierte seine Bar Mitzwa in Jerusalem. Für ein Landkind muss der Eindruck der Stadt und des Tempels überwältigend gewesen sein. Und so kommt es, seine Eltern bemerken es nicht einmal, dass er in Jerusalem zurückbleibt. Er war wohl bei den anderen Jungen, oder bei einem Onkel, den man neuerdings gerne besuchte, gab es in seinem Haus doch zwei allerliebste Cousinen, und dessen Familie war ebenfalls mit nach Jerusalem gepilgert. Nein, man kannte seinen Jesus und machte sich bei der Abreise noch keine Sorgen. Doch abends kam er immer nach Hause, heute nicht. Sie suchten ihn, aber die Freunde wussten nicht wo er war, und auch die Cousinen hatten ihn schon vermisst.

„Verfluchter Bengel, jetzt müssen wir wieder den ganzen Weg zurücklaufen." Das war kein frommer Wunsch, aber eine verständliche Herzensregung seines Vaters. Und sie liefen zurück. Auch Evangelisten verstehen es anzudeuten, was man nicht wahrhaben möchte. Nach drei Tagen fanden ihn seine Eltern. Drei Tage, dazwischen liegen zwei Nächte. Wo hatte er Quartier gefunden? Wer hatte ihm zu essen gegeben? Um den Tempel herum wohnten nicht nur fromme Leute, nicht nur Priester, und auch die waren nicht immer so ganz fromm. Was hatte der Bengel in diesen drei Tagen erlebt?

Doch nun hatten sie ihn gefunden. Er saß im Tempel bei den Lehrern, hörte ihnen zu und fragte sie, wenn er etwas nicht verstand. Ein Tempel, das war nicht nur ein Opferbetrieb, das war auch eine Universität, eine Bank, ein Markt für alles, was man zum Opfern brauchte und wohl auch für Devotionalien. Ich frage mich, ob es da schon kleine Tempelchen unter einer Glaskugel gab, auf die es schneite, wenn man die Kugel schüttelte. Jesus hatte keine solche Andenken gekauft, er saß da, um zu lernen, und alle staunten über seine Klugheit. Einer der Lehrer überlegte schon, ob man nicht mit seinen Eltern verhandeln sollte, dass sie diesen Sohn in seine Obhut und Lehre geben sollten. Er würde ihnen sicher einen guten Preis machen, aber so einen kleinen Schlaukopf durfte man sich nicht entgehen lassen. Zuerst einmal aber sind seine Eltern außer sich: „Kind, warum konntest du uns so etwas antun?"[35]

Hier unterbreche ich die Fantasie, zu schön modelliert Lukas die Entwicklung des kleinen Jesus.[36] Am Anfang nennt er ihn ein Baby. Dann ist es dreimal Kind oder Söhnlein; dann ist er ein junger Mann. Dieser junge Mann ist kein Kind mehr. Auch der Gottesknecht des Jesaja ist ein solcher „junger Mann". Und diesen jungen Mann redet seine Mutter mit „Kind" an[37], wahrlich nicht die erste Mutter, die nicht wahrhaben will, dass ihr Kindlein inzwischen ein junger Mann, eine junge Frau geworden ist.

Die Antwort Jesu mutet uns etwas hart an, „Wusstet ihr nicht, dass ich in dem meines Vaters sein muss?" Mein Erinnern geht zurück. Früher oder später muss jedes Kind seinen Eltern nahelegen, dass sein Weg ein eigener ist. Und das geht nicht ohne Verletzung. Es erklärt die elterliche Fürsorge für fortan überflüssig. Und was meinte Jesus? Wenn ich einer frommen Predigt lausche, dann soll sich Jesus schon hier als der einziggeborene Gottessohn erkennen, der deshalb in das Haus Gottes gehört. Aber ein Zwölfjähriger, der sich für den Sohn Gottes hält, hat ein Problem mit seinem Selbstbewusstsein. Wir werden an geeigneter Stelle überlegen müssen, was Sohn Gottes bedeuten kann. Hier kommen wir aber ohne diese Konstruktion aus: Jesus wurde feierlich zum Sohn des Gesetzes erklärt, das bedeutet Bar Mitzwa, also fühlt er sich dahin gerufen, wo das Gesetz gelehrt und ausgelegt wird. So einfach kann es sein.

## 12. Übung - Christus in der Hostie

*Biblische Geschichten kann man nacherzählen, aber was ist, wenn unser Blick auf den religiösen Alltag fällt, auf die Bräuche, die fromme Menschen in Jahrhunderten geschaffen haben. Leicht gerät die Erzählung zur Parodie. Aber auch im kirchlichen Alltag finden wir Antworten auf Gottes Anruf, verständliche und fremdartige.*

Wo der Waldweg in eine feste Straße mündet und parkende Autos den Eintritt in die Zivilisation anzeigen, da steht linkerhand eine Kapelle. Dort kann man sich setzen und etwas ruhen. Vorne auf dem Altar steht eine Monstranz, darin ein Stück Brot, in dem nach dem Glauben der Katholiken Jesus selbst anwesend ist. Vor dem Altar kniet eine Nonne, ganz still. Betet sie? Träumt sie von Jesus? Von ihr keine Regung, kein Laut. Nach einer Weile wird sie abgelöst. Eine andere Nonne kommt, kniet sich nieder, schweigt, derweil zieht sich die erste völlig geräuschlos zurück. Zeichen höchster Anbetung? Zeichen vollständiger Selbstaufgabe? Stumme Sklavinnen, bereit auf den kleinsten Wink ihres Herrn ihm zu Diensten zu sein. Der kleine Schelm in meinem Kopf sagt: Keine Angst, Mädels, er wird nicht winken. Bevor sich mein Schelm zu sehr bemerkbar macht, verlasse ich wieder die Kapelle und gehe durch den Wald zurück nach Hause.

Welch sonderbare Welt, in der diese katholischen Nonnen leben. Was mir aber am meisten zu denken gibt, ist diese groteske Doppeldeutigkeit des Geschehens. Nur ein lebenslanges Training der Gedanken lässt jede Fehlinterpretation verstummen. Mir fehlt dieses Training. Also schaue ich mir an, wie man das Geschehen fehlinterpretieren kann:

Findet eine Frau ihre Erfüllung darin, still und aufmerksam auf jeden Wink ihres Herrn zu warten, und weiß genau, dass er nie winken wird? Kein Menschenmann könnte das von ihr erwarten, aber hier ist kein Menschenmann, hier ist Gott. Von ihm heißt es, er liebe ein zerschlagenes Herz[38]. Das tut er, er liebt ein Herz, das von jeder

Unmenschlichkeit umkehrt, das aus Stein wieder zu Fleisch wird. War diese Nonne so unmenschlich, dass sie sich nun kleinmachen muss vor Gott? Würde ich sie fragen, bekäme ich wohl zur Antwort: Vor dem großen Gott sind wir alle ganz klein. Was ziemt uns mehr, als diese Kleinheit auszudrücken, damit die Größe Gottes umso leuchtender hervortritt. Oder würde sie antworten: Mit meiner Demut sühne ich nicht nur für die eigenen, sondern für die Sünden der ganzen Welt. Und wenn Sie hinsehen, da sind mehr Sünden, als ein Mensch allein sühnen kann. Ich werde nicht fragen. Wenn sich ihre Liebe zu Gott darin erfüllt, dann mag sie so leben. Mir zeigt diese Selbstverkleinerung eines Menschen nicht Gottes Größe, sondern die Vorstellung Gottes als eines Tyrannen, der eifersüchtig seinen Harem bewacht. Ich muss schmunzeln bei dem Gedanken: Nonnen als der Harem Jesu.

Man kann so denken. Aber wer ist dieser Jesus? Klar, ich habe in der Bibel gelesen, wer Jesus von Nazareth war, was er getan und gelehrt hat, wie er ermordet wurde und von Gott auferweckt. Ich weiß auch, wie die Christen ihn schon bald wie einen Halbgott verehrt haben, wie einen Gottessohn, insgesamt mehr Gott als Mensch. Durch seine Erhöhung hielt man ihn auf Distanz. Es dauerte, bis man erkannte, dass Gott in Jesus ganz Mensch wurde.

Doch hier geht man einen Schritt weiter. Im Brot wird Jesus nicht gegessen, sondern in einen goldenen Sarg gesperrt, in dem alle ihn sehen können. Vor diesem Sarg, dieser Monstranz, sind alle still wie im Zimmer eines Toten. Dort ruft man nicht, lacht man nicht. Hält die Schwester Totenwache bei einem toten Jesus? Oder ist man so still, weil ein Geräusch ihn aufwecken könnte. Ein Gott, der erwacht, unausdenkbar, was dann geschehen könnte angesichts einer sündigen Welt.

Hier steht die Monstranz sichtbar auf dem Altar, Frauen knien davor und beten. In den meisten Kirchen hat man den ‚Jesus im Brot‘ in ein Tabernakel weggesperrt. Das sei ein Zeichen der Ehrfurcht, man wolle auf keinen Fall, dass mit den heiligen Hostien Unfug getrieben wird. Das ist verständlich. Ich erinnere die Szene, als in El Salvador katholische Soldaten ein Dorf überfielen, die Kirche verwüsteten, das Tabernakel öffneten und die Hostien auf die Erde warfen[39]. Hielten sie Jesus auch für einen Aufständigen gegen ihre Herren und deren Geld? Droht das auch hier, wenn wir Jesus nicht sorgsam wegsperren? Aber haben wir nicht gesehen, dass Jesus in Scharen draußen herumläuft, sein Essen aus Abfallkörben zusammensucht, unter Brücken schläft? Solange wir ihn im Tabernakel weggesperrt wissen, braucht uns das nicht zu beunruhigen.

Sieht niemand die Doppeldeutigkeit des Geschehens vor der Monstranz und unseren Tabernakeln?

Mein Weg zweigt nach rechts ab. Ich gehe ihn schon fast automatisch. Im Herbst gibt es hier viele Pilze. Ich gehe diesen Weg gerne. Es ist, als sei ich allein auf der Welt. Der Wald leuchtet an diesem Spätnachmittag eines Herbsttages wie ein Gebet. „Die Erde lasse junges Grün sprossen und Pflanzen, die Samen tragen, und Bäume.[40]" Hat Gott selbst diesen Wald geschaffen, oder war es doch der Wille eines Fürsten, der sich ein Jagdrevier schaffen wollte? Darf ich eine Blume pflücken, die der Allmächtige selbst hier eingepflanzt hat? Sobald ich moralisch über Gott nachdenke, spüre ich den Zwiespalt. Darf ein Mensch in das Werk Gottes eingreifen? Oder muss ein Mensch in das Werk Gottes eingreifen, damit die Erde für ihn und seine Kinder wohnlicher wird? Schöpfung als Geschenk oder Aufgabe?

Die Nonnen haben sich für die erste Version entschieden. Sie sind zwar Frauen, aber sie bewahren sich so, wie sie sich von Gott geschenkt wissen. Andere Frauen arbeiten am Werk Gottes weiter, nehmen sich Männer, gebären Kinder, und sorgen mehr oder weniger erfolgreich dafür, dass die Erde etwas wohnlicher wird.

Und Jesus? Für einige ist er nur ein Mensch, ein recht guter, das geben sie zu, aber göttlich ist an ihm nichts. Wie könnte es das auch sein, wenn es für sie sowieso keinen Gott gibt. Für andere ist er selbst ein Gott, der in der Gestalt eines Menschen über die Erde geht. Sein Reden ist das Reden Gottes, mehr Gesetz als die Gebote am Sinai, die doch nur von Mose überbracht wurden. Und ob Mose Gott immer richtig verstanden hatte? „Ich aber sage euch", wird Jesus sagen, und er weiß mit göttlicher Gewissheit, was er sagt[41]. Und wie er es sagt, so gilt es für immer und ewig. Selbst sein Tod am Kreuz ist nur ein göttliches Spiel, denn er weiß, in drei Tagen ist alles ausgestanden. Mich fröstelt bei dieser Alternative.

Welchem Jesus vertraue ich? Einem guten Menschen vor 2000 Jahren in Palästina? Der mag damals in vielem Recht gehabt haben, aber passt das heute noch? Oder einem Gott, der alles besser weiß, der mich mit seinen Vorschriften drangsaliert, besonders wenn seine Anhänger diese Vorschriften eigenmächtig verschlimmbessern? Gott bewahre mich vor diesen beiden Alternativen.

Ich machte mich auf den Heimweg. Vor einer Holzbrücke führt der Weg zwischen zwei kleinen Weihern hindurch, an manchen Tagen sind es nur morastige Stellen. Es ist ein Symbol für den engen Grat, der zwischen zwei Lebensformen verläuft, in denen man zwar nicht ertrinkt, aber seine Sauberkeit verlieren kann. Das Leben als enger Weg zwischen Morasten. Hier wohnt eine Eule. Wenn ich nachts diesen Weg geh, dann kann ich sie immer hören. Noch eine kleine Strecke, dann bringt mich die Brücke wieder auf eine befestigte Straße. Doch hier im Wald brauche ich des Nachts die Eule der Weisheit, um nicht vom Weg abzukommen.

Jetzt am Tag höre ich die Eule nicht rufen, aber in mir drinnen regt sich ein Gedanke. Könnte es nicht sein, dass Gott nicht Mensch spielte, sondern ganz Mensch wurde? Jesus als ein Mensch, in dem Gott den Menschen nahe sein wollte, nicht als ein verborgener Gott, als ein Scheinmensch, sondern als ein ganzer Mensch mit allem, was zum Menschsein dazugehört. Dann können wir Jesus nicht als verkleideten Gott verehren, sondern wir verehren Gott, der als Jesus bei uns ist. Und in Jesus erfahren wir die volle Zuwendung Gottes, eben als die Zuwendung eines Menschen. Sein Tod war ein wirklicher Tod, seine Lehre war groß, aber wie jede menschliche Lehre in seine Zeit eingebettet. Er war kein „Gottmensch", sondern ganz Mensch und ganz Gott, „unvermischt und ungetrennt", wie es die Väter lehrten. Wir müssen vielleicht unseren Begriff von Gott neu bedenken, um dabei nicht in gedankliche Sackgassen zu fahren.

Und die Nonnen in der Kapelle? Sie verehren das „Gottbrot", sparen sich für eine Welt, die einmal kommen soll. Immerhin lieben sie Gott mit einer Liebe, die ihn „zum Fressen gern" hat.

Ich aber, wenn ich hier übe, Gott poetisch zu beschreiben, ich sollte ein Lied singen:

Es könnte davon handeln, wie die Liebe zu Jesus sich in meinem Leben wandelte, von der Faszination für den strahlenden Brotmann in der Monstranz, über die Innigkeit bei der Kommunion, dann die quälende Seite, dass alle meine Sünden Jesus foltern, hin zu einer erwachsenen Neugier, wer dieser andere Mensch ist, in dem mir Gott begegnet. Es könnte von meiner Frage handeln nach dem, was ihm wichtig ist, was er sagte und tat, es könnte eine Neuentdeckung der Menschen sein. Am Ende ist es Liebe im Zwiespalt.

Ganz weiß, Brotmann in der Monstranz,
von gold'nem Glanz umhüllt,
von Orgelklang und Weihrauchschwaden.
So sah ich Jesus, meinen Gott, zuerst.

Dann hörte ich von ihm,
der Kranke heilte, Arme speiste,
der lehrte, dass niemand mehr vor Gott
noch vor einem Menschen in Angst leben müsste.

Doch weiter hörte ich, dass meine kleinen Unarten
die Nägel trieben in sein göttlich Fleisch,
und meine ichverliebten Gedanken
ihn trafen einer Lanze gleich.

Mein Jesus, wollte ich dich quälen?
Du warst mein Freund.
Doch nun war ich dein Feind, dein Quälgeist,
dem nur ein Gott vergeben könnte.

Ich forsche nach, wer du bist, was dich bewegt,
was deine Pläne sind,
und ich entdecke dich aufs Neue,
ganz ohne Glanz, ohne Wundertaten,
auch ohne Vorwurf über meine Sünden,
wie einen, der nur auf mich wartet.

## 13. Übung - Karfreitag

Heute war mein älterer Sohn zum ersten Mal im Karfreitagsgottesdienst. Danach war er sehr still. Draußen strahlt eine warme Frühlingssonne. Ich lade ihn ein, mit mir einen Spaziergang über den nahen Friedhof zu machen. Bei diesem Wetter ist es ein wunderschöner Park. Junges Grün in den Bäumen. Eichhörnchen flitzen über den Weg, klettern in den nächsten Baum. Grüne Sittiche lärmen wie eine Gruppe kleiner Jungen. Die hässliche Friedhofskapelle lassen wir am Rand liegen. Einfach gehen.

„Papa, wir feiern ja heute den Tod von Jesus. Aber warum musste der überhaupt sterben?"

„Schwierige Frage. Mal sehen, ob ich sie in etwa beantworten kann."

„Du hast also auch keine sichere Antwort?"

„Wie sollte ich. Wenn ein Mensch stirbt, dann verlieren die Antworten ihre Sicherheit. Und wenn ein Mensch ermordet wird, dann werden schnelle Antworten leicht zur Lüge. Mord soll nicht sein. Man muss nicht ermordet werden, auch Jesus nicht."

„Aber so sagen sie doch."

„Ja. – Es geschah fast wie nach einem Naturgesetz. Das meinen sie, und das will ich dir erklären.

Immer wenn jemand Gutes tut, dann ist das für die, die das nicht tun, ein Vorwurf, und dagegen wehren sie sich mit aller Kraft. Wenn deine Klassenkameraden verabreden, euren Mathelehrer zu ärgern, und du sagst: ‚Da mache ich nicht mit, das gehört sich nicht', dann werden sie auch dich ärgern. Du musst schon sagen, du könntest aus irgendeinem anderen Grund nicht mitmachen. Sonst ist dein Verhalten ein Vorwurf gegen sie.

Oder nehmen wir ein anderes Beispiel: In geselliger Runde werde ich aufgefordert, Alkohol zu trinken. Aber ich will nicht. Wenn ich nun sage, Alkohol sei ein Übel, er habe oft böse Folgen, und deshalb trinke ich nicht, dann mache ich den anderen unausgesprochen einen Vorwurf. Also sage ich, der Doktor habe es mir verboten, leider, leider. Dann darf ich mich von der Sauferei ausschließen."

„Und was hat das mit Jesus zu tun?"

„Sehr viel. Denn Jesu ganzes Leben war am Willen Gottes ausgerichtet. Und das lehrte er auch, ob es die anderen hören wollten oder nicht. Und so war sein ganzes Leben ein einziger Vorwurf für viele. Und dagegen wehrten sie sich, schließlich bis zu seiner Ermordung.

Sieh einmal, das ist unter uns Menschen fast wie ein Naturgesetz. Wenn jemand Gutes tut, dann ist das für die, die es nicht tun, ein Vorwurf, und er zieht sich ihre ganze Feindschaft zu. Der ganz Gute zieht sich also in der Regel die ganze Härte menschlichen Hasses zu. Und das geschah bei Jesus. Und deshalb kann man sagen, er musste sterben."

„Das verstehe ich. Aber warum sagt unsere Religionslehrerin, er musste sterben für unsere Sünden?"

„Sie meint das in zweierlei Bedeutung. Wenn ich mich gegen das Gute stelle, das Jesus lebte, dann ist sein Leben auch ein Vorwurf an mich, und ich stelle mich auf die Seite seiner Mörder. Vielleicht ist es für mich nur ein kleiner Vorwurf und ich würde ihn nicht gleich umbringen, aber so ein bisschen ihn ärgern, das läge auch in meiner Spur. Deshalb sagt man, er sei auch für meine Sünden gestorben."

„Logo. Und das andere?"

„Das andere ist: Sie sagen, nachdem Adam und Eva im Paradies von der verbotenen Frucht gegessen hätten, da sei Gott stinksauer geworden, so wütend, dass ihn nur noch ein Menschenopfer hätte besänftigen können."

„Echt?"

„So sagen sie. Und Gott war bestimmt nicht darüber erfreut, dass sie sein Gebot missachtet hatten, aber stinksauer ist anders. Jetzt erkannten die Menschen Gut und Böse, also erkannten sie, dass Arbeit auch seine bösen Seiten hat, ja mitunter regelrecht elend sein kann, und dass eine Schwangerschaft nicht nur freudiges Erwarten ist. Du wirst das wohl einmal bei deiner späteren Frau erleben. Aber dann machte Gott ihnen Kleidchen gegen die größte Not, und dem Mörder Kain gab er ein Zeichen zu seiner Sicherheit.

So handelt doch keiner, der wütend ist auf alle Menschen. Und wäre er wütend gewesen, dann hätte er sie bei der Sintflut leicht alle ersäufen können. Er glaubte doch wohl nicht, dass die Nachkommen Noahs eine Ausnahme von allem Menschlichen machen würden. Wir sollten also nicht davon reden, dass Jesus ein notwendiges Menschenopfer für einen rasenden Gott war. Das ist Blödsinn. Aber sag bei deiner Lehrerin nicht Blödsinn. Denk daran, auch etwas Richtiges zu sagen ist für die anderen ein Vorwurf."

„Dann habe ich aber eben in der Kirche viel Dummsinn gehört."

„Ja. Doch es gibt noch eine andere Erklärung, warum der Tod Jesu fast naturgesetzlich erfolgte.

Schau, hier ist ja das Grab von Hans. Der war mein Mathelehrer. Er war ein guter Mann, hatte viel guten Willen. Aber sich selbst war er nie gut genug, hatte ich den Eindruck. Und das gab seinem Leben etwas Bitteres."

„Und diesen Vorwurf, nicht gut genug zu sein, wandte er den gegen Jesus?"

„Nimmermehr. Jesus stand so hoch über ihm, dem konnte er keinen Vorwurf machen. Also wandte er die Vorwürfe alle gegen sich selbst und gegen die, die seiner Meinung nach noch weiter hinter seinen Idealen zurückblieben. Deshalb war es manchmal schwer mit ihm. Aber das ist alles mein persönlicher Eindruck. Wer kann schon in das Herz eines anderen Menschen schauen? Vielleicht tu ich ihm mit diesen Gedanken auch Unrecht. Aber sie zeigen mir, wie wichtig der zweite Weg ist, den ich dir erklären will.

Wenn in einer Gesellschaft von Menschen heftiger Streit ist, dann kann es vorkommen, dass sich mit einem Mal alle auf den Schwächsten in dieser Gesellschaft stürzen und ihn bestrafen, vertreiben, manchmal sogar umbringen. Und diese gemeinsame Feindschaft gegen ihr schwächstes Glied eint die Gemeinschaft und der Streit ist vergessen. Wir nennen es den ,Mechanismus vom Sündenbock'.[42]

Das dürftest du auch aus der Schule kennen. Da kloppen sich die Schüler um irgendeine Belanglosigkeit, dann sehen sie, da ist ein Kind in der Klasse, das fremd aussieht, vielleicht sind seine Eltern ärmer als die der anderen Kinder, was weiß ich. Doch mit einem Mal ist der Streit vergessen, man hänselt dieses Außenseiterkind und empfindet sich in blühender Eintracht.

Oder schau in die Geschichte. Wenn die Menschen durch Not und Unglück einander uneins wurden, dann suchten sie eben nach einem ganz schwachen Mitglied ihrer Gemeinschaft. Alte Frauen schienen ihnen dazu besonders geeignet. Und wenn man die als Hexen verschrie und verbrannte, kam für einen Augenblick wieder ein Gefühl gemeinschaftlicher Einheit auf.

Und so kann man auch das Schicksal Jesu erklären. Als Gott Mensch wurde, nahm er einen Platz auf der alleruntersten gesellschaftlichen Stufe ein.

Nun gab es in Jerusalem viel Streit. Mehrere Gruppen kämpften darum, wer in ihrer Religion das Sagen habe, und mit den Römern lag man dauernd im Klintsch. Da bot es sich an, gemeinsam gegen den auf der untersten Stufe der Gesellschaft vorzugehen, ihn zu ermorden, selbst wenn es unter dem Anschein des Rechts geschah. Und was hoffte man mehr, als dass dadurch der Friede wieder einkehre. Bei Herodes und Pilatus scheint das sogar funktioniert zu haben. Doch die Streitereien brachen bald wieder los und endeten in einem fürchterlichen Krieg der Juden gegen die Römer, aber dabei auch von Juden gegen Juden. Das geschah Jahrzehnte nach der Zeit Jesu.

Jesus aber, der Mensch auf der untersten Sprosse der gesellschaftlichen Leiter, wurde zum Sündenbock gemacht und ermordet. Musste Jesus so sterben? Das hängt davon ab, wie naturgesetzlich man den Mechanismus vom Sündenbock einschätzt. Aber Gott wusste, welches Risiko er einging, als er im Bodensatz der Gesellschaft Mensch wurde.

In zwei Tagen feiern wir Ostern, also die Auferstehung Jesu. Und beide Erklärungen von Jesu Tod werden auch dadurch umgedeutet. Zuerst sagte ich, das Gute rufe die Feindschaft des Bösen hervor. Wenn nun Gott seinen Jesus auferweckt, dann zeigt er, dass diese Feindschaft zerbrochen ist. Sie ist sinnlos geworden. Verstehst du das?"

„Ja. Und wie ist es beim Sündenbock?"

„Wir haben doch alle Angst, wenn wir nicht oben schwimmen, selbst zu Sündenböcken zu werden. Aber die Auferweckung Jesu zeigt, dass diese Angst grundlos ist. Der Sündenbock hat mehr Zukunft als der Mitläufer, der den Bock noch ein wenig quält, ehe dieser von der Meute getötet wird."

„Und in unserer Kirche gibt es also keine Sündenböcke mehr?"

„Weit gefehlt. Auch deshalb sage ich, der Mechanismus vom Sündenbock ist wie ein Naturgesetz.

Du kannst es im Kleinen erleben. Wir sprachen von Hexen. Die Hexenverfolgung nahm ab, nachdem der Friedrich Spee gezeigt hatte, dass in den Prozessen grundliegende Fehler gemacht wurden. Aber wir haben ja noch die Juden.

Du hast es doch eben im Gottesdienst gehört. Da wird vorgelesen, wie Jesus gestorben ist. Aber den Jesus, den haben wir jetzt so hoch erhoben, der kann kein Sündenbock mehr sein. Als Sohn Gottes taugt er nicht mehr zu diesem Geschäft. Weil wir aber auch noch für seinen Tod einen Sündenbock brauchen, lassen wir ihn in einem langen Gebet über sein Volk klagen, das ihm dieses Unrecht getan hat. Er, Gott, hat es aus Ägypten befreit, es aber kreuzigt ihn, er hat ihm das Mana gegeben, es gibt ihm Essig usw. Wir machen nicht nur die Juden zu den neuen Sündenböcken, wir machen auch aus Jesus den Anführer des Sündenbockmechanismus.

Wenn man dann nachfragt, bekommt man zur Antwort, wir seien mit dem Volk, das Jesus anklagt, doch alle mitgemeint. Bloß der Text, den wir beten, sagt es nicht.

Und dann fragen wir scheinheilig, warum die Christen nicht dagegen protestiert haben, als man die Juden in hellen Scharen ermordete. Die Sinnlosigkeit jeden Sündenbockmechanismus, die uns die Auferstehung Jesu zeigt, die hat sich erst bei Einzelnen herumgesprochen."

„Und du, hast du auch Angst davor, zum Sündenbock zu werden?"

„Ja, große Angst. Mein Glaube ist noch sehr klein. Vielleicht wächst er noch.

Bis dahin bleibt mir die Angst davor, dass mein gutes Wollen den anderen ein Vorwurf wird, und sie mich dafür strafen, und dass meine

Zufriedenheit damit, wo Gott mich hinstellt, den anderen ein Zeichen gibt, ich sei am Ende ein ganz brauchbarer Sündenbock."

„Aber soll unser Glaube nicht die Angst besiegen?"

„Ja. Er soll. - Du aber, hör nie auf zu denken und zu fragen. Wer weiß, was Gott mit dir vorhat."

Wir waren wieder zu Hause angekommen. die Sonne näherte sich dem Horizont. Bald würde sie untergehen und morgen wieder aufgehen. Waren Tod und Auferstehung so etwas wie der ewige Kreislauf der Sonne? Das konnte es nicht sein. In einigen Milliarden Jahren würde kein Mensch sie mehr auf- und untergehen sehen. Da fehlte noch etwas in meinen Argumenten. Ich beschloss, für meine Söhne zu beten.

# 14. Übung – Osternacht

Osternacht. Mit meinen Eltern und Brüdern besuche ich den Auferstehungsgottesdienst. Vor der Kirche brennt das Osterfeuer, dann ziehen wir in die dunkle Kirche. Nur eine einzige Kerze leuchtet. Ich bin jedes Mal ergriffen, wieviel Licht so eine einzige Kerze in einem dunklen Raum spenden kann. Es war die Rolle Jesu, als Einzelner die Botschaft Gottes in der Welt leuchten zu lassen.

Im Gottesdienst wiederholt sich nun die Kirchengeschichte: Bald hat jeder seine eigene kleine Kerze, die ihm Licht gibt. Ringsum und am Altar werden zahllose Kerzen angezündet. Dann folgt die Technik, das elektrische Licht flammt auf. Mit einem Mal ist es so hell, dass man die Osterkerze übersehen kann. Ich denke bei mir: Eine strahlende Kirche, in der Jesus überflüssig ist.

Die große Lesung vom Auszug aus Ägypten[43] liest der ‚Wiedehopf‘. Wir Jungen nennen ihn so, weil sein Kopf beim Lesen eigenartig ruckende Bewegungen macht. Die Bewegungen und seine Kunstpausen beim Vorlesen öffnen den Text für völlig ungewohnte Assoziationen. Es sind nicht nur ernsthafte Gedanken, die er provoziert. Aber sein Stil macht den Text fremd, und das erlaubt, ihn ganz neu zu hören.

Später predigt der Pfarrer. Für ihn ist die Geschichte von der Rettung Israels im Schilfmeer völlig ungebrochen, er saß ja auch hinter dem Lektor und sah ihn nicht ruckeln. Also predigt er: Gott hatte das Leiden seines Volkes gesehen, hatte beschlossen, dieses Volk daraus zu erretten und ihm eine neue Zukunft zu geben. Mit zehn Plagen zermürbte er Ägypten, dann leitete er das Volk in einer Feuer- und Wolkensäule. Am Ende zeigte er ihm den Ausweg durch das Meer und vernichtete die Streitwagen des Pharaos.

Und wie Gott damals an Israel handelte, so handelt er auch heute am "neuen Israel", an seiner Kirche. Eine gottlose Welt bereitet sich ihre eigenen Plagen. Doch Gott ist der, der bei uns steht, der ‚ich bin da‘. Am Ende wird Gott seine Kirche auch aus dieser Welt fortführen in eine neue, in der Gottes Wille herrscht. Einen Vorgeschmack gab uns Gott schon in der Auferweckung Jesu, seines Sohnes. Das feiern wir heute, auf diesen Gott vertrauen wir, er ist auch für uns der ‚ich bin da‘, heute und über unseren Tod hinweg.

Ist die Predigt des Pfarrers schon die ganze Deutung?

Sind die ungesäuerten Brote eine Speise der Eile oder ein Zeichen der Zugehörigkeit zu Israel? Und wir, das neue Israel, wir haben keine Eile. Dann sind die Brote wohl ein Zeichen der Zugehörigkeit. Doch manche Menschen schließen wir von unserem Mahl aus.

Ich sitze und höre. Gibt es bei Gott ein Lieblingsvolk und ein verhasstes Volk? Oder hat er die Wahl zwischen einem Rechtssystem und einem Unrechtssystem? Manche sagen, es gebe in der Welt Strukturen, die man nicht mehr reformieren kann. Solche Strukturen muss man bekämpfen, doch real kann man nur gegen andere Menschen kämpfen.

Der Fremde bei uns lebt so, wie Israel in Ägypten. Wenn wir ihn ausbeuten, wird er zu seinem Gott rufen. Wenn wir erst das Blut an seinen Türpfosten sehen, wird es für uns zu spät sein. Für Juden ist der Auszug aus Ägypten ein Fest der Befreiung, für uns Andere ist er auch eine Mahnung, den rechten Augenblick der Freigabe nicht zu versäumen, sonst könnte Gott ihn wahrnehmen, auf unsere Kosten.

Das Blut an den Türpfosten. Wusste der Allwissende nicht, wer zu seinem Volk gehört und wer nicht? Oder hatte er bei der Ermordung der Erstgeborenen ganz menschliche Helfer, die solche Zeichen brauchten, um nicht die falschen Kinder zu töten?

Wird hier eine Gewalt besungen, damit man sie nicht ausüben muss? Starben die ägyptischen Erstgeborenen nur in der Fantasie ihrer hebräischen Sklaven? ‚Mein ist die Rache, redet Gott.‘ In einem Gedicht habe ich es gelernt. Findet das hier statt?

Und wo zieht das Volk durchs Meer? Der Text nennt verschiedene Orte: Sukkot, Pi-Hahirot. Dazwischen liegt mehr als eine Tagesreise. Will uns der heilige Text lehren, dass es nicht auf die geographische Einzelheit ankommt, sondern auf die Erfahrung der Rettung?

Wenn ich diese Spannungen aufnehme, dann scheint der Text regelrecht dazu aufzufordern, ihn immer wieder neu zu erleben, neu zu durchdenken, ihn neu in immer neue Situationen hineinzulegen. Am

Ende wird aus dieser Geschichte das Vorbild unserer Messe, bei der wir ungesäuertes Brot benutzen und Wein, nicht wegen der Eile, sondern als Zeichen der Zusammengehörigkeit. Und wie damals Fremde und Unbeschnittene ausgeschlossen waren, so heute Protestanten und wiederverheiratete Geschiedene, von Nichtchristen ganz zu schweigen. Das alte Vorbild ist kaum noch zu sehen. Wie die Osterkerze vor den elektrischen Strahlern verblasst, so wird Jesus vor der Ausstrahlung kirchlicher Macht fast unsichtbar.

Gibt es eine Exodus-Liturgie ohne „Warum" und „Wozu"? Gibt es den ziellosen Auszug, das Weggehen nur um des Weggehens willen, ohne zu wissen, wo man hin geht? Oder braucht es immer auch die Vision vom gelobten Land, dem Land, in dem Milch und Honig fließen, zu dessen Erreichen wieder einmal nur noch ein letztes Opfer notwendig ist? Zuletzt: Warten wir auf die Befreiung durch Gott oder nehmen wir sie in unsere Hand? Und ist das wirklich eine Alternative? Oder ist das nur die Oberfläche?

Gott ließ sich in Jesus zum Sündenbock machen. Diesen Sündenbock hat Gott über alle erhöht. Heute an Ostern feiern wir den Erhöhten. Die einzelne Osterkerze schreit die Mahnung in die dunkle Kirche: Macht niemals Sündenböcke. Gott wird sie am Ende hoch über euch erheben, er wird sie zum Eckstein machen, über den ihr stolpert, an dem ihr euch die Köpfe blutig anschlagt.

„Ach", sagt mein privater Teufel, „schön hast du das gesagt. Sprecht also alle Unfähigen und geistlichen Egomanen heilig!" Ich kann nur antworten: „Nein. Gott wurde Mensch, nicht Übermensch."

## 15. Übung - Sakramente

Erstkommunionvorbereitung. Vor mir sitzen fünf Kinder im Gruppenraum meiner Pfarrei, die wollen von Jesus hören, wollen verstehen, was sie lernen. Heute fragt Cornelia, was ein Sakrament ist. Woher hat sie das Wort wohl? Fremdworte und Fachausdrücke habe ich bisher tunlichst vermieden. Aber die Frage ist ernst gemeint, braucht also auch eine ernsthafte Antwort.

„Mein Großvater hatte mir einen Teddybären geschenkt, den hatte ich viele Jahre. An einigen Stellen war sein Fell schon ganz abgeschabt, hatte auch schon Flecken. Und eines Tages war dieser Bär weg. Hatte ich ihn verloren? War er mir gestohlen worden? Es war schrecklich. Die Großen sagten, das ist doch nur ein Bär, den kann man doch neu kaufen. Sie hatten keine Ahnung. Diesen Bären hatte mir mein Großvater geschenkt, ein halbes Jahr bevor er starb. Dieser Bär war mir geblieben, ein ewiges Zeugnis der Liebe meines Großvaters. Und nun war dieser Bär weg."

„Hast du ihn nicht wiedergefunden?"

„Nein. Er war endgültig weg, wie mein Großvater endgültig tot war."

„Schade!"

„Du warst bestimmt sehr traurig?"

„Das war ich. Denn dieser Bär war ein Sakrament. Von außen war es nur ein alter Teddybär, aber zu meiner Seele sagte er, dass mein Großvater mich liebhatte. Und das, Kinder, das ist ein Sakrament."

„Hä?"

„Das ist eigentlich einfach: Wenn etwas eine Außenseite hat, der man nicht automatisch ansieht, was es im Innern eines Menschen macht, dann ist das ein Sakrament."

„Also, wenn mein Vater meine Mutter küsst," – leichtes Glucksen in der Gruppe – „dann ist das von außen nur eklig, aber ich glaube, innendrin spürt sie, dass Papa sie liebhat."

„Du sagst es. Und wenn du deiner Mutter eine Blume schenkst, dann ist es von außen nur eine Blume, die du irgendwo gepflückt haben magst, aber innendrin ist es ein Zeichen, dass du deine Mutter liebhast."

Ich war sehr stolz auf meine kindgerechte Erklärung, aber dann meldete sich Philipp, ein kleiner Naseweis, der aus einer sehr kirchlichen Familie kam:

„Aber das ist kein Sakrament. Mein Papa sagt, es gibt nur sieben Sakramente: die Taufe, die Firmung ..."

„Ist schon gut Philipp. Die Kirche erklärt uns, dass es genau sieben Sakramente gibt, also sieben Zeichen, die nach außen ganz einfach sind, aber uns in unserem Innern sagen, dass Gott uns liebhat. Und eines davon ist die heilige Kommunion."

„Und warum redest du dann von einem Teddybären, als wäre er auch ein Sakrament?"

„Ich will dir ein anderes Beispiel sagen: Du weißt, was ein Auto ist. Nun sah ich im Urlaub einen kleinen Jungen, der fuhr in einem Ding, das sah aus wie ein Auto, das hatte einen Elektromotor, aber auf der Straße durfte er damit nicht fahren, das Ding hatte ja kein Nummernschild. War das nun ein Auto oder nicht?"

„Das war kein Auto, das war ein Modellauto."

„Das ist gut. Am Modellauto sieht man, wie ein richtiges Auto sein soll. Schau und so war mein Teddybär, er war ein Modellsakrament. Wo ein richtiges Sakrament von der Liebe Gottes erzählt, da erzahlte er von der Liebe meines Großvaters. Aber bis auf diesen Unterschied funktionierte der Bär wie ein Sakrament. Aber wir wollen ihn Modellsakrament nennen, und auch die Blume für deine Mutter ist dann ein Modellsakrament."

Philipp war zufrieden. Meine Erklärung und die Lehre seiner Eltern stimmten wieder zusammen. Am Ende des Treffens gingen wir gemeinsam in einen Blumenladen, ich erstand ein kleines Bündel Freilandrosen.

„Jedes Kind kann eine Rose mit nach Hause nehmen und sie seiner Mutter schenken, so als Modellsakrament. Das soll ihr zeigen, ihr Kind hat sie lieb." Alle fünf nahmen eine Rose mit. Mir blieben fünf übrig für meine Frau.

„Rosen? Hast du etwas angestellt?"

„Nein, ich will dir nur eine Freude machen, einfach so."

Die innere Wirkung konnte ich in ihren Augen sehen.

Mir ging diese Stunde mit den fünf Kindern noch lange durch den Kopf. Was ist ein Sakrament? In der Schule hatte ich gelernt, zu einem Sakrament gehören drei Dinge: ein äußeres Zeichen, eine innere Wirkung und die Einsetzung durch Jesus. Was konnte aber dann ein Sakrament sein. Irgendwie erschien mir die Siebenzahl künstlich. Aber wann und wo hatte ich andere Sakramente erlebt?

Vor Jahren hatte ich religiöse Besinnungstage mit einer Schülergruppe gehalten. Wir hatten den ganzen Tag aufs heftigste diskutiert. Dann am Abend saßen wir im Kreis zusammen. In unserer Mitte brannten drei Kerzen. Sie warfen das einzige Licht über unsere Gruppe. Zuerst sangen wir die damals üblichen religiösen Schlager. Dann nahm ich ein Brot, brach ein Stück ab, gab es weiter. Als alle ein Bröcklein hatten, sagte jeder, was er sich besonders wünschte, dann aßen wir unser Brot. Anschließend kreiste ein Becher mit Wein, und jeder brachte einen Trinkspruch aus, bevor er einen Schluck trank. Danach erzählte ich die Geschichte von jenem letzten Essen, das Jesus mit seinen Schülern einnahm, erzählte von seinen Wünschen und von dem Segensspruch. Ich glaube, meine Schüler konnten etwas von dem nach-fühlen, was damals im Abendmahlsaal geschehen ist. War das ein Sakrament? Für einen Kirchenrechtler auf keinen Fall, denn erstens bin ich kein Priester, zum anderen hatte ich gar nicht die Intention, Brot und Wein in Jesu Fleisch und Blut zu wandeln. Ich wollte nur etwas von der inneren Wirkung erlebbar machen, die in diesem Zeichen des Mahles lag. Für mich war es ein Sakrament, heute würde ich sagen, ein Modellsakrament, denn bei einigen meiner Schüler war die innere Wirkung in der Folgezeit zu spüren.

Aber Jesus hatte niemals ein Sakrament des Schülerkreises eingesetzt. Und die anderen Sakramente? Ich erinnere mich noch, wie ich suchte, bei welcher Gelegenheit Jesus die Krankensalbung eingesetzt hatte, oder die Priesterweihe. Bei der Ehe war es etwas anderes, Gott hatte die Ehe schon im Paradies eingesetzt, und Jesus hatte sie zur Würde eines Sakramentes erhoben. Das klang gut, und es traf sicher etwas Kostbares.

Aber kannte Jesus überhaupt den Begriff des Sakramentes? Bei der Firmung war es wieder anders, mal legten die Apostel die Hände auf und spendeten den Heiligen Geist, mal kam der aber auch ganz unverhofft und ohne Voranmeldung.

Einfach war es vor allem bei der Taufe und der Eucharistie, da fand man leicht Worte Jesu, die geboten haben, solches zu tun. Aber dann stolpere ich über den Vers bei Johannes: „Wenn nun ich ... euch die Füße gewaschen habe, dann müsst auch ihr einander die Füße waschen."[44]. Da habe ich alles zusammen, das äußere Zeichen, die innere Wirkung, nämlich den Verzicht auf Herrschaftspositionen, und ein Wort Jesu, das solches gebietet. Aber meine Kirche sagt, es sei kein Sakrament. Die Definition, die ich als Kind gelernt hatte, konnte nicht völlig richtig sein. Was war dann ein Sakrament? Ich versuche eine neue Erklärung: Sakrament ist, was unter einem äußeren Zeichen eine innere Wirkung hat und darin von der Kirche anerkannt ist. Jetzt ist der Jesus aus dem Spiel, jetzt funktioniert es. Und eine Fußwaschung kann nicht als Sakrament anerkannt werden. Dafür widerspricht sie zu zentral jedem klerikalen Machtanspruch. Der kleine Philipp würde sie ein Modellsakrament nennen, wie auch den Mahlkreis mit meinen Schülern. Das einzig Störende dabei ist, der Satz wird uns als ein Wort Jesu überliefert. Ist es wirklich hilfreich, wenn der aus dem Spiel genommen wird?

Meine Erstkommunionvorbereitung kann ungestört weitergehen. Dort muss ich auch Jesus nicht aus dem Spiel lassen. Doch in mir keimt die Sorge, dass ich meinen Kindern eine überprivate Ansicht der Religion vermittle. Ich und mein Jesus, die heilige Kommunion gleichsam als sublimer Liebesakt. Wo bleibt die Gemeinschaft? In dieser Kirche kann ich die Kommunion empfangen, ohne an die anderen Menschen zu denken, die Armen, die Kranken, die Schwachen, die Verfolgten, eben alle die, denen das besondere Augenmerk Gottes gilt. Am nächsten Sonntag sehe ich Menschen, die nach Empfang der heiligen Hostie ihre Augen bedecken, damit sie nur ja nichts anderes wahrnehmen, vor allem nicht ihre Nachbarn in der Kirchenbank. Lediglich die kleinen Kinder nehmen sie wahr, sie hören sie, denn nach der heiligen Messe beschweren sie sich darüber, vom Lärm dieser Kinder gestört worden zu sein.

Das Sakrament der Eucharistie, wie wir es heute feiern, hat eine doppelte Wirkung. Es verbindet mit Jesus, und es erzieht, so privatistisch vollzogen, zur Trennung von den Menschen. Kann man es anders feiern? Später einmal höre ich einen bischöflichen Hirtenbrief, der noch einmal einschärft, wer nicht zum Tisch des Herrn geladen ist. Es sind nicht wenige. Auch diese Wirkung hat die derzeitige Form des Sakraments: Einüben eines katholischen Gruppenegoismus. Die einen sind eben stolz darauf Arier zu sein, die anderen auf ihren Katholizismus. Ein Schelm, der Böses dabei denkt.

Das Wort vom Modellsakrament kann einen Weg zeigen: Ein Freund feierte seinen fünfzigsten Geburtstag, und dazu lud er seinen großen Freundeskreis ein. Aber dieses Mal begann das Fest nicht mit einem opulenten Essen. Das gab es auch, aber erst später. Begonnen wurde mit einer Vesper. Wir trafen uns in der Kirche und sangen Lieder, Psalmenlieder, hörten eine Lesung aus der Bibel, und noch einmal Gesang. Danach war die Festgemeinde auf eigene Art verbunden. Und nun ging es auch ans Essen und Trinken. Es war gleichzeitig ein Fest zur Ehre Gottes und zu unserem Wohlbehagen. Es war ein Modellsakrament, wie es der kleine Philipp nennen würde.

## 16. Übung - Über Glauben reden

Fastenzeit. Meine Pfarrei hatte zu einem Glaubensgespräch eingeladen. Da trafen sich ein Dutzend Menschen in einem Gruppenraum, saßen im Kreis, gespannt. Die Gemeindereferentin begann:

„Wir können über alles Mögliche reden, aber über unseren Glauben zu sprechen fällt uns oft schwer. Deshalb habe ich zu diesem Abend eingeladen, damit wir das üben können. Erzählen Sie uns von Ihrem Glauben!" Danach sprach sie von ihrem Glauben, von der Kraft, die der Glaube ihr gab, wenn ihre Familie ein Leid getroffen hatte, auch wenn das kirchliche Amt durch unverständliche Entscheidungen ihr den Beruf schwer gemacht hatte. Ohne ihren Glauben wäre ihr Leben sicher ärmer.

Andere schlossen sich an. Ich schwieg, vorerst. Was mir auffiel, war, sie redeten die ganze Zeit von ihrem Glauben wie von einem Ding, das man besitzt oder das einem fehlt, kaum je wurde das Verb „glauben" benutzt, dafür umso mehr das Hilfsverb „haben". Glauben hatte man oder man hatte ihn nicht, Glauben war eine Art geistigen Besitzes, vor allem in der Kombination „unser katholischer Glaube". Mit „unser" schien sogar ich mitgemeint zu sein. Innerlich tauschte ich die Wörter aus, dann wurde es ein Gespräch zwischen Besitzenden, gelegentlich gewürzt durch Mitleid mit den religiösen Habenichtsen. „Meine Familie, mein Beruf, mein Glaube, mein Golfclub."

Ich meldete mich zu Wort:

„Sie haben viel von Ihrem Glauben gesprochen. Aber was tun Sie, wenn Sie glauben?"

„Das ist doch zweierlei."

„Muss man denn etwas tun, um zu glauben?"

„Wenn ich Sie so höre, dann frage ich mich, ob Sie überhaupt glauben." Der das sagte, hatte jedenfalls Mut. Und er ließ nicht locker: „Nun einmal ehrlich, glauben Sie?"

„Manchmal. Und dann tu ich etwas, das ich mich allein niemals getraut hätte. Etwa ein Kind in diese Welt zu zeugen."

„Was hat denn die Zeugung eines Kindes mit dem Glauben zu tun?"

„Sehr viel. Denn für mich heißt „glauben", etwas aus einer Gewissheit heraus zu tun, die ich nicht begründen kann, die mir geschenkt wurde. Vielleicht kann ich es so sagen: In allem Geschehen meines Alltags liegt ein Anruf Gottes, und wenn ich darauf antworte, wenn ich das tu, was der Alltag fordert, obwohl ich mir gar nicht sicher bin, ob ich es kann, dann glaube ich. Oder um es schlichter zu sagen: Glauben, das ist die erwachsene Form, sich, wie bei den ungelenken Schritten des Kindes ins Leben an der Hand der Eltern, so nun an Gott festzuhalten."

„Aber wozu brauchen wir dann das kirchliche Lehramt?"

„Gegenfrage: Wo hörten die Menschen, denen Jesus sagte, ihr Glaube habe ihnen geholfen, wo hörten die ein kirchliches Lehramt?"

„Sie hörten doch Jesus selbst!"

„Aber man muss doch wissen, was zum Glauben gehört und was nicht!"

Mit Zähnen und Klauen schienen meine Gesprächspartner ihren Studienratsglauben zu verteidigen, den man so schön aufsagen konnte, und der doch im Alltagsleben wenig gefragt zu sein scheint. Zugegeben, manchmal spenden die religiösen Worte kleinen Trost an traurigen Tagen. Helfen sie auch noch, wenn die Wasser Gottes mich zu ersäufen drohen?[45]

Manchmal kann ich mich nicht enthalten zu provozieren: „Man muss wissen, was in einen Kuchen gehört, dazu braucht man ein Backbuch. Aber der Esser schmeckt nicht nur die richtige Zubereitung, er schmeckt vor allem, ob mit Liebe gebacken wurde. Und wenn ich die Liebe schmecke, mit der gekocht wurde, dann mundet mir sogar ein Gericht, das ich sonst nicht anrühren würde."

„Sie machen es sich einfach."

„Ist das nicht Relativismus, wenn es nicht mehr auf die Richtigkeit ankommt und nur noch auf die Liebe?"

„Was haben Sie gegen Relativismus?"

Hier fühlte sich die liebe Gemeindereferentin genötigt einzugreifen: „Wir sollten uns nicht nur mit dem Glauben eines Einzelnen beschäftigen, sondern auch darüber sprechen, was der Glaube eines und einer jeden von Ihnen den anderen gibt."

Das Erzählen ging weiter, es waren zum Teil rührende Geschichten, und am meisten rührten sie mich, wenn sie berichteten, wie der „Glaube" den Menschen zum Handeln verhalf. Sie taten etwas, wenn sie glaubten, und konnten es nur tun, weil sie glaubten. Aber eine verderbte Sprache ließ sie immer wieder ihren „Glauben" als einen geistigen Gegenstand beschreiben. Besonders deutlich wurde das, wenn die Rede auf den Klerus kam, der diesen Gegenstand austeilte. Diesen „Glauben" musste man annehmen, dann hatte man die Eintrittskarte für ein ewig glückliches Jenseits. Ohne den Glauben blieb das verschlossen. Für mich mit etlichen „ungläubigen" Freunden waren das hoffnungslose Gedanken. Ich meldete mich zu Wort, aber man ging vornehm darüber hinweg. Dann entstand eine Gesprächslücke, meine Chance:

„Wenn ich etwas aus einer Gewissheit tu, die nur in meinem Vertrauen auf Gott gründet, dann erhoffe ich auch etwas. Und in Ihren Erzählungen leben immer auch Ihre Hoffnungen. Glauben und Hoffen kann ich deshalb nicht trennen."

Die Gesprächslücke dauerte an. Was sollte auch Hoffen mit dem Gegenstand Glauben zu tun haben? Bis eine alte Dame sagte: „So schreibt doch schon der Apostel Paulus: Dann bleiben Glaube, Hoffnung, Liebe, das Größte aber ist die Liebe."

Das Eis war gebrochen. Nun ergoss sich das Bächlein des Glaubens in den Fluss der Liebe, der gleich in dreierlei Armen in unserem Gespräch an uns vorbeizog, als Hauptarm der Gottesliebe, als Nebenarme Nächstenliebe und Selbstliebe. Dabei ging es naturgemäß etwas durcheinander, bis die Gemeindereferentin vorschlug, zuerst einmal von unserer Gottesliebe zu sprechen.

Um es kurz zu machen, Gottesliebe bestand vornehmlich darin, zu beten, die heilige Messe zu besuchen, zu fasten und sich auch anderen Verzichtsopfern zu unterziehen, Gottesliebe, das war manchmal ein freudloses Unterfangen. Meine Erfahrungen mit Verliebtheit enthielten immer auch Freude, Sehnsucht und eine Neugier auf die Geliebte, auf ihr Denken, ihr Fühlen. Diese Gottesliebe aber, die ich hier zu hören bekam, war in keiner Weise neugierig. Entweder Gott interessierte seine Liebhaber/innen nicht oder sie wussten schon alles über ihn. Ich getraute mich nicht zu fragen. Nur drei alte Damen zeigten auch in ihrer Gottesliebe Gefühle, aber die richteten sich nicht so ganz direkt auf Gott, sondern auf Maria, die Mutter Gottes. Mir fielen alte Marienlieder ein, die gar nicht ohne Gefühl waren: „Die Schönste von allen"; „Sagt an, wer ist doch diese, die dort am Himmel steht"; „Maria zu lieben ist allzeit mein Sinn". Drücken sie Liebe zu Gott aus? Liebe zu einer himmlischen Frau? oder einfach Liebe zur Weiblichkeit, die in Maria ihr himmlisches Gesicht erhielt?

Mit der Harmonie von Glaubensbesitz und liturgisch geordneter Gottesliebe endete dieser Abend. Die Gemeindereferentin sprach noch ein Gebet. Dann waren wir in die Nacht entlassen.

Zuhause fragte meine Frau:

„Na, wie war es?"

„Schrecklich fromm."

„Und werden die Leute noch mit uns reden?" Meine Frau lachte.

„Mit dir schon. Mit mir wohl weniger, dafür hab' ich sie zu sehr geärgert. Aber du kannst dich in ihrem Mitgefühl baden, es bei einem so ungläubigen Mann auszuhalten.

Also zuerst wurde erzählt, was jedem der Glaube bedeutet. Glaube im Singular und großgeschrieben. Sie haben als Kinder im Religionsunterricht gut aufgepasst, und später, scheint es, verspürten sie keinen Drang mehr, weiter zu fragen. Und dann schritten wir zur Gottesliebe. Das war vielen ein Herzensthema. Wie Geschäftsleute und Unternehmer mit ihren Erfolgen prahlen, so rühmten sich die lieben Leute ihrer Taten der Gottesliebe, eine heroischer als die andere, aber kaum eine, die etwas ausdrückt, was unsere normale Sprache mit Liebe bezeichnet. Wie das Glaubenswissen, so ist auch die Gottesliebe kirchlich normiert und geregelt. Da gibt es keine wilde Leidenschaft für Gott. Und wenn überhaupt so etwas wie ein Gefühl auftaucht, dann handelt es sich um die Marienliebe."

„Aha. Und Nächstenliebe, Selbstliebe?"

„Die wurden auf einen anderen Abend vertagt."

Dieser andere Abend fand drei Monate später statt, kurz nach Pfingsten. Die Leute hatten noch in der ganzen Zeit dazwischen mit mir geredet. Dass ich manchmal anders dachte als sie, das haben sie einfach ausgeblendet. Immerhin, mein Verhalten, wie mein regelmäßiger Kirchgang, zeigte mich doch als nicht ganz so schweren Sünder. Aber nun waren die beiden übrigen Themen dran: Nächstenliebe und Selbstliebe. Bei der Ankündigung stand: „Du sollst deinen Nächsten lieben wie dich selbst!"
Ich beschloss, mich von der Veranstaltung fernzuhalten.

## 17. Übung – Dreifaltigkeit

*Jedes Geschöpf trägt in sich auch Spuren seines Schöpfers. Deshalb hat man schon oft Bilder der Natur benutzt, um Gedanken über Gott auszumalen. Auch moderne Physik kann helfen, Göttliches leichter denkbar zu machen. Es ist keine Theologie, aber es ist ein Versuch gegen die Fremdheit mancher theologischen Begriffe und Sätze anzuerzählen, den Rahmen des Denkbaren zu erweitern.*

„Papa, in Reli haben wir heute Gott gelernt." Wenn sein Vater abends nach Hause kommt, dann möchte ihm Peter alles erzählen.
„Und was habt ihr da gelernt?
„Also, Gott, das ist nur einer, aber er besteht aus drei Personen. Das soll einer verstehen?"
„Und?"
„Ich hab' dann gesagt, das geht doch nicht, und da ist die blöde Kuh auf mich böse geworden. Das wär' nun einmal so, das würde ich doch

nicht verstehen, und das sollen wir jetzt lernen. Die ist eben blöde. Kannst du mir das nicht erklären?"

„Ach Peter! Zuerst einmal bist du nicht dumm, weil du das nicht verstehst. Aber auch deine Lehrerin versteht es nicht. Doch das will sie nicht zugeben. Ihr sollt sie für sehr klug halten. Und ich verstehe es auch nicht. Ich kann es dir auch nicht erklären."

„Aber wir Kinder sollen es lernen. Typisch Erwachsene."

„Nun ja. Ein bisschen kann ich dir erzählen. Gott hat uns nämlich in der Natur auch etwas geschaffen, das wir ebenfalls nicht ganz verstehen können, und das doch zeigt, wie der Gedanke an einen Gott in drei Personen nicht ganz so fremd ist.

Du weißt doch: Alles besteht aus Atomen. Und in jedem Atom gibt es noch kleinere Teilchen, die heißen Protonen. Die sind noch viel kleiner."

„Wie klein?"

„Die kannst du nicht einmal mit einem Mikroskop sehen. Aber jetzt kommt der Clou. Jedes Proton besteht aus drei noch kleineren Teilchen, den Quarks."

„Quarkteilchen. Das ist lustig."

„Ja, die Physiker geben den Dingen gerne lustige Namen, damit sie sich alles besser merken können. Und die drei Teilchen in jedem Proton, die nennen sie Quarks. Aber das ganz Verrückte ist: Man kann niemals ein einzelnes Quarkteilchen aus einem Proton herausziehen. Wenn wir nachsehen, woraus ein Proton besteht, dann finden wir drei Quarks. Aber wenn wir ein einzelnes Quark sehen wollen, dann geht das nicht. Quarks gibt es nur zu zweit oder dritt oder so, nie allein."

„Woher weiß man denn, dass es die überhaupt gibt?"

„Das kann man nachrechnen und dann Experimente machen."

„Dann rechne es mir einmal vor!"

„Das geht auch nicht. Die paar Zahlen, die ihr in der Schule lernt, reichen dazu nicht aus."

„Dann gibt es also auch mehr Zahlen?"

„Sicher, es gibt viel mehr Zahlen. Aber jetzt reden wir wieder über Gott: Wenn ich frage, was Gott in seinem Innern ist, dann antwortet man mir, er sei drei Personen, genau wie das Proton aus drei Quarks besteht. Wenn ich aber meine, man könne Gott auseinandernehmen, dann geht das nicht. Gott gibt es nur als eine Einheit, und die besteht innerlich aus dreien."

„Und wenn man eine ganz große Maschine nimmt. Kann man dann auch kein Quark aus einem Proton herausschlagen?"

„Eine ganz große Maschine, so, so. In der Tat kann man damit ein Quark herauslösen, aber dann geschieht etwas Sonderbares. Es entsteht kein einzelnes Quark, sondern ein neues Teilchen, das eben aus zwei Quarks besteht. Dann habe ich neben dem Proton noch ein zweites Teilchen, ebenfalls aus Quarks aufgebaut.

Und das ist ein gutes Bild von Gott. Denn wenn ich mit viel Kraft versuche, eine der göttlichen Personen aus Gott herauszuziehen, dann erhalte ich nicht eine einzelne Person, sondern es bildet sich sofort eine Art von Nebengott."

„Also bei Gott ist das auch so?"

„Sobald ich einen Teil von Gott abtrenne, bilde ich einen Nebengott. So haben die Menschen früher ganze Scharen von Göttern gebildet. Aber weil das nicht sein soll, sagen wir, Gott sei einer in drei Personen."

„OK."

Peter war mit meiner Erklärung vielleicht zufrieden, vielleicht auch überfordert. Für heute hatte er jedenfalls genug.

Nach einigen Tagen kam er wieder aus dem Religionsunterricht:

„Ich hab' der das mal mit den Quarks erklärt. Da hat die Klasse fürchterlich gelacht, wegen der Quarkteilchen, und Frau Ratzer hat nur gesagt: Schön Peter, und das schreibst du mir dann alles einmal auf, ja. Da hat die Klasse noch mehr gelacht, weil ich mir eine Strafarbeit eingefangen habe."

„Kein Problem. Schreib es einmal auf, ich will es dann lesen, bevor du es abgibst."

„Jetzt auch noch für die Ratzer schreiben. Das ist doch eine dumme Kuh."

„Dann schreib es eben für mich!"

Am Abend erhielt ich von Peter einen kleinen Aufsatz:

„Von Gott.
Gott ist wie ein Proton, das ist ein winzig kleines Teilchen, das es in allen Atomen gibt. Und das Proton besteht aus drei Quarks. Die sind noch viel, viel kleiner. Das hat Gott gemacht, damit wir uns vorstellen können, dass etwas nur eines ist aber aus drei Teilen besteht. Ein einziges Quarkteilchen kann man nicht aus einem Proton herausziehen. Denn wenn man ein Quark herauszieht, dann entstehen sofort ein weiteres Teilchen, das aus mindestens zwei Quarks besteht. So ist es auch bei Gott. Wenn man etwas von ihm abtrennt, dann bekommt man kein Teil von Gott, sondern einen Nebengott. Dann ist Gott aber nicht mehr einer.
Wenn Sie den Kindern erklären wollen, warum Gott einer ist in drei Personen, dann erzählen Sie ihnen doch einfach von den Atomen und den Quarks."

Ich las es durch. Besser konnte man es als Kind nicht erklären. Also schrieb ich drunter:

„Gesehen, sachlich richtig. Richard Gutermann"

Später fragte mich meine Frau, ob man das unbedingt so kompliziert ausdrücken müsse.

„Wenn du so fragst. Das Größte, das ein Mensch verstehen kann, ist eine andere menschliche Person. Größeres kann er nicht verstehen. Wenn er also etwas von Gott erfährt, dann erfährt er es immer wie von einer anderen Person. Der eine Gott zeigt sich uns vor allem in drei Personen, als Schöpfer, als Sohn, der Mensch wurde, als Geist. Aber es ist immer der eine Gott."

„Und warum sagt Frau Ratzer das nicht so den Kindern?"

„Das darf sie nicht. Denn die Kirche hat diese Erklärung Gottes als ‚Modalismus' verboten. Und um diesen Modalismus zu vermeiden, auch wohl, um die kirchliche Interpretationsmacht zu sichern, hat man die

Trinitätslehre geschaffen. Leider ist die so kompliziert, dass selbst viele Theologen sie nicht verstehen, sondern nur nachplappern."

„Und die Kinder müssen etwas lernen, das sie nur nachplappern können?"

„Wem mag das am Ende nützen? Ein Schelm, der Böses dabei denkt."

## 18. Übung – In Sankt Peter

Über 700 Jahre vor Christus. In Jerusalem lebt Jesaja, ein scharfer Beobachter der Religion und der Politik. Nun ja, so richtig konnte das damals niemand trennen. Und was er sieht, sind politischer Größenwahn und Ungerechtigkeit. Das will er nicht auf sich beruhen lassen, also bespricht er sich mit seinen Freunden und verkündet den Zorn Gottes über Jerusalem. Es muss ihn sehr geschmerzt haben, solches über die Stadt zu sagen, die er liebte. Aber was half es, Gott kann nicht einfach über diese Verhältnisse hinwegsehen, wie Jesaja sie täglich erleidet.

Jesaja hat zuerst einmal drei einfache Gedanken: Die Übeltäter und Hochmütigen werden fallen; das Heil Gottes wendet sich an alle Menschen; und das Zeichen des Gottesheils ist der Zion mit dem Tempel. Es ist nicht der Tempelkult, es ist der Tempel als der Wohnort Gottes, von wo Weisung in alle Welt ergeht, Weisung, die dann zu Gerechtigkeit und Frieden führt.

Während ich darüber nachdenke, festigt sich die Idee, dieser Jesaja sei ein theologischer Vorläufer des Christentums gewesen. Die blutigen Opfer will er abschaffen[46], ihn treibt Sehnsucht nach Gerechtigkeit[47], ein Heil, das der ganzen Welt und allen Menschen zugesprochen wird[48]. Es fehlt nur noch ein christlicher Zion, oder? Wenn es so etwas gibt, dann doch wohl Rom, wenn es einen Nachfolger des Jerusalemer Tempels gibt, dann doch der Petersdom. In meiner Erinnerung reise ich nach Rom, gehe durch die Via della Conciliazione, über die Piazza San Pietro mit dem riesigen Säulenumgang. Heute steht vor dem Betreten des Petersdoms erst einmal eine Sicherheitskontrolle. Dann bin ich im Innern des Domes. Ist dieses der Ort, an dem Gott seinen Namen wohnen lässt? Ist dieses der Tempel, zu dem alle Völker wallfahren werden, um die Weisung Gottes zu hören?[49] Bei jedem Besuch dieses Domes übermannt mich seine schiere Größe. Wenn Gott ein mächtiger Herrscher ist, dann ist das ein würdiges Symbol seiner Herrschaft.

Als ich hochsah, erblickte ich die Inschrift: „Tu es Petrus...". Nicht Gott thront hier, sondern der Papst, der Felsenmann. Ich besuche eine Papstmesse. Hier wird kein blutiges Opfer mehr gefeiert, aber der gesellschaftliche Status der Feiernden ist bombenfest zementiert, oben der „pontifex maximus" (Weiß der eigentlich, dass auch Caesar diesen Titel trug?), dann der Klerus, so von rot über violett bis schwarz, am Ende wir, die Laien. Nur einmal in der Messe, bei der feierlichen Erinnerung an das letzte Mahl Jesu, nimmt selbst der Papst seine Kappe ab, jetzt ist auch er nur noch Mensch, doch das geht vorüber. Der Traum des Jesaja nach einer Erneuerung der gesellschaftlichen Verhältnisse, hier ist er ein Traum geblieben, oder?

Nach der Messe gehe ich zu einem Seitenaltar. Dort liegt die wachsüberzogene Mumie des guten Papstes Johannes in einem Glassarg. Er kam aus kleinen Verhältnissen, und als er Papst wurde, hat er nicht nach alter Gewohnheit seine Angehörigen geadelt. Er wusste noch um den Wert, den ein Mensch hat unabhängig von seinem gesellschaftlichen Titel. Als er die Bischöfe zu einem Konzil versammelt hatte, schlossen einige Bischöfe den „Katakomben-Pakt", in dem sie sich zu einem einfachen Leben an der Seite ihrer Mitchristen verpflichteten. Dem Jesaja hätte das sicher gefallen.

Heute amtet Papst Franziskus. Auch er wohnt nicht mehr in seinem Palast, sondern in einigen Räumen eines vatikanischen Gästehauses. Wird er der Spur des Jesaja weiter folgen? Ich habe Hoffnung. Dann kann der Tag kommen, wo man den Papst daran erkennt, dass er wie

Jesus mit den Menschen lebt. Dann muss er kein Felsenmann mehr sein, der mit granitener Härte die Einhaltung seiner Lehre überwacht.

Die Gedanken springen hin und her, angefeuert von einer Überfülle der Eindrücke. Dies ist der Tempel eines mächtigen Gottes. Ist es auch der Tempel eines gekreuzigten Gottes? Ach, ich kann gut verstehen, wie die Liebe zu Jesus Künstler antreibt zu großen Werken. Der Gott, der Mensch wurde, schuf auch die Rose. Sie ist schön ohne künstlerischen Ehrgeiz, sie ist es einfach, erblüht und erfreut ohne religiöse oder ästhetische Begründung. Angelus Silesius sagte: „Die Ros' ist ohn' Warum." Doch wir Menschen lieben das ‚Warum'.

Jesaja aber fragt mich weiter: Was wird in deinem neuen Tempel mit der Heilsverheißung für alle Völker? – Aber Jesaja, hast du nie gehört, dass alle zu uns kommen können, sie müssen nur katholisch werden, dann bricht das ganze Heil Gottes über sie herein. – Und die nicht katholisch werden wollen? – Man kann niemanden zum Heil zwingen. Ein bisschen muss jeder sich schon selbst bewegen! – Und dann erfahren sie von diesem Tempel her eine Weisung, die der ganzen Welt Frieden und Gerechtigkeit bringt? – Mindestens in der Theorie. Man muss nur die Macht Gottes anerkennen, und am besten auch die Macht seines Personals, muss lernen, dass Gott Männer mehr mag als Frauen, seine Mutter einmal ausgenommen, und was Gehorsam bedeutet. Wir reden hier vom Glaubensgehorsam. Und wenn die Leute ihre Sexualität lernen aufzuopfern, das kann auch helfen. – Und du meinst, sexuell frustrierte alte Männer, denen ihre Anerkennung über alles geht, die sind die besten Garanten des Friedens und der Gerechtigkeit in der Welt? – Jesaja lass es, das verstehst du doch nicht.

Rein theoretisch funktioniert das gut mit der Weisung Gottes, die Frieden und Gerechtigkeit schafft. Und ich kenne genügend Christen, die sich mit aller Glut dafür einsetzen. Aber wenn die Dinge praktisch werden, wenn ein Papst einer Kirche Gesetze gibt, die es ihm verbieten, die Charta der Menschenrechte zu unterschreiben, Gesetze, die in seiner Kirche eine überkommene gesellschaftliche Schichtung wie in einen

Felsen gemeißelt festhalten, dann ahnt man den Abstand, den die beiden Tempel voneinander haben, der Tempel, den Jesaja für ein künftiges Jerusalem erträumte und der römische Petersdom, der dem real existierenden Katholizismus äußere Gestalt gibt.

Jesaja selbst war wohl schon lange tot, als seine Nachfolger die Gedichte vom Knecht Gottes aufgeschrieben haben. Sie lesen sich wie ein Portrait Jesu. „Das geknickte Rohr zerbricht er nicht, den glimmenden Docht löscht er nicht aus, er bringt wirklich das Recht"[50]. Als ich später durch den Park der Villa Borghese gehe, fallen mir solche Verse in meine Gedanken. Christsein ist nicht nur die Schönheit eines Domes, es kann auch eine harte Aufgabe sein. Für Jesus war ein Leben nach diesem Vorbild tödlich. Und wir? Was, wenn wir das Rohr geknickt haben, wenn wir den glimmenden Docht gelöscht haben, die Flamme ausgeblasen? Auch für diesen Fall kennt Jesaja eine Antwort, – den glühenden Zorn Gottes.

Und die Rose? Sie blüht so schön, doch dann welkt sie. All ihre Dornen können den Tod nicht fernhalten. Wahrscheinlich liebt Gott sowohl die blühende als auch die welkende Rose.

### 19. Übung – Heute Psalmen beten

*Geschichten weiter zu erzählen, das scheint einfach zu sein. Wie aber ist es mit der Dichtung. Kann man die Psalmen heute noch beten oder sind sie fremde Texte geworden, die man ehrfürchtig rezitiert, ohne über ihren Gehalt nachzudenken? Der Prüfstein wird sein: Kann man die Psalmen in die heutige Zeit, in die heutige Kirche hineinsingen? vor allem jene Psalmen, die uns fremd geworden sind? Ein Versuch:*

Kühl war es in der Kirche, etwas zu kühl, denn der Herbst war noch jung. Ich zog meinen Mantel fester um mich, zog mich ganz in die harte Bank hinein. Warum müssen Kirchenbänke hart sein? Damit man während der Predigt nicht schläft. Hatte ich gefragt und mein Nachbar mir geantwortet, hörte ich ein Zwiegespräch in meinem Innern? Ein Blick zur Seite vergewisserte mich, dass mein Nachbar nichts gesagt hatte. Reglos saß er da, schweigend, nur sein schlechtes Rasierwasser und der Mantel, der irgendwann einmal modern war, sie erzählten von einem, der sich in seinem Leben abmühen musste, und der nun froh war, eine Stunde lang getröstet zu werden. Hast du sonst niemanden, der dich tröstet?

Mich selbst hatten Freunde zu diesem Konzert eingeladen. Sie sangen in einem Chor, und nun sollte ich große Lieder hören, Gott zur Ehre und uns Menschen zum Trost. So jedenfalls hatte es das Plakat verheißen. Deshalb hatte ich mich an diesem Sonntag aufgemacht, hatte auf den obligatorischen „Tatort" verzichtet und wollte mich nun dem Gotteslob anschließen und mein Päckchen Trost abholen. Es konnte nicht allzu groß sein, aber vielleicht war es schön. Gerade bei solchen Laienchören hatte ich schon manche freudige Überraschung erlebt.

Vorne in der Kirche stimmte das kleine Orchester seine Instrumente, die meisten Spieler waren noch jung, einige der Mädels auffallend hübsch, die Harfenistin erschien mir ebenso durchsichtig wie ihr Instrument, an der Bratsche eine Rothaarige, Feuer im Blick. Ob sie spielte, wie sie aussah? Die Bratsche ist ein erotisches Instrument, sie kann dir Dinge ins Ohr flüstern, die die kindliche Geige nicht einmal ahnt. Meine Gedanken schweifen ab. Darf ich in einer Kirche solches denken?

Der Chor zieht ein, die Sängerinnen sind nicht mehr ganz so jung wie die Instrumentalistinnen. Nehme ich nur die Frauen wahr, oder benutze ich die weibliche Form, weil ich den gendergerechten Sprachungetümen aus dem Weg gehen will? Gleich bei den Psalmen wird die maskuline Form von selbst kommen, Psalmen kennen nur Brüder, und bei vertonten Psalmen sind die Brüder in Erz gegossen. „Selig der Mann...", so heiß es. Den Mann könnte man durch Frau ersetzen, aber dann fühlt sich der Klerus ausgeschlossen. „Selig die Frau oder der Mann oder ...“, musikalisch wird das ein Ungetüm. Ich werde weiter die weibliche Form benutzen, wenn ich von diesem Chor schreibe. Nun stehen sie schön geordnet in vier Reihen, vor sich die Notenhefte. Die Dirigentin kommt, klein, dunkelhaarig, temperamentvoll, viel zu jung für eine Dirigentin, aber - ich habe sie schon oft die Orgel spielen gehört - randvoll mit Musik.

„Die Himmel rühmen des Ewigen Ehre“, Beethoven, ein Klassiker, reines Gotteslob. „Die mit Tränen säen“, Schütz, „In stiller Nacht“, Brahms, „Und unserer lieben Frauen“, Reger, dann nach einer kleinen Pause Bach: „Wachet auf, ruft uns die Stimme“, die ganze Kantate. Es ist eine überraschend schöne Andacht, mit einer eigenen Poesie, die auch die traurige Seite des Lebens einschließt, aber nicht darin stecken bleibt. Der Schlusschoral, „Gloria sei dir gesungen“, schließt dann alles im Lob Gottes zusammen.

Als ich die Kirche verlasse, muss ich an zwei Herren vorbei, die in Zylinderhüten Spenden einsammeln. Mein kleines Päckchen Trost ist mir ein kleines Scheinchen wert. Zuhause wartet eine Flasche Rotwein auf mich. In mir stellen sich die ersten Fragen: Warum hat Beethoven nur den halben Psalm 19 vertont? Sein Lied besingt, wie die ganze Natur Gott lobt. Die zweite Hälfte dieses Psalms singt davon, dass Gott auch durch seine Weisung an Israel geehrt wird. Warum macht Brahms aus dem ergreifenden Gedicht des Spee reine Naturlyrik? Ich weiß keine Antwort. Eine andere Frage schiebt sich in den Vordergrund: Das Erste Testament, gewöhnlich nennt man es das Alte, kennt noch Erfahrungen und nennt sie, schreit sie manchmal zu Gott. Aber gibt es vom Zweiten oder Neuen Testament bis zur heutigen Kirchenmusik und heutigen Gebeten ein Verdrängen von Erfahrungen? Angeblich grausame Gebete werden verschwiegen, jüdische Gotteserfahrungen, die Härten der Nachfolge Jesu, die Klage vor Gott, am Ende die Anklage Gottes selbst. Das letzte ist nur noch Thema kirchenferner Philosophie. Wer könnte Gott schon anklagen. Am Ende bleiben: „Immer, wenn du meinst, es geht nicht mehr, kommt von irgendwo ein Lichtlein her.“

Mach es doch besser! Da ist niemand, der das gesagt haben könnte, oder war es der Wein? Der Wein stellt die Fragen, die ich nicht stelle. Kann ich wenigstens eine Antwort finden? Ich will es versuchen!

Wie kann man in der Kirche heute beten? Und nun, nach einer Zeit, als die Corona-Seuche uns eingeschlossen hat, als viele einsam starben. Wie kann man das beten?

## Psalm 42/43 in Zeiten von Corona

Wie der Durstige lechzt nach Wasser, so lechzt mein Leben, Gott, nach dir.
Mein Leben ist durstig geworden,
wann darf ich wieder hinaus ins Freie, wann wieder unter Menschen gehen?
Wann wieder mit den anderen singen?
Es ist zum Weinen, und dann die Stimme in meinem Kopf, die leise Stimme:
Wo ist dein Gott? Wer hat das über uns gebracht?
Wie gerne würde ich Freudenlieder singen, wie gerne dich loben unter den Leuten.
So aber, sagt die kleine Stimme, mach dich nicht lächerlich.
Da ist keiner, der hört.
Was bist du bedrückt, mein Herz, und voller Kummer.
Harre aus. Du wirst ihm noch danken.

Bedrückt ist mein Herz, ich gehe am Rhein entlang,
am Rand des Vorgebirges, schaue über volle Felder mit Spargel und Erdbeeren.
Doch in mir ist Chaos, ich ersaufe fast in meinem Leid,
wenn ich an den Freund denke, der auf der Intensivstation liegt,
an die Freundin, die einsam gestorben ist, ganz allein.

Nachts, wenn ich allein bin, wie gerne hätte ich Dein Lied in meinem Herzen.

Doch nun rufe ich: Warum hast du uns vergessen?

Was schleiche ich traurig umher voller Angst vor der Krankheit,

vor den Leuten, die sie heimlich in sich tragen.

Und wenn sie in den Kirchen beten, die kleine Stimme flüstert:

Sie bilden es sich nur ein. Frag sie nicht, ihren Gott gibt es nicht.

Was bist du bedrückt, mein Herz, und voller Kummer.

Harre aus. Du wirst ihm noch danken.


Verschaff mir Recht, Gott, und rette mich vor denen, die aus meinem Leid Profit saugen,

vor denen, die meine Angst benutzen, um mich zu bevormunden.

Zeige dich, dass ich ihnen nicht nachlaufe.

Denn du bist meine Hoffnung und meine Zuflucht.

Sende mir dein Licht, dass ich erkenne, wer mir gut will und wer mich benutzen will.

Leite mich auf dem Weg zu dir.

Denn am ärgsten nagt die kleine Stimme, wenn sie flüstert: Er hat dich längst aufgegeben.

Und hättest du mich aufgegeben, Gott, ich lasse nicht von dir.

Was bist du bedrückt, mein Herz, und voller Kummer.

Harre aus. Du wirst ihm noch danken.


Seit einer Woche ist mein Freund wieder zuhause. Er lag drei Wochen lang mit Corona im Krankenhaus. Nun erzählt er am Telefon von einer einsamen Zeit, von Schmerzen im Hals und beim Atmen, mehr aber noch von Schmerzen der Seele, wenn mit jedem Tag ein Stück der Hoffnung abstirbt, und niemand ist da, der ihn hört. Wenn wenigstens Gott ihn hörte. Kann ich seine Gefühle verstehen, wo ich doch so gesund bin? Kann ich seine Einsamkeit spüren, denn noch habe ich mein Telefon, noch kann ich die Freunde an meinem Computer sehen. Aber die, die auf der Intensivstation eines Krankenhauses liegen?

## Psalm 88 in Zeiten von Corona

HERR, du Gott, der mich retten soll,
bei Tag und Nacht schrei ich vor dir.
Lass mein Beten vor dein Angesicht kommen,
öffne dein Ohr meinem Rufen!
Denn ich bin satt von Leid,
mein Leben ist nur einen Schritt vom Tod entfernt.
Mein Atmen ist nur noch ein Röcheln;
wie Glasscherben schneidet jeder Atemzug in meine Lunge.
Schon zähle ich zu denen, die fürs Grab bestimmt sind,
bin ein Mensch, in dem keine Kraft mehr ist,
hinunter gestoßen zu den Toten, den Erschlagenen.
Du denkst nicht mehr an die, die im Grab liegen,
deine Sorge geht an ihnen vorbei.
Du bringst mich ins tiefste Grab, in Finsternis unter der Erde.
Nur noch deine Wut liegt auf mir,
wie eine Schlammlawine erdrückst du mich.

Meine Freunde besuchen mich nicht. Haben sie mich vergessen?
Da ist niemand, der meine Hand hält,
wenn mich die Verzweiflung erfasst.
Auch die Ärzte meiden mich, sie haben keine Hilfe.
Meine Freundin ist die Atemmaschine,
leblos und kalt, bereit abgeschaltet zu werden.
Meiner Familie bin ich ein Abscheu, ein Seuchenträger.
Gefangen bin ich und komm nie mehr heraus.
Mein Auge wird schwach vor Elend.

Den ganzen Tag, HERR, ruf ich zu dir, händeringend.
Wirst du an den Toten Wunder tun,
wird meine Asche aufstehen, um dir zu danken?
Erzählt man im Grab von deiner Liebe,
von deiner Treue im Totenreich?

Werden deine Wunder in der Finsternis erzählt,
deine Gerechtigkeit im Land ewigen Vergessens?

Ich aber, HERR, ich schreie zu dir um Hilfe,
meine Bitte soll zu dir kommen wie das Morgenrot zum Tag,
wenn die Qualen der Nacht verblassen,
nur um neuen Schmerzen des Tages Platz zu machen.
Warum, HERR, verstößt du mich, ziehst dich von mir zurück?
Elend bin ich, unter deinen Schrecken erstarrt mir jedes Gefühl.
Dein Zorn hat mich verbrannt,
deine Schrecken haben mich vernichtet.
Die Schmerzen, die du geschickt hast,
sie durchfluten mich ständig wie Wasser.
Da ist kein Entrinnen.
Meine Familie, meine Freunde hast du verjagt.
Meine Vertrauten: die Atemmaschine und die Finsternis.

Ist das ein evangelischer oder ein katholischer Psalm? Ich glaube, es ist weder das eine noch das andere. Dieses Erbe Israels ist noch nicht in die christlichen Kirchen eingedrungen, die haben noch mit sich zu tun, mit ihren großen und kleinen Skandalen. Selbst in der Not singen sie noch nicht gemeinsam. Zu ihrer unseligen Konfessionstrennung gibt es noch kein Lied, oder?

## Psalm 151

Wie lange, Herr, wie lange hast du noch Geduld mit deiner Kirche?
Wie lange schaust du ihre Zertrennung an?
Du siehst, wie sie sich streiten und einer gegen den anderen hadert,
die du als Geschwister geschaffen hast.

Sie ziehen deinen Namen in den Schmutz,
es stört sie nicht, dass du zur Einheit und zum Frieden mahnst.
An deinem Tisch können sie nicht mehr gemeinsam essen,
nicht klingt ihr Lob zu dir in gemeinsamer Feier.
Ein Mahl hast du ihnen bereitet,
ein Fest der Versöhnung an deinem Tisch.
Sie aber wenden sich ab von dir und den Geschwistern,
und noch in der Trennung glauben sie, dir zu gehorchen.
Schon fragen die anderen, wer mag wohl ihr Gott sein,
dass sie ihn so wenig achten?
Wer ist ihr Herr, dass sie ihn so verhöhnen,
und seine Weisung in den Wind schlagen?

Gabst du nicht den Propheten einen Traum von allen Völkern,
wie sie gemeinsam hin zum Zion pilgern,
wie sie gemeinsam deine Weisung lernen und deinen Frieden,
den du allen Menschen verheißen hast.

Ihre Panzer sollten sie umschmieden zu Traktoren,
Maschinengewehre zu Saatmaschinen,
und ihre Heere sollten den Boden bebauen, damit er Frucht trägt.
Ein Zeichen des Friedens wolltest du stiften,
ein Festmahl der Einheit und der Versöhnung.

So wolltest du die Völker vereinen,
in deiner Stadt sollten sie feiern und fröhlich sein.
Sie aber umgeben ihre Gedanken mit Mauern,
als hättest du sie verstoßen und kein Heil wäre künftig bei dir.

Du aber, Herr, du wartest, du greifst nicht ein,
denn du hast sie frei geschaffen und achtest ihre Freiheit.
Du wartest, dass sie sich versöhnen,
dass sie die Welt nach deinem Willen aufbauen:

der Arme soll satt werden
und der Müde sich auf den Arm seines Bruders stützen,
die Mütter sollen sich ihrer Kinder freuen,
und keine Angst vor Krieg und Unheil soll ihre Freude trüben.

Du aber, Herr, du wartest und greifst nicht ein,
doch weinst du Tränen mit den Augen deiner Treuen.
Wie lange, Herr, wie lange müssen sie noch weinen,
wie lange warten bis zu deinem Tag der Freude?

Mein Herz ist verzagt und meine Gedanken voller Trauer,
wenn ich die Spaltung sehe in deiner Kirche.
Du aber, Herr, wirst unsere Tränen trocknen,
und unsere Augen werden wieder lachen,
wenn du uns versammelst zum großen Mahl der Gemeinschaft.

Dann sitzen wir geschwisterlich an deinem Tisch,
und niemand muss die Brocken essen, die zu Boden fallen.
Du schenkst dich uns in deinem Brot,
in deinem Wein führst du unsere Herzen zusammen.

Dann sagen die anderen, wer mag wohl ihr Gott sein,
der ihnen solche Liebe gibt in ihre Herzen.
Wir wollen seine Weisung hören in seiner heiligen Stadt,
in seinem Tempel lernen, einander zu lieben.

Der Ruhm unseres Gottes ist Frieden auf der ganzen Erde,
und Einigkeit seiner Kinder ist sein Vergnügen
für immer und immer.

## 20. Übung – Flash – Mob

*Eine Reportage aus der Zukunft. Sie stammt noch aus der Zeit, als Joseph Ratzinger als Papst Benedikt XVI. amtete.*

Ruhig rollte der Benz über die Autobahn.

„Eure Heiligkeit, wir kommen gleich nach Erfurt."

„Danke, Monsignore Kreuzfeld. Haben Sie alles vorbereitet."

„Ja, es liegt alles in Ihrer Mappe. Eine Kleinigkeit wäre allerdings noch zu bedenken."

„Und das wäre …?"

„In der Sankt Severi-Kirche neben dem Dom haben wir das Grab eines frühen Bischofs, des heiligen Severus."

„Was ist denn daran bedenklich, mein Lieber?"

„Im gleichen Grab liegen auch seine Frau und seine Tochter."

„Sie meinen, er war verheiratet?"

„Er war es. Und, Eure Heiligkeit, Sie sollten darauf vorbereitet sein, wenn man sie darauf anspricht."

„Ja, ja, das arge Zölibat. Man wird mich wohl darauf ansprechen, wir sind ja in unserem Deutschland. - Und was ist Ihr Vorschlag, Monsignore?"

„Ich denke mir, dass damals die Weisung Christi zur Verschnittenheit um des Himmelreiches willen, also zur Ehelosigkeit in der Nachfolge des Herrn, noch nicht recht verstanden war. Hier sehen wir die Leitung des Heiligen Geistes, die uns immer tiefer in diese Wahrheit hineingeführt hat."

„Das haben Sie schön gesagt. Aber ich sollte konzilianter sprechen. Das Faktum dieser Ehe ist nicht zu leugnen. - Nun, wir haben sehr gründlich geprüft, ob auch heute die Ehe der Kleriker eine Wahl sein könnte. Aber wir sind zu der Einsicht gekommen, dass wir der derzeitigen Kirche durch Aufheben des Zölibates großen Schaden zufügen würden. Vielleicht kommt einmal eine Zeit, in der auch die Kleriker wieder heiraten können, auch wenn wir heute auf keinen Fall damit rechnen können, aber bis dahin sind wir gehalten, an der

Ehelosigkeit um des Himmelreiches willen festzuhalten. - Meinen Sie, so könne man es sagen?"

„Allerdings. Nur sollten Sie nicht sagen, sie rechneten nicht mit einer Änderung. Es ist gerade der Aufschub, der die Kritik verstummen lässt."

„Was ein Glück, dass seine Frau nicht auch seine Mitarbeiterin war. Dann hätten wir das leidige Thema der Frauenordination wieder auf dem Tisch."

„Eure Heiligkeit, sind Sie sicher, dass es nicht kommt?"

„Haben Sie denn etwas gehört, das darauf hindeutet?"

„Nein! Aber der Zollitsch wird alt, bekommt er noch alles mit? Und der Meisner liefert nur noch Weltuntergangsszenarien. Und Marx ist in München weit weg vom Schuss."

„Nun übertreiben Sie aber nicht, mein Lieber. Auch die deutsche Presse war recht ruhig. Mit Frau Merkel habe ich mich versöhnt, was mir allerdings die frommen Leute ein wenig übelgenommen haben. Aber so ist Politik. Deshalb glaube ich, dass uns keine Störungen mehr ins Haus schneien."

„Wissen Sie, worauf ich allerdings Lust hätte?"

„Nein, Eure Heiligkeit, aber Sie werden es mir sagen."

„Ich würde gerne einmal wieder eine Thüringer Bratwurst essen. Meinen Sie, das lässt sich machen?"

„Das müsste gehen. Unter der Domtreppe war immer ein Bratwurststand. Wenn Sie ein wenig unter das Volk gehen, kommen wir sicher dahin. Dann eine Bratwurst, und dabei sollten Sie aber einen kleinen Kommentar geben, wie: Es geht nichts über die Würste in meinem lieben Thüringen. Das öffnet Ihnen mehr Herzen als zehn Minuten Predigt."

„Abgemacht! Monsignore, wir versuchen es."

Der Pontifex Maximus war in Erfurt. So nahe heran an Wittenberg hatte sich noch kein Papst gewagt, aber über vierzig Jahre atheistische Diktatur hatten auch den Protestanten die Streitlust ausgetrieben. Hier traf man sich versöhnlich. Begrüßungsansprachen und Predigten waren freundlich, beide Seiten waren von der gleichen Sorge erfüllt, wie man seine Kirche über das 21te Jahrhundert hinwegretten sollte. Mitgliederschwund, ob biologisch oder ideologisch bedingt, traf sie beide, dazu noch in der letzten Zeit die unsäglichen Missbrauchsvorwürfe. Als wenn man in der Kirchenleitung nicht schon genügend Sorgen hätte. Die christliche Mission hatte sich in den letzten Jahrzehnten gespalten, auf der einen Seite ein Überhang des Sozialen und der Entwicklungshilfe zum Schaden der Dogmatik, freundliche Gespräche mit religiösen Konkurrenten, die längst zu Gegnern geworden waren, auf der anderen Seite ein christlicher Fundamentalismus, der mit gigantischen Geldreserven ein Gemisch von biblischer Schlichtheit und radikaler Marktwirtschaft verbreitete, zum noch größeren Schaden der Dogmatik. In dieser Situation standen katholische Bischöfe und evangelische Präsides Seite an Seite. Hier waren die Grenzen noch klar, das half, die Feindbilder niedrig zu halten.

Jetzt aber wurde es Zeit, sich den Menschen vor dem Dom zu zeigen, und – eine Wurst zu essen.

Papst Benedikt hakte sich bei Bischof Warnke unter:

„Kommen Sie, wir gehen zu unseren lieben Erfurtern!"

„Aber Eure Heiligkeit – die Sicherheit!"

„Wer will uns denn hier etwas tun? Es weiß doch keiner, dass wir jetzt kommen. Der Plan sieht doch jetzt ein kleines Essen vor. Und das sollten wir uns nicht entgehen lassen. - Aber vorher sind wir den Erfurtern eine liebe Geste schuldig."

Sie traten aus der Kirche, gingen zur Treppe. Bis auf den Marktplatz standen die Leute, Beifall brandete auf, „Benedeto"-Rufe. Der Papst strahlte, seine Leibwächter standen am Rand einer Panik.

Es war Monsignore Kreuzfeld, dem als Erstem die Farben auffielen. Viele Frauen trugen Schwarz, und, er traute seinen Augen nicht, darüber etwas wie eine Stola, zumeist lila, jedoch auch in allen anderen Farben des Regenbogens. Manchmal war es eine richtige Stola, öfter nur ein Tuch, das sie aber wie eine Stola trugen, unübersehbar auch bei einigen Frauen ein kleines Kreuz. Und auf dem Platz die unvermeidlichen

Kameras der Fernsehgesellschaften. Heute Abend würde es millionenfach durch alle Nachrichtensendungen laufen, wie der Papst sich inmitten einer Schar „Priesterinnen" aufhielt, sie segnete, wie sie ihm die Hände küssten, und doch – unübersehbar – ein weiblicher Klerus.

Noch als Kardinal hatte der Papst dem bekannten Protestanten Roger Schutz die heilige Kommunion gereicht. Alles Abwiegeln half nichts, die Bilder gingen um die Welt. Später hatte er den Gebrauch von Kondomen im krassesten Ausnahmefall in Erwägung gezogen, und mit welchen Folgen? Und nun dieses. Was nützt alles Reden, dass das Priesteramt nur den Männern vorbehalten sei, wenn diese Frauen künftig ein Bild auf der Kommode stehen hatten, das sie in priesterlicher Kleidung mit dem Heiligen Vater zeigte. Für einen Augenblick verlor Kreuzfeld die Orientierung. Aber nur für einen Augenblick.

„Heiliger Vater, wir sollten uns sofort zurückziehen!"

„Ach Monsignore, und was wird aus meiner Wurst?"

„Ich will Ihnen sofort eine kaufen, aber bitte, gehen Sie zurück, bitte sofort."

„Monsignore, man meint ja, es sei etwas Schreckliches geschehen?"

„Ist es, eure Heiligkeit, ist es! - Herr Bischof, tun Sie doch auch etwas! Bringen Sie den Papst ins Haus!"

„Ihr lieben Erfurter! Ich bin glücklich, bei Euch zu sein, in diesem Land, das unter dem Segen der heiligen Elisabeth steht, in diesem Land, in dem man seit der Wiedervereinigung immer mehr Zeichen neu entstehender Religiosität sieht. Und – sehen Sie es einem alten Mann nach so viel römischer Pasta nach – einem Land, in dem man so gute Würste macht. – Wenn ich eine haben dürfte?"

Der Wurstbräter eilte schnurstracks mit einer Bratwurst herbei. Die Nachrichtensendungen im Fernsehen aber brachten abends das Bild eines strahlenden Papstes, der inmitten mütterlicher Priesterinnen eine Bratwurst aß. Der Himmel spendete sein schönstes Licht, und für einen Augenblick erfüllte alle die Ahnung eines neuen priesterlichen Amtes, selbst Monsignore Kreuzfeld.

## 21. Übung – Sehnsucht braucht ein Zeichen

„Der Herr sei mit Euch!" Kaplan Meierbach, katholisch, 28 Jahre alt, breitete die Arme aus, sein Blick ging über die ganze Gemeinde, die sich zur Sonntagsmesse versammelt hatte, einmal, zweimal, ehe er sicher war, dass Frau Krüger heute nicht in seinem Gottesdienst war. Sein Begrüßungslächeln wurde eine Spur mechanischer. Erst jetzt fiel ihm auf, wie sehr die Vorbereitung seiner Predigt aus dem Gespräch mit ihr erwachsen war, und, kaum wagte er es sich einzugestehen, wie sehr er ihre Zustimmung brauchte zu dem, was er predigte. Es waren keine langen Worte, die sie machte, es war der aufmerksame, aufmunternde Blick, an dem er sich festhalten konnte.

Muss es erwähnt werden: Frau Krüger unterrichtete Religion und Biologie am örtlichen Gymnasium, arbeitete im Gemeinderat mit, knappe 30 Jahre alt, „mit ihrem Beruf verheiratet", wie sie gerne sagte, eine gepflegte, anziehende Erscheinung, temperamentvoll. Ihr fröhliches Gesicht deutete an, wo sich einmal die ersten Lachfältchen bilden würden. Keiner wusste, was sie in diese ländliche Gegend verschlagen hatte, aber die meisten waren froh, dass es sie hierhergeführt hatte, wenn man einmal von wenigen Schülern absah, die es nicht verstehen konnten, dass sie auch im Biologie- und Religionsunterricht auf Qualität achtete.

Schon kurz nach seinem Dienstantritt vor zwei Jahren begann ein regelmäßiges Gespräch zwischen Kaplan Meierbach und Frau Krüger, und mehr als eine Predigt war die Frucht dieses Austausches. Und dann saß sie sonntags in seiner Messe, hörte ihm zu, und kein dummes Wort schlich sich in seinen Vortrag. Wie hätte er etwas Belangloses sagen können, wenn er wusste, dass sie jedes Wort von seinen Lippen trank. Vielleicht war auch ein wenig Eitelkeit dabei, von dieser attraktiven Frau beachtet zu werden. Ganz konnte Matthias Meierbach das nicht ausschließen. Und wenn sie heute nicht im Gottesdienst war, es war doch ein winziger Stich, der seine Eitelkeit traf.

Es brauchte schon einen zweiten Blick in die Gemeinde, um zu sehen, dass auch zwei andere Frauen, die sehr regelmäßig seine Messe zu besuchen pflegten, dieses Mal nicht anwesend waren. Hatte er etwas übersehen? War heute ein besonderer Tag? Meierbach beschloss, seinen Pfarrer zu fragen, nun aber seine Messe wie gewohnt zu Ende zu bringen.

In der Kreisstadt, deren Name wir aus Gründen der Diskretion nicht nennen wollen, obwohl eine schöne Burg sie krönt und zwei Kirchen unterschiedlicher Konfession von einer bewegten kirchlichen Vergangenheit erzählen, dort also bereitete sich die evangelische Pfarrerin auf ihren Gottesdienst vor. Ihr Predigttext steckte in ihrem Talar, und nun konnte sie sich nicht enthalten, durch den Schlitz der angelehnten Tür in die Kirche zu schauen, wie viele, oder besser, wie wenige Leute an diesem Sonntag ihren Gottesdienst mitfeierten. Und was sie sah, war erfreulich. Außer den üblichen Familien erblickte sie im hinteren Teil ihrer Kirche acht Frauen, die sie hier noch nie gesehen hatte. Sie reckte sich ein wenig aufrechter und betrat den Kirchenraum: „Unsere Hilfe ist im Namen des Herrn, der Himmel und Erde gemachet hat."

Am nächsten Sonntag fehlten die acht Frauen wieder. Sie schienen auch nicht aus ihrer Gemeinde zu sein, denn sie kannte keine der acht. Aber nach vier Wochen waren sie wieder da, und diesmal waren es sogar neun. Mit Autos waren sie gekommen, also keine zufälligen Gäste. Frau Wehr, eben die Pfarrerin, nahm wahr, wie sie den Gottesdienst mitfeierten, wie sie ihr hinterher einen schönen Sonntag wünschten, in ihre Wagen stiegen und wieder wegfuhren. Wieder eine Pause, und nach weiteren fünf Wochen wieder diese Frauen. An jedem dritten Sonntag im Monat kamen sie, beteten, feierten, und blieben wieder einen Monat lang verschwunden. Jemand aus dem Presbyterium hatte ihr gesteckt, das seien katholische, eine sei sogar Lehrerin für katholische Religion an einem Gymnasium. Das mochte sein, aber warum kamen sie zu ihr? Mit ihr darüber zu sprechen, schien den Frauen kein Bedürfnis zu sein. Aber unkommunikativ waren sie weiß Gott nicht, denn untereinander herrschte offensichtlich große Vertrautheit und reges Gespräch. Ja, mit ihrer Zahl wurde das Gespräch untereinander noch reger. Besonders eine gutaussehende junge Frau, die man ihr als Religionslehrerin genannt hatte, schien den Kreis zu beleben. Und in letzter Zeit waren auch katholische Frauen aus ihrer Stadt dazu gekommen, sogar eine Pfarrhaushälterin, die sie von gemeinsamen kirchlichen Festen her kannte. Zogen die katholischen Frauen aus ihrer Kirche aus? Frau Wehr beschloss, Augen und Ohren offen zu halten. Irgendetwas kündigte sich an.

Wieder einmal trafen sich die Priester des ganzen Kreises. Man trank gemeinsam Kaffee, besprach die großen und kleinen Sorgen, organisierte dies und das, und gegen Abend wurden auch die Getränke geistvoller, ein typisches Treffen beruflicher Junggesellen. Doch dieses Mal lag etwas in der Luft. Der Weihbischof Dr. H. hatte sich angemeldet, und das verhieß meist Ärger, mindestens aber vermehrte Arbeit. Und nun saß man zusammen, nippte an seinem Kaffee und hörte mit wachsendem Erstaunen, was seine Exzellenz vorzutragen hatte. Der Kardinal habe einen Brief bekommen, so hörte man, in dem ein besorgter Katholik ihm mitteilte, etliche katholische Frauen, darunter sogar eine Religionslehrerin und eine Pfarrhaushälterin, gingen neuerdings regelmäßig, und er betonte das Ärgernis, das durch dieses Wort ausgedrückt wurde, regelmäßig besuchten sie also einen evangelischen Gottesdienst. Man habe doch nichts gegen die Ökumene, aber dies ähnele doch zu sehr einem schleichenden Auszug. Ob seine Mitbrüder das denn nicht bemerkt hätten? Seine Eminenz jedenfalls mache sich große Sorgen und erwarte, dass man etwas dagegen unternehme. Wie er sich das vorstelle, wurde er gefragt. Er wolle ihnen ganz gewiss nicht in ihre Geschäfte hineinreden, aber, das sei ihm gestattet zu sagen, von kirchlichen Angestellten könne man doch erwarten, dass sie ihre Lebensführung an den Geboten der Kirche ausrichteten. Und der Besuch eines evangelischen Gottesdienstes erfülle die Sonntagspflicht in keiner Weise. Ein älterer Pfarrer äußerte, mit der Sonntagspflicht sei es wie mit der ehelichen Pflicht, „Wenn etwas nur noch aus Pflicht geschehe, dann sei das Beste vorbei“, was ihm nicht gerade Sympathie bei Dr. H. eintrug. Man hatte sich das Treffen angenehmer vorgestellt, und auch das Versprechen des Dechanten, einmal mit dem evangelischen Superintendenten zu sprechen, hob die Laune nur wenig. Keiner schien etwas von diesem Auszug bemerkt zu haben. Auch von dem Weihbischof war nicht viel mehr zu erfahren außer, dass diese Frauen wohl meistens den Gottesdienst von Frau Wehr besuchten.

Auch Matthias Meierbach hielt sich zurück. Er ahnte, von wem die Rede sei, als die Religionslehrerin erwähnt wurde, aber er hatte keine Lust darüber mit seinen Mitbrüdern zu reden. Was hätte er ihnen auch sagen sollen? Wie sehr er die Frau bewunderte? Wie gut ihm ihre Aufmerksamkeit tat? Oder gar, wie ihm an jedem dritten Sonntag ihre Aufmerksamkeit fehlte? Als einer der Jüngsten in diesem Kreis hielt er den Mund, das heißt er füllte ihn mit den köstlichen Dingen, die eine dienstbare Pfarrhaushälterin auf den Tisch gebracht hatte. Allerdings kannte er Frau Wehr noch aus dem Studium, als sie den gleichen Griechischkurs besucht hatten. Inzwischen habe sie geheiratet, so hatte er gehört, und seit zwei Jahren bekleidete sie in der Stadt ihre erste Pfarrstelle. Mit ihr sollte er einmal reden, vielleicht würde er dann mehr erfahren. Allerdings würde er sich nicht einmischen. Wenn seine Eminenz dieser Sache wegen einen Weihbischof schickte, dann war sie zu groß für einen kleinen Kaplan. So viel hatte er inzwischen von der Hierarchie gelernt.

So kam es also, dass Frau Wehr und Kaplan Meierbach in einem Kaffeehaus zusammensaßen und über alte Zeiten sprachen, über ihre Mühe, als Frau eine Pfarrstelle zu bekommen, über sein Leben als zölibatärer Mann, bis sie sich schließlich bei dem heimlichen Thema ihres Treffens fanden.

„Ja, eure Frauen kommen einmal im Monat zu mir."

„Und weißt du, warum?"

„Nein. Ich habe sie noch nicht gefragt. Aber was ist denn da so schlimm daran?"

„Schlimm ist das nicht, aber bei uns hat es für etwas Wirbel in der oberen Etage gesorgt."

„Na ja, da habt ihr doch öfter Wirbel. Am besten ist, du gewöhnst dich dran."

„Der Wirbel stört mich ja nicht, aber warum bleiben sie bei uns einfach weg?"

„Sag einmal, höre ich da das enttäuschte Krähen eines Hähnchens, dem die Hühner weglaufen?"

Das hatte er schon im Studium an Hilde Wehr bewundert, dass sie so direkt sein konnte. Sie hatte den Nagel auf den Kopf getroffen, und Matthias Meierbach hoffte aus ganzem Herzen, jetzt nicht rot anzulaufen.

„Seh' ich es doch an deinem Gesicht. Das zölibatäre Männchen ist etwas eifersüchtig, was es schon von Amts wegen gar nicht sein dürfte." Sie lachte. „Ist es diese junge Frau mit dem Golf?"

Nun wurde er erst recht rot.

„Vor mir brauchst du keine Angst zu haben. Du bist eben normal, auch wenn dein Beruf dir etwas anderes vorschreibt. - Aber wie ich höre, weißt du auch nicht, warum diese Frauen in meinen Gottesdienst kommen? Beim letzten Mal waren es schon fünfzehn."

„Nein, ich weiß es nicht. Ich weiß auch nicht, wie ich es erfragen soll. Auch deshalb wollte ich mit dir reden."

„Könnte es sein", Hilde Wehr blickte sehr ernst drein, „dass diese Frauen einfach nur mit Frauen beten wollen? Bei euch gibt es kein Amt für Frauen. Könnte es sein, dass sie ihrem Traum von einer Frau am Altar Gestalt geben, indem sie gerade in den Gottesdienst einer Frau gehen?"

„Du meinst, es hat nichts mit uns zu tun?"

„Sei mal nicht so eitel. Nicht alles hat mit dir zu tun oder mit mir. Vielleicht ist dieser Gottesdienst jeden dritten Sonntag im Monat ein Zeichen ihrer Sehnsucht. Erinnerst du dich noch daran, welche Sehnsüchte und Pläne wir im Studium hatten. Ich glaube, du wolltest am liebsten nach Sao Paolo auswandern, um dort im Slum zu arbeiten?"

„Stimmt. Da erinnerst du dich noch daran? Und du träumtest davon, als Frau einmal Bischöfin zu werden. Damals hielt ich das selbst in eurer Kirche für unmöglich."

„Und wonach sehnst du dich heute?"

Er schwieg eine Weile, ehe er antwortete: „Nach einer Kirche, die bei den Armen ist, auch wenn ich dafür nicht mehr nach Brasilien fahren muss."

„Aber welches Zeichen gibst du deiner Sehnsucht?" Diesmal war das Schweigen noch länger, ehe sie weitersprach: „Auch ich habe meine Sehnsucht und weiß nicht, wie ich sie ausdrücken soll. Der Beruf lässt mir kaum Platz. Dabei wollte ich immer für die Kinder da sein. Na ja, jetzt bin ich eher für die Senioren da."

„Meinst du, die Sehnsucht braucht ein Zeichen?"

„Eure Frauen scheinen das so zu sehen. Ich glaube, sie haben recht."

Als Kaplan Meierbach das nächste Mal mit Frau Krüger sprach, fragte er etwas unzusammenhängend: „Meinst du, die Sehnsucht braucht ein Zeichen?"

„Ja." Ihre Stimme schwankte etwas, als sie dann fragte:

„Welche Sehnsucht meinst du?"

„Ich hatte mir mein Priestertum anders vorgestellt, näher an den Armen, näher an denen, von denen ich glaubte, sie brauchen mich. Und jetzt verwalte ich die kirchlichen Amtsgeschäfte."

„Ich wollte auch nicht nur Religionslehrerin werden. Aber derzeit geht nicht mehr. Und deshalb fahre ich einmal im Monat in den Gottesdienst, den eine Frau hält. Die Sehnsucht braucht ein Zeichen." Ihre Stimme war wieder gewohnt fest.

„Danke!"

Nach einiger Zeit fehlte Kaplan Meierbach gelegentlich bei der Sonntagsmesse in der Pfarrkirche. Frau Krüger hielt dann einen Wortgottesdienst, während Meierbach in einem Heim für Nichtsesshafte seine Messe hielt. Es gab mehrere Briefe an seine Eminenz, diese Zustände zu ändern. Doch gegen die Sehnsucht gab es keinen Artikel im Kirchenrecht.

## 22. Übung - Manche Briefe müssen geschrieben werden

Lieber Wolfgang!

Und da ist dieser Tage etwas geschehen, das muss Ich dir noch erzählen: Du weißt, dass es in unserem Ort schon seit langem ein reges Gespräch zwischen Katholiken und Protestanten gibt, und beide Pfarrer unterstützen es, wo immer sie können. Leider gibt es in beiden Gemeinden auch immer noch Widerstand gegen eine weitergehende Zusammenarbeit, daran hat auch das "Ökumenisches Konzil" nichts geändert, ja, in letzter Zeit, so scheint es, haben sich die konfessionellen Fronten eher verschärft. Unser Bischof ist ja bekannt als Ghetto-Katholik, und auch in unserer Gemeinde bläst es jenen Gruppen ins Gesicht, die seit Jahren schon das Gespräch miteinander pflegen. Aber darüber haben wir uns ja schon oft unterhalten.

Nun aber jährte sich am letzten Donnerstag wieder der Gebetstag für die Einheit der Christen. Wir waren alle in der Kirche, die einen, um miteinander zu beten, die anderen, um die einen zu überwachen. Dabei erwarteten wir nichts anderes als die Liturgie jeden Jahres, die Lesung aus dem Evangelium nach Johannes, die fromm-resignative Predigt über die großen Wünsche und die kleinen Möglichkeiten, die großen Fürbitten und dann die gegenseitige Fußwaschung der beiden Pfarrer. So waren wir es seit vielen Jahren gewohnt. Ich weiß nicht, was da noch zu überwachen ist. Nun in diesem Jahr bekommt unser Bischof sicher reichlich Post, denn es kam alles anders, als wir erwarteten.

Anfangs verlief alles noch wie gewohnt, vielleicht, dass die Predigt kürzer war als sonst, doch nach den Fürbitten brachten die beiden Pfarrer einen hölzernen Tisch in den Altarraum, den sie dann gemeinsam deckten, Brot darauf legten, Blumen und Wein darauf stellten, auch eine Kerze.

"Die werden doch nicht die Interkommunion ertrotzen wollen!" hörte ich es hinter mir flüstern. Nein, als der Tisch gedeckt war, gingen beide Pfarrer aus dem Altarraum weg. Da stand er lange, der gemeinsame Tisch, an dem keiner saß, und wir wurden mehr und mehr gespannt. Dann kamen die Pfarrer wieder, von verschiedenen Seiten kamen sie, und jeder trug eine Axt, und damit schlugen sie gemeinsam auf den Tisch ein, schlugen ihn entzwei mit allem, was darauf stand. Mir stockte das Blut, als ich das Zertrümmern sah. Das Brot flog zur Erde, die Weinflasche zerklirrte, die Blumenvasen, rot lief der Wein die Stufen des Altarraumes herab, Holzstücke und Leinenfetzen blieben zurück, zerknickte Nelken dazwischen. Dann gingen die Priester. Ende. Wir warteten noch, ich kämpfte mit den Tränen, aber nichts mehr geschah. Dann gingen auch wir.

Weißt Du, ..., ehrlicher hat nie jemand die Situation unserer Kirchen beschrieben. Seit Sonntag übrigens stehen die Reste des Tisches in einer Glasvitrine in der evangelischen Kirche, demnächst sollen sie zu uns kommen, wenn es nicht vorher von höherer Stelle untersagt wird. Aber ich werde bitter. Hoffen wir auf bessere Zeiten. ....

## 23. Übung – Unter Priestern

*Eine eher ironische Geschichte aus der Zeit von Papst Johannes-Paul II. Die Probleme sind geblieben.*

Da saßen zwei alte Herren in der Domklause, Gottfried Schneider, der Regens des bischöflichen Priesterseminars, und Dominik Hansmann, sein Freund seit Studientagen, jetzt Pfarrer einer Vorortpfarrei. Der Montagabend war ihr Abend. Auch wenn sie ob ihres pfarrherrlichen Übergewichts nur noch einen Salat aßen, den Wein ließen sie sich immer noch schmecken.

»Na, Gottfried, heute wieder die Kirche gerettet?«

»Das kann ich dir sagen. Aber ganz wohl ist mir bei dieser Rettung nicht. Da waren heute gleich zwei junge Menschen, die nach dem Priesteramt strebten.«

»Du wirst es mir erzählen. Zumal ich heute meinen freien Tag habe. Du bist dran, also erzähl!«

»Nun denn, der erste Besuch hatte sich als Ingo Tuchweber angemeldet. Aber was dann bei mir hereinschneite, war eine attraktive junge Frau, Inge Tuchweber. Und die wollte sich als Priesteramtskandidatin bewerben.

„Ich hatte einen Ingo erwartet. Wieso haben Sie sich als Mann angemeldet?"

„Hätten Sie mir überhaupt die Chance eines Bewerbungsgesprächs geboten, wenn ich mich als Frau angemeldet hätte?"

„Da haben Sie auch wieder Recht. Und auch so kann ich Ihnen nur sagen, dass Ihre Bewerbung chancenlos ist."

„Das ist sie in dieser Zeit zweifellos. Und doch fühle ich es in meinem Innern, dass Gott mich zur Priesterin berufen hat. Und das möchte ich schon einem vortragen, der über Annahme und Ablehnung zu diesem Beruf zu entscheiden hat."

„Aber ich kann Ihnen nur sagen: Das ist längst entschieden. Frauen können keine Priester werden."

„Und Sie meinen ernsthaft, ich müsse dann dem Papst mehr gehorchen als Gott, der mich ruft?" «

»Gottfried, Gottfried,« ließ sich Pfarrer Hausmann vernehmen, »nun sitzt du ganz schön in der Klemme. Da hat uns der Pole etwas Schönes eingebrockt.« Im internen Gespräch hieß Papst Johannes-Paul II. immer nur „der Pole", nur öffentlich konnte man das nicht sagen, es war kirchenpolitisch höchst inkorrekt.

»Ich weiß, lieber Dominik, und ich fühlte mich bei meiner Antwort so gar nicht wohl. Aber in unserer Kirche gibt es Regeln. Daran können wir beide auch nichts ändern.«

»Aber erzähl weiter!«

»Nun, ich fragte sie, warum sie denn unbedingt Priesterin werden möchte.

„Ich bin jetzt am Ende meines Theologiestudiums. Danach will ich mir eine Stelle in der Kranken- oder Altenseelsorge suchen. Dort, so glaube ich, kann ich im Dienst für Gott noch viel Gutes wirken. Aber wissen Sie, nach noch so viel Trost und geistlichem Beistand wollen gerade die katholischen Alten in einem Sakrament den Segen Gottes leibhaftig erfahren. Wir haben ihnen lange genug gepredigt, dass sie dieser Hilfe bedürfen. Also muss jetzt ein Priester her, oder eine Priesterin", sie lächelte, „und haben Sie genügend männliche Priester, um diesen Bedarf zu jeder Zeit zu decken?"

Das Argument leuchtete mir ein. Aber es geht nicht. Ich frage also weiter:

„Frau Tuchweber, was wollen Sie aber machen, wenn die Kirchensteuern einbrechen und wir diese Seelsorger nicht mehr bezahlen können?"

„Da sprechen Sie etwas an. Theologie habe ich inzwischen studiert. Wenn man mich zum Priestertum zulässt, dann werde ich mir auf jeden Fall ein zweites wirtschaftliches Standbein verschaffen. Wahrscheinlich mach ich dann noch eine Lehre als Altenpflegerin. Dann bin ich auch ohne Anstellung nahe bei denen, die meinen Zuspruch brauchen."

„Sie scheinen sich das ja alles sehr gut überlegt zu haben. Es macht mich traurig, dass ich ihren Wunsch dennoch ablehnen muss. Und was werden Sie nun tun?"

„Ich werde, wie schon gesagt, mir eine Ausbildungsstelle in der Altenpflege suchen. Danach kann ich mich dann als Seelsorgerin für diesen Bereich bewerben. Und wenn Gott mich weiterhin einen anderen Weg führt, als meine Kirchenleitung erlaubt, dann wird er mir auch auf diesem Weg helfen.

Lieber Herr Regens, ich danke Ihnen für dieses Gespräch."

Und da war sie auch schon weg. Sie schien mir hochgeeignet für den Priesterberuf, mit beiden Beinen auf dem Boden, wenn du mich verstehst. Und das ist nicht nur die Schwärmerei eines alten Mannes für eine schöne Frau. Mir ist unbehaglich bei dem Gedanken, dass sie bei einem Alten am Bett steht und auf den Wunsch nach der Krankensalbung, du weißt, die Alten reden immer noch von der „letzten Ölung", wenn sie auf diesen Wunsch dann sagt, da müsse sie einen Priester fragen, und wenn der gerade seinen freien Tag hat, dann sterbe man eben ohne die Krankensalbung. Oder noch schlimmer, wenn der Priester keine Zeit hat und so ein armer Sünder kann seine Sünden nicht mehr beichten. Soll sie dem sagen: Pass auf, es ist eben der Wille des Papstes, dass Leute wie Sie zuerst noch eine Weile im Fegefeuer schmoren. Mir ist gar nicht wohl bei dieser Vorstellung.«

»Das glaub ich dir gerne. Aber du sprachst von zwei Gesprächen. Wie war das andere?«

»Nun, da kam ein junger Mann, Clemens Hinterberg. Seine Haltung hatte etwas Devotes an sich. Er begrüßte mich mit tiefem Diener. Aber er kam gleich zur Sache: Er fühle sich zum Priester berufen und bitte um Aufnahme.

„Wie äußert sich Ihr Gefühl der Berufung?"

„Ich weiß einfach, dass ich Priester werden soll."

„Na schön. Und wie stellen Sie sich die Arbeit eines Priesters vor?"

„Also zuerst einmal ist ein Priester doch Spender der Sakramente, er vertritt doch Jesus selbst vor der Gemeinde. Und dann muss er den Gläubigen vermitteln, was Gottes Wille ist."

„Entschuldigen Sie, wissen Sie immer, was Gottes Wille ist?"

„Ich brauche es nicht immer zu wissen, aber die heilige Kirche weiß es. Und was die Kirche lehrt, das möchte ich als Priester weitergeben."

„Und Sie können sich nie vorstellen, dass die Kirche auch einmal nicht so genau weiß, was Gott in diesem Augenblick will?"

„Herr Regens, die Kirche steht unter der Leitung des Heiligen Geistes."

„Na gut. Etwas anderes. Wie stellen Sie sich Ihr priesterliches Leben vor, wenn es einmal keine Kirchensteuer geben wird und kein üppiges Gehalt?"

„Aber Herr Regens, glauben Sie wirklich, dass die Kirche dann einen der ihren im Stich lässt? Da bin ich allerdings völlig zuversichtlich. Es kann einmal magere Zeiten geben, aber Not? Niemals." «

»O je", schaltete sich Pfarrer Hansmann ein, »da bist du aber an einen Hundertfünfzig-Prozentigen geraten.«

»Das kann ich dir sagen. Ehrlich gesagt: ich halte ihn für ungeeignet. Aber wer bin ich, dass ich dem Willen Gottes widersprechen könnte?«

»Und du bist sicher, aus so einem unreifen Jungenwunsch spricht der Wille Gottes?«

»Ich weiß es nicht. Aber wenn Gott es nicht will, dann wird der junge Mann in dem Beruf scheitern, wenn Gott ihn aber als Priester will, dann darf ich ihn nicht verhindern.«

»Seltsam. Du sprichst nun fast genauso wie vorhin, als wir über die junge Frau redeten. Aber deine Schlussfolgerung ist völlig anders.«

»Kann ich etwas dafür, dass der Pole alles verboten hat?«

»Vielleicht will Gott aber gerade solche Priester, die die kirchliche Hierarchie auf lange Sicht zusammenbrechen lassen.« Das war ein verwegener Gedanke, das wusste Dominik Hansmann. Doch schrieb nicht auch der Prophet Jesaja davon, dass Gott selbst die Herzen verhärten würde, dass sie sehen und nicht erkennen, hören und nicht verstehen?

»Für den Rest unserer Lebenszeit wird die Hierarchie wohl noch bestehen. Aber manchmal frage ich mich das auch. Selbst der jetzige Papst lässt einem an dieser Stelle wenig Hoffnung.«

»Jedenfalls hatte ich nach dem Gespräch den Eindruck, da wollte einer die Lehren der Kirche durchsetzen, sie mögen passen oder nicht, wollte Jesus selbst vor der Gemeinde vertreten. Ich fragte ihn nach seiner Sexualität.

„Herr Regens, ich habe mich immer für den Herrn rein bewahrt."

„Und Sie hatten niemals eine Freundin?"

„Gott behüte. Ich möchte doch im Zölibat leben."

„Na ja, wenn einer nie verliebt war, dann ist das fast ein Weihehindernis."

Ich konnte mir ein Grinsen nicht verkneifen.

„Am Ende verlieben Sie sich nach der Weihe und empfinden diese Gefühle als ebenso nötigend, wie jetzt ihren Priesterwunsch."

„Herr Regens, ich verstehe Ihre Bedenken. Ich ziehe deshalb meine Bitte um Aufnahme in Ihr Priesterseminar zurück. Ich werde mich in einem anderen Bistum bewerben, in dem man sich dem Willen Gottes nicht so in den Weg stellt."

Ich nannte ihm kein anderes Bistum, er kannte sich sicher aus, wo man weniger auf Reife, dafür mehr auf Loyalität setzt.«

»Da könntest du Recht haben. War kein schöner Tag für dich, Prost Gottfried.«

Sie tranken einander zu, zwei alte Priester, die schon zu viel an Veränderung in ihrer Kirche erlebt hatten, als dass sie noch etwas aus der Bahn geworfen hätte.

»Letzte Woche war da wieder ein Brautpaar, denen schien das große Fest und das Brautkleid wichtiger als die ganze Ehe, die sie nun beginnen wollen. Ich werde dann meine Stola um ihre Hände wickeln, der Ritus ist erfüllt und meine Kirche hat Recht. Und sie behält immer Recht, solange, bis sie am eigenen Recht erstickt. Prost Gottfried.«

Die beiden alten Herren hatten noch viel zu erzählen, sie hatten auch noch einiges zu trinken. Ein langes Leben lang hatte jeder von ihnen auf seinem Posten treu ausgeharrt. Nun waren ihre Herzen in Trauer versteinert und sie warteten, dass einer sie von ihren Posten abberufen würde, den dabei nicht einmal das Wort eines Papstes aufhalten konnte, der komme, woher er wolle.

## 24. Übung    Dornröschenmann

*Eine Übung, den Hintergrund sexuellen Missbrauchs etwas mehr zu verstehen. Wir müssen es wieder lernen zu verstehen, zu verzeihen, und die Strafe als notwendige Folge unseres Tuns aber auch als neue Chance anzunehmen.*

Seine Eltern hätten ihm kaum einen passenderen Namen geben können, als sie ihn bei seiner Taufe Josef nannten und an den erinnerten, der es in Ägypten weit gebracht hatte, aber durch Brunnen und Kerker hindurch, meist eingeschlossen wie in einer Dornenhecke, ehe ein gütiger Gott sein Geschick doch zum Guten, zum Erfolgreichen lenkte. Auch Josefs Geschick hatte seine Brunnen, seine Kerker, doch ob es sich zum Guten wendete, ob dieses männliche Dornröschen von einer Prinzessin wachgeküsst werden sollte, das kann erst im Verlauf der Geschichte beurteilt werden.

Seine Eltern waren angesehene Leute, das Märchen hätte keine Bedenken, sie König und Königin zu nennen. Gesellschaftlich und politisch gehörten sie zu den Führenden in ihrer Gemeinde und waren ganz das, was man ein vorbildliches Ehepaar nannte. Ihn aber hatten sie erwartet, erwünscht, wie Eltern nur ein Kind wünschen können. Der

Wunsch nach dem Kind war es, der seine Mutter immer wieder bewog, sich dem ekligen Akt des Beischlafs zu ergeben. Denn alle äußere Harmonie ihrer Ehe verbarg doch nur, dass ihre Beziehung mehr geistig war. Doch der Wunsch nach dem Kind nötigte seine Mutter, sich dieser körperlichen Seite auszuliefern. Nicht dass man meine, es sei eine unerotische Frau gewesen, eher eine Frau, deren Erotik durch strenge Selbstzucht und kirchliche Unterweisung in die Tiefe des Unbewussten verbannt war, woraus sie nur hin und wieder und andeutungsweise aufblitzte.

Nach Jahren des Wartens also, auch einer Fehlgeburt, hatten sie dann ihren Josef bekommen, und alle Liebe, die das lange Warten angestaut hatte, ergoss sich vom ersten Augenblick an über den kleinen Mann. Keine Gefahr kreuzte seinen Weg, und wenn er doch einmal krank wurde, wie Kinder halt krank werden, dann trug ihn mütterliche Fürsorge durch die Stunden des Leids. Kein Wunder, Josef wurde ein Ausbund an Höflichkeit und Klugheit, und weil er von Natur aus schön war, so war ihm die allgemeine Bewunderung sicher. Josef war der Vergleichspunkt der anderen Eltern, wenn ihre Kinder sich einmal nicht ganz so gut benahmen, wie man es von ihnen erwünschen mochte, Josef war der Maßstab, wenn geistige und musische Leistungen zu vergleichen waren. Josef war - man kann es nicht anders sagen – ein Mustersohn. Besonders die aufmerksame Verehrung, die er seiner Mutter entgegen brachte, entschädigte sie für alles, was sie um seinetwillen glaubte erduldet zu haben.

Aber die Zeit blieb nicht stehen. Josef wurde dreizehn. Seine Träume zeigten ihm, dass er ein Mann wurde. Der nächtliche und wohl auch abendliche Samenerguss stürzte ihn in tiefe Angst, und das Interesse, das neuerdings manche Mädchen für ihn zeigten, raubte ihm jede Sicherheit. Wer weiß, was aus ihm geworden wäre, hätte seine Mutter ihn nicht mit sicherem Instinkt vor den Gefahren gewarnt, die da auf ihn lauerten. Die Lehren seines Jugendkaplans, die Warnungen seiner Mutter und nicht zuletzt das Vorbild der reinen Ehe seiner Eltern gaben ihm seine Sicherheit wieder. Es war, als hätten die ersten Anzeichen beginnender Geschlechtlichkeit ihn verletzt, und nun umgab er sich mit einem Panzer wie mit einer Dornenhecke. Wehe dem Mädchen, das diesen Panzer durchdringen wollte – und auch solche gab es. Die Abwehrdornen dieses schönen Mannes zerrissen ihr Herz, und ihre Gefühle blieben blutend darin hängen. Josef bemerkte es nicht einmal, welche Zerstörung um ihn herum geschah, er war und blieb der reine, geistige Junge, dessen Ideale einer höheren Welt angehörten, einer Welt, als deren unterste Grenze man seinen Hals benennen konnte.

Für viele Berufe wäre Josef geeignet, wenn er seinen seelischen Dornenpanzer hätte ablegen können. So aber blieb ihm nur einer: er wurde Priester, katholischer Priester. Theologische Brillanz und ein Leben in Reinheit und Klarheit machten aus ihm das Idealbild des zölibatären Seelsorgers, Objekt der Bewunderung und Verehrung. Josef war anders als die anderen Männer. Frauen spürten das. Seine Worte atmeten Geist, sein Blick war klar. Zeichen der Zuneigung nahm er demütig hin ohne je etwas zurückzufordern. Josef gab allen alles, wenn er aber einmal nicht geben konnte, dann schenkte er seine Trauer um dieses nicht nur berufsbedingte Unvermögen. Und wenn gelegentlich Wünsche aus seinem Inneren aufblitzten, seinem Blick etwas Unruhiges, bisweilen Gewalttätiges gaben, so wusste Josef diese Wünsche augenblicklich wieder zu beherrschen und an die Kandarre zu nehmen. Im Innern des Panzers mochte es brodeln, nach außen sah man kaum mehr als die kühle Sicherheit des Stachelpanzers.

Die Zeit eilt. Hundert Jahre sollte Dornröschen schlafen. Hundert Jahre und keinen Tag länger. Bei Josef waren es circa dreißig Jahre. Dann brach der Panzer. Es war keine Prinzessin, die den Eispanzer schmelzen ließ, es war Frau König, eine Mitarbeiterin. Die gemeinsame Sorge um ein Kind seiner Gemeinde hatte sie zuerst näher gebracht, gemeinsame Interessen hatten die Nähe vertieft, alltägliche Vertrautheit hatten den Panzer geschmolzen. Jetzt wartete der Dornröschenmann auf den erlösenden Kuss. Um ihn herum die ganze Starre seines bisherigen Lebens. Wie konnte er von einem Gott des Lebens reden in dieser emotionalen Todesstarre? Wo war er? Seine Eltern waren tot, auch sein Jugendkaplan. Josef musste seinen eigenen Weg gehen, und das Warten hinter der Dornenhecke konnte nicht länger sein Weg sein. Unbeholfen, er war auch nicht mehr der Jüngste, näherte er sich seiner Kollegin. Sie war die Prinzessin, die durch die Hecke zu ihm hindurch gedrungen war. Aber sie war zu einem Josef vorgedrungen, der für sie nur Denkmal des geistigen Mannes war. Dieser Josef, der sich ihr nun unbeholfen näherte, der stieß sie ab. Männer waren doch alle gleich. Man einigte sich auf Freundschaft.

Für Josef folgten weitere Versuche, sein Leben zu erwärmen. Aber kaum nahm die Wärme eine erotische Tönung an, wurde er auf seinen Platz verwiesen. Wir wissen es nicht, ob die Frauen seiner Umgebung so geschlechtslos waren, ob seine Bemühungen so hilflos, oder ob ihr weiblicher Instinkt ihnen zur Warnung jene Frauenseelen zeigte, die in seinem Dornenpanzer verblutet waren. Josef blieb, wenn man es so sagen will, ungeküsst. Und sein Beruf tat ein Übriges, diesen Zustand fest zu erhalten. Keine Panzerhecke mehr umgab ihn, eher ein Sumpf erotischer Hilflosigkeit. Und was er früher nicht wollte, nun bekam er es nicht mehr. Schritt für Schritt zog sich der Teil seiner Seele, der sich nach Liebe und Ergänzung sehnte, nach innen, immer mehr. Seine Figur rundete sich, seine priesterliche Routine gab ihm Sicherheit, sein Herz suchte vergebens. Selbst das gelegentliche Aufblitzen der Wünsche aus seinem Innern wurde seltener.

Doch das Leben ist ein starker Fluss, kleine Dämme können ihn nicht halten, und verbaut man ihm eine Richtung durch große, starke Deiche, dann sucht er sich einen anderen Weg. Mit Schrecken wurde Josef wach, als ihn des Nachts zum ersten Mal von geschlechtlichen Handlungen an einem Jungen träumte. Was ging in ihm vor? Noch in der Nacht stand Josef auf, versuchte zu beten, las etwas – er konnte sich später nicht mehr erinnern, was er gelesen hatte. Der Traum verblasste, aber dann kam er wieder. Josef entdeckte sein Interesse an Kindern. Immerhin vertiefte dieses Interesse auch seine Beziehung zu Frau König. Die Sorge um einen Jungen hatte sie schon einmal näher zueinander gebracht. In ihrer gemeinsamen Sorge und ihrer Vertrautheit miteinander erinnerten sie durchaus an die Eltern des Josef. Und auch das gab ihm neue Sicherheit. Josef, der Pfarrer, wurde Josef, der Kinderfreund. Und es blieb nicht aus, dass er ein Kind in den Arm nahm, einem Jungen übers Haar streichelte, mit seinen Kindern scherzte. Es blieb auch nicht aus, dass er – zuerst wohl eher aus Zufall – die Kinder an Stellen berührte, die ihn erregten. Als er sich das erste Mal eine gewisse Absicht eingestand, war er beschämt, tagelang fühlte er sich schmutzig. Vor allem bei der Messe war es grausam. Eine kirchliche Sexualmoral rief die Hölle herab, wenn er sah, wie er die weiße Hostie in beschmutzten Händen hielt. Wem hätte er sich anvertrauen können? Eine Zeit lang konnte er sich zurück halten, aber dann war es wieder geschehen, und wieder die Scham, und wieder das Gefühl tiefster Unwürdigkeit zu seinem heiligen Amt.

Es war einfach die Zeit, die ihn an seine neuen Gefühle gewöhnte, auch an wachsende Grenzübertritte, wenn den zufälligen Berührungen der Kinder längst nichts Zufälliges mehr anhaftete. Was in den Kindern vorging, nahm er ebenso wenig wahr, wie er früher den Aufruhr wahr genommen hatte, den er in Mädchenherzen verursacht hatte. Zwischen Schuldgefühl und Trieb blieb er ganz in sich selbst verhaftet. War die Zeit seines Panzers der erste Brunnen, in den die Brüder den biblischen Josef geworfen hatten, so war nun die Zeit des Kerkers angebrochen, allerdings keiner unschuldigen Haft, wie sie seinem Namensvetter in Ägypten zuteilwurde. Sein Kerker bestand aus den Trieben, die in ihm aufstiegen und den quälenden Schuldgefühlen, die aus seinem Amt und seiner Theologie her rührten. Man verstehe richtig: Nicht gegenüber den Kindern hatte er Schuldgefühle, die waren nur Objekte, schuldig fühlte er sich vor seinen eigenen Idealen. Nach außen war es die Zeit seiner größten Erfolge: Er baute ein neues Gemeindezentrum, er belebte die Jugendarbeit, mit Frau König zusammen gestaltete er die Sozialarbeit seiner Gemeinde. Er war ein Pfarrer, wie ihn die Menschen seiner Gemeinde sich wünschten. Ein bisschen autokratisches Gehabe sahen sie ihm nach. Er war der Mittelpunkt. Und manch ein Vater war stolz, wenn der Herr Pfarrer seinen Sohn am Genick fasste und ihn ein wenig schüttelte, Zeichen von Nähe und Anerkennung. Zu wem hätten die Kinder gehen sollen, wenn sie das nicht gemocht hätten? Und warum sollten sie es nicht gemocht haben?

Die Zeit ist ein guter Hobel für Schuldgefühle. Zeit und Erfolg gaben Josef seine Sicherheit wieder. Mit seiner Theologie hatte er sich arrangiert. Ob er schuldig war? Die Frage stellte sich ihm kaum. Als man ihn verhaftete, fühlte er sich als Opfer einer kirchenfeindlichen Gesellschaft. Nur ganz tief in ihm drin sagte etwas, dass hundert Jahre vorbei seien, und dass das Gefängnis der Anfang einer Karriere als Mensch sein könnte.

## 25. Übung - Das Interview

*Manches in der katholischen Kirche bleibt unverständlich, wenn man sich nicht in die Seelen der Beteiligten einzufühlen versucht. Hier ein solcher Versuch.*

'Einbahnstraße' dachte die Frau, während sie hinter der Soutane durch den dritten Saal ging, vorbei an schreibenden Soutanen, an wartenden, redenden, von denen doch kein Wort zu hören war. Niemand kam ihnen entgegen, nicht einmal ein Mann. Kein Gesicht zeigte ihr, welches Klima am Ende dieses Weges herrschte. 'Ob ich da wieder herauskomme?' Sie fasstc ihre Mappe fester, spürte den Rekorder darin wie eine Waffe, fühlte etwas wie Trotz in sich aufsteigen. 'Wie eine Hexe, die man zum Verhör bringt.' Ein junger Schreiber lächelte, als sie vorbeikam, sie nahm es wahr, aber die Freundlichkeit erreichte sie nicht. Vierter Saal.

"Einen Moment bitte!" hörte sie; ihr Führer verschwand hinter einer Tür, und dann, "Bitte, treten Sie ein!" Die Tür vor ihr war offen, ein Mann kam von seinem Schreibtisch her auf sie zu, groß, schwarzer Anzug, römischer Kragen. 'Mein Inquisitor', dachte sie und musste lächeln bei dem Gedanken, dass sie selbst gekommen war, um Fragen zu stellen.

"Seien Sie gegrüßt, liebe Frau Halfen!"

'O je, Cary Grant im Vatikan', ihr Lächeln wurde breiter. Mit dieser Art Mann hatte sie nicht gerechnet, aber mit diesem konnte sie reden, man muss ihn nur fest anblicken.

"Ich hatte um eine Audienz beim Papst gebeten, um ihm einige Fragen zu den jüngsten Ereignissen zu stellen."

Fiel ihr nichts Besseres ein? Klar, vor dem Thron des Höchsten standen seine Vasallen, an ihnen musste sie vorbei. Aber welche Rolle spielte dieser lange Priester, der sie nun jungenhaft anlächelte:

"Ich weiß, und ich habe das Vergnügen, dieses Gespräch mit Ihnen zu führen, Frau Halfen."

"Sind Sie sein Pressesprecher?"

"Den kennen Sie doch. Nein, wir hatten gehofft, Sie wollten deutlichere Antworten als die üblichen Presseerklärungen und würden dafür in Kauf nehmen", er grinste, "dass sie minder autoritativ seien. Ich bin unbedeutend genug, um nicht jedes Wort auf die Goldwaage legen zu müssen. Betrachten Sie das bitte nicht als Zeichen der Geringschätzung. Ganz im Gegenteil. Sie wurden uns von Monsignore Bayerhoff empfohlen, und nach seiner Auskunft scheinen Sie am geeignetsten, den Dialog mit der öffentlichen Meinung - ehmm - zu erproben."

Sie setzte sich, schlug die Beine übereinander, öffnete ihre Tasche und. entnahm ihr den Rekorder: "Sie gestatten?"

"Selbstverständlich."

Ort, Datum, Uhrzeit, Namen der Gesprächspartner.

"Sie wollen also ein deutlicheres Gespräch mit mir führen, als es ansonsten Stil vatikanischer Verlautbarungen ist?"

"Ich sagte es bereits."

"Heißt das nicht, dass der Vatikan mit zweierlei Zunge spricht?"

"Sie greifen sofort an", er lachte, "nein, das heißt es nicht. Aber viele erwarten von uns in allen Fragen gleich letzte Antworten, und die sind manchmal schwer, manchmal missverständlich. Sie wissen doch nie, mit welchen Voraussetzungen der andere zuhört. Und da ist es manchmal gut, wichtige Stellungnahmen auszutesten. Geradeheraus: Ihre Aufgabe ist es, uns vor ein öffentliches Tribunal zu stellen. Wie wir Sie persönlich einschätzen, wird es ein hartes, aber faires Tribunal sein. Meine Aufgabe ist es sicherzustellen, dass alles das, was wir vor diesem Tribunal sagen, auch. so verstanden wird, wie wir es meinen."

Damit hatte sie nicht gerechnet. Sie fühlte Zuneigung zu diesem Priester und gleichzeitig die Herausforderung zu einem Kampf, den sie auf keinen Fall verlieren wollte. Ihre Schultern strafften sich ein wenig mehr, die Augen bekamen das Leuchten voller Konzentration, in ihr Lächeln mischte sich eine Spur von Herausforderung.

"Dann geradeheraus. Wie sieht man hier die neuen Bischofs- ernennungen, die doch häufig gegen den Willen ihrer Diözesen geschahen?"

"Sie machen es mir leicht."

'Dieses verdammte, siegessichere Lächeln, und alles drückt er so persönlich aus, als ginge es nicht um die Kirche oder um ihre Zeitung, sondern nur um sie beide hier.'

"Der Wille der Kirche, also auch der Wille einer Diözese kann sich gar nicht vom Willen des Heiligen Vaters unterscheiden. Diejenigen, die anders wollen, müssen hier überlegen, ob sie in ihrem Wollen noch katholisch sind. Damit will ich nicht ihre Katholizität als Ganze in Frage stellen, aber der Heilige Geist ist nicht dem Domkapitel verliehen, sondern dem Heiligen Vater. Das jedenfalls ist Lehre der Kirche."

"Und dieser Heilige Geist" - 'o je, jetzt rede ich schon vom Heiligen Geist wie von einem Ding, aber weiter' - "der entscheidet durch den Papst bis in einzelne Personalfragen hinein?"

"Liebe Frau Halfen! Der Heilige Geist ist kein Orakel zu dieser oder jener Entscheidung. Als dritte Person der Gottheit ist er gleichsam das Lebensprinzip dieser Kirche."

"Und wenn einer eine päpstliche Entscheidung kritisiert, so stellt er sich gegen Gott. Nennt man das nicht Immunisierung einer Ideologie?"

"Da nennen Sie die beiden Haltungen: Für viele ist jeder Widerspruch gegen ein Papstwort eine Gotteslästerung. Nun ja, ich habe dann in meinem Amt schon oft Gott lästern müssen. Und die anderen sprechen von Immunisierung und halten den päpstlichen Anspruch für Gotteslästerung. Die einen berufen sich auf das Vaticanum I und die anderen auf ihre Vorstellungen vom Vaticanum II."

"Es wird also alles darauf hinauslaufen, wie man die Aussagen des ersten vatikanischen Konzils zur päpstlichen Unfehlbarkeit interpretiert."

"Richtig, obwohl ich nun abwehren müsste. Denn es kann keine andere Interpretation geben als die Meinung der Konzilsväter."

"Aber Sie machen ja selber eine Einschränkung."

"Das Problem liegt in der Anwendung."

"Und was Bischofsernennungen angeht, so beanspruchen Sie diese Macht für den Papst. Wozu dann noch Wahlen?"

"Die Wahl drückt dann die geistige Einheit zwischen dem Heiligen Vater und der Diözese aus, indem beide den gleichen Kandidaten wollen."

"Also wird der Papst vorher sagen, wen das Domkapitel wählen soll. Das ist aber doch keine freie Wahl mehr."

"Wieso sehen Sie in dem Wunsch des Heiligen Vaters eine Minderung der Wahlfreiheit?"

"Weil dieser Wunsch zum Befehl wird, wenn dadurch festgelegt ist, wer das Amt erhalten wird. Es gibt doch dann nur noch die Wahl zwischen Unterwerfung und Widerstand."

"Sie haben recht."

'Oh dieser Kerl, wie großmütig er zustimmen kann, wenn er glaubt, sich durchzusetzen.'

"Sehen Sie, Frau Halfen, frei sind wir immer nur, dem Guten zuzustimmen. Jede Entscheidung für das Böse mindert unsere Freiheit."

Ihre Augen funkeln. "Und wozu kennt das Kirchenrecht dann die Bestimmung, eine unfreie Wahl sei ungültig?"

"Ach der Kanon 170[51]. Den nennt man uns jetzt oft. Der ist in der Tat sehr wichtig, um die Freiheit der Kirche zu wahren. Was meinen Sie, wie sich die politischen Machthaber um Bischofswahlen stritten, gäbe es diesen Kanon nicht. Bloß berührt er doch nicht die Freiheit, dem Willen der Kirche, wie ihn der Heilige Vater ausdrückt, zuzustimmen."

"Sie meinen, der Papst kann die Wahl vorschreiben, ins Verfahren eingreifen, wie in Köln geschehen, kurz, er kann sich frei über das Kirchenrecht hinwegsetzen."

"Oh nein, das kann er nicht. Das kann er nämlich grundsätzlich nicht. Der Heilige Vater erlässt das Kirchenrecht, und wer die Macht hat, ein Gesetz zu erlassen, der steht über dem Gesetz. Wenn der Heilige Vater anders entscheidet, dann ändert sich eben das Kirchenrecht."

"Damit ist der Wille des Papstes oberstes Gebot in der Kirche?"

Sie spürte, wie Wut in ihr aufkam, ohnmächtige Wut gegen ein geschlossenes System, das seine eigene Rechtfertigung in sich selbst enthält und keine Wahl zu lassen scheint, als sich zu unterwerfen oder auszuwandern.

"Das ist er. Und damit rühren Sie an die Tugend des Glaubensgehorsams. Auch der Heilige Vater entscheidet sich im Gehorsam gegenüber seinen Vorgängern. Und diesen Gehorsam muss er von allen Katholiken erwarten. Deshalb war der Heilige Vater auch so entsetzt über den öffentlichen Widerspruch der Theologen. Als katholische Theologen sollten sie um diesen Gehorsam wissen."

„Und Widerspruch ist nicht möglich?"

„Solcher Widerspruch nicht. Sie könnten lediglich den Heiligen Vater auf eine Unstimmigkeit aufmerksam machen, die wir übersehen hätten. Aber machen Sie sich da wenig Hoffnungen. Darauf zu achten ist unsere Aufgabe, und wir nehmen sie sehr ernst."

"Ich möchte trotzdem noch bei dieser Frage bleiben. Wenn der Wille des Papstes oberstes Gesetz ist, wie kann man dann mit ihm Verträge abschließen? Was ist ein Konkordat wert, wenn der eine Partner frei ist, es zu halten oder zu brechen?"

"Der Heilige Vater hält alle eingegangenen Verträge."

"Aber wieder nach Köln, dort geschah doch Rechtsbeugung. Das kann man doch nicht 'einen Vertrag halten' nennen?"

"Wieso Rechtsbeugung? Der Heilige Vater hatte das alte Wahlverfahren nicht genehmigt und bestand angesichts seiner Undurchführbarkeit auf dem kirchenrechtlichen Verfahren. Das ist doch keine Rechtsbeugung. Und der zuständige Ministerpräsident hätte einer Rechtsbeugung niemals zugestimmt, da sind wir uns sehr sicher."

"Die Gläubigen aber sehen es anders. Ihr Rechtsempfinden hält das Vorgefallene für Unrecht."

"Das zeigt doch nur, dass sie ihr Rechtsempfinden nicht am kirchlichen Gehorsam gebildet haben, sondern ... ich weiß nicht woran."

O diese hermetische Welt. Fast benahm es ihr die Luft. Ein Rädchen griff ins andere, und schuldig war stets nur der andere. Dieser Papst konnte nicht mehr schuldig werden. War er nicht längst die Stimme Gottes auf Erden? Und dieser Priester? Wäre er wenigstens so borniert, wie die Konservativen zu Hause. Nein: Freundlich, leicht gönnerhaft, siegessicher. So regiert man eine Kirche. Wie hatte Schwester Anna gesagt:

"Pass auf, Du gehst in eine Männerwelt. Du selbst bist tabu, aber Deine Meinung zählt nicht."

"Und wenn ich meine Meinung fest mit mir identifiziere?"

"Versuch es!"

"Was soll ich anziehen?"

"Dunkelblau natürlich, die Kleiderordnung. Ich empfehle Dir eine Seidenbluse, hast Du so eine dabei, sehr weiblich, aber nicht zu aufreizend."

"Und am besten ohne BH", sie hatte gelacht. "Versuch es, aber es macht nichts aus. Du bist tabu. Dein Aussehen hat keinen Einfluss darauf, was man Dir sagt, höchstens wie man es sagt."

"Also soll ich als liebe Tochter auftreten?"

"Quatsch, dann nimmt Dich keiner ernst, auch nicht als Vamp. Tritt als Frau auf! Vergiss Dein Schleierchen nicht, und denk daran, die Italienerinnen sind sehr feminin."


Und nun saß sie hier, nach außen ganz die sichere Frau, und muss sich erzählen lassen, dass ihr Rechtsbewusstsein ein Unrechtsbewusstsein ist, Ungehorsam, dass ihre Meinung gerade so viel gilt, wie sie zustimmt, dem Papst und seinen Meinungsmachern. 'Und wenn ich meine Meinung fest mit mir identifiziere?' Bisher war es nur Geplänkel. Sie würde härter angreifen müssen.

"Darf ich Ihnen einen Kaffee anbieten?"

'Diese Gönnerhaftigkeit. Warte!'

"Gerne, doch dann hätte ich noch einige Fragen."

Er bereitete an einem Seitentisch zwei Espresso zu, brachte ihr einen, stand neben ihrem Stuhl, groß, freundlich, der große Bruder. 'Ob er mich überhaupt wahrnimmt?' Sie sah auf.

"Bitte schön, Ihr Kaffee!"

'Diese verdammte Sicherheit.'

Hatte Schwester Anna es nicht schon gestern Abend gesagt: "Als Frau wirst Du doch von diesen Männern gar nicht wahrgenommen. Das wäre zu emotional. Als Tochter? Vielleicht, oder als Madonna. Du bringst da gute Voraussetzungen mit."

"Wie meinst Du das?"

"Dein Typ. Eine Nonne kann da wenig machen", sie lacht, "aber Du. Du hast schöne Haare. Du wirfst sie zurück wie einen Schleier, dazu ein Blick, der jedem Deiner Worte den Rang einer Offenbarung erteilt, Diene großen Augen sagen: 'Sieh hier, Deine Tochter!' " Schwester Anna lachte über den ganzen Körper. "Da sitzen wir Frauen hier und beratschlagen, wie wir diese mächtigen Männchen einwickeln. Man könnte sich totlachen darüber, wenn es nicht so bitterernst wäre."

Für einen Augenblick war die gestrige Szene wieder lebendig gewesen, gerade lange genug für einen Schluck Kaffee, das Absetzen der Tasse, einen Schwung der Haare nach hinten, große ernste Augen, die zu dem langen Priester gegenüber aufblicken:

"Sie glauben also, Einsicht und Wille des Papstes sind Einsicht und Wille der Kirche. - Und - ich bin - gehalten - oder gezwungen, meinen Glauben und mein Wollen danach auszurichten."

„Ja!"

"Ein abweichendes Gewissen", ein Lächeln, "irrendes Gewissen heißt es dann, nicht wahr, das würde zwar verpflichten, könnte aber nicht beanspruchen, katholisches Gewissen zu sein?"

"Ja, aber ich denke, Sie wollen kritische Fragen stellen?"

'Jetzt weiter!'

"Und was die Lehre angeht, dort verlangt Gott das Opfer unseres Verstandes, wenn dieser nicht mit der Lehre des Papstes übereinstimmt."

Der Priester nickt.

"Und solange ich in der vollen Zustimmung zur päpstlichen Leitung und Lehre bin, kann ich nicht sündigen. Sünde, das ist zuerst die Leugnung, das ist der Ungehorsam. Sagen wir es so: Vielleicht geschehen die meisten Sünden aus Schwäche, lässliche Abweichungen vom längst Gutgeheißenen. Aber die Sünde", sie betonte das 'die', "die Sünde schlechthin ist der Eigensinn, der Ungehorsam." Sie blickt ihn fest an.

Wo ist sein sicheres Lächeln? Welche Erinnerungen gehen durch dieses nun etwas traurige Kopfnicken? "Sie haben es erlebt?"

Sie schweigt, schaut ihn an, langes Schweigen. Sie sieht in seinen Augen den Kampf, sieht wie seine Hände ineinandergreifen. Endlich:

"Ja, als junger Mann."

Sie schweigt, ihre ganze Haltung zeigt Hören an, Hören und den Wunsch zu verstehen. Seine Augen suchen die ihren, suchen Halt. Er schaltet den Rekorder aus. Die Bewegung gibt die Sicherheit zurück, die Entschiedenheit auch:

"Meine Beichte gehört nicht der Öffentlichkeit. - - Als junger Mann dachte ich nicht so. Da bestand ich auf meiner eigenen Vernunft, die Gott mir gegeben hat. Eine Gnade gibt man nicht zurück, auch nicht die Gnade der Vernunft. Das dachte ich damals. Und dafür kämpfte ich, vernünftig und gnadenlos."

'Das klingt bitter', dachte sie.

"Bis mir aufging, die Vernunft war längst mein Gott geworden. Der Unvernünftige war der Ketzer. Und ich sah nicht die Opfer meiner Vernunftideologie."

"Sie haben Menschen schwer verletzt durch Ihr Beharren auf der Vernunft."

"Ja, das habe ich, schwer verletzt. - Meine Mutter. Ihr Glaube lebte aus ihrem Gehorsam, und ich säte meine Zweifel darein. Und damit ist sie gestorben."

"Sie ist voller Zweifel gestorben, Zweifel, die Sie ihr gemacht haben."

"Voller Zweifel. Ich hätte ihr einen friedvolleren Tod gewünscht. Aber ich hatte ihren Glauben zerstört. Kurz vor ihrem Ende sagte sie. Wozu das? Was habe ich Gott getan, dass er mir das antut? Sie hatte Krebs. Und der Ton ihrer Worte ließ die ganze Hoffnungslosigkeit mitklingen. Ich hatte mit meinen Fragen und Zweifeln ihren Glauben untergraben."

Sollte sie nun sagen, das läge in der Logik der Krankheit? Sollte sie ihm auseinandersetzen, wie er hier sich etwas vormachte. Sie stand im Begriff, wie ein Mann zu argumentieren.

"Sie haben ihre Mutter sehr lieb, - immer noch."

Er nickte wieder, seine Züge wurden weich, wie die eines kleinen Jungen, bis auf die Anspannung im Mund, die allzu fest geschlossenen Lippen. Er hatte von Beichte gesprochen. Und es war die Beichte einer Sünde, die er sich nicht vergeben konnte, und keiner konnte sie ihm vergeben. An der einen Mutter würde er gutmachen, was er glaubte, der anderen schuldig geblieben zu sein. Ihr ahnte das Gewicht des Wortes von der 'Mutter Kirche' in solchen Herzen.

Sie schwiegen lange. Erst verboten Denken und Fühlen die Worte, dann wartete jeder auf die Fortsetzung des Gesprächs, wartete auf den anderen, den man nicht verletzen durfte. Seine Hand wischte Staub von der Hose.

"Darf ich Sie noch um einen Espresso bitten? - Danke."

Er schaltete den Rekorder wieder ein: "Nun, Sie können weiter fragen!"

"Ja", sie lächelte ihn an, "wir waren stehen geblieben bei dem Versuch, die katholische Haltung zu beschreiben. Dabei haben wir das Motiv des Glaubensgehorsams entdeckt und festgestellt, für diese Art von Katholizität bedeutet eine abweichende Meinung gleich den Auszug aus der Kirche. Dort möchte ich weiter fragen: Kann denn dieser Auszug durch eigene Meinung überhaupt vergeben werden?"

"Sicher, aber eben nur bei Rückkehr in den Schoß der Kirche!"

"Und das heißt, bei Aufgabe der eigenen Meinung?"

„Genau.“

Oh, wie sachlich wurde das Gespräch nun. Es war ihr, als hielte alles sie zurück, an die Wunde zu rühren, die ihr gezeigt worden war. Es klang wie freundliche Belanglosigkeit, und in ihr drinnen warteten alle die Fragen nach Freiheit, Recht und der Möglichkeit des Glaubens.

"Ja, kann man denn dann noch über irgendetwas frei nachdenken?"

"Frei schon, Sie können frei zustimmen. Aber nicht unabhängig. Das sagt schon der Satz: 'Sie waren ein Herz und eine Seele.' Eines, nicht viele."

"Und eine Einschränkung der päpstlichen Macht können Sie sich nicht vorstellen? Etwa so, dass der Papst sagt, in dieser oder jener Frage könne jeder seinem Gewissen folgen?"

"Gewiss, das ist doch so. Nehmen Sie alle die Fragen, in denen sich die Kirche noch kein letztes Urteil gebildet hat. Da sind Sie auf Ihr eigenes Urteil verwiesen. Aber wenn sich die Kirche ein Urteil gebildet hat, haben. Sie diese Möglichkeit nicht mehr."

'Er hat sie nicht mehr, aber ich? Soll ich so schnell aufgeben?'

"Aber warum? Warum muss es zu allem in der Kirche eine Meinung geben? Warum lassen Sie dem Gläubigen nicht die Möglichkeit eines Irrtums in der Kirche, mittendrin, sagen ihm, nein, sagen mir", ihre Augen griffen fest zu, fassten den Partner, beschworen ihn, "sagen mir: Du darfst hier deine eigenen Gedanken denken und gehörst dennoch zu uns. Sie seien richtig oder falsch, wir akzeptieren dich mit deinen Gedanken. Und wenn sie sich als falsch herausstellen sollten, sie werden dir vergeben, sind dir schon vergeben." Ihre Stimme war lauter geworden, schriller auch. Und er spürte das, gerade saß er da, hielt fest ihren Blick aus, als er mit harter Stimme sagte:

"So leichtfertig mit der Vergebung umzugehen, das hieße doch Gott versuchen! Nein, wir müssen den Menschen sagen, was Recht ist, und das heißt, der Heilige Vater muss es, sonst gibt es bald kein Recht und Unrecht mehr, nur noch Beliebigkeit, nur noch das Lustprinzip. Nein", er wurde wieder sanfter, "das können Sie nicht im Ernst fordern. Ich glaube, Sie überschätzen die Menschen."

"Ich sehe in ihnen Ebenbilder Gottes."

"Aber doch gefallene Ebenbilder - wir alle."

"Nur der Papst nicht?"

"Privat vielleicht auch er, nicht als Papst."

Da war wieder seine alte Sicherheit, sein Denken fand wieder in sein Gehege.

"Und Sie können sich nicht vorstellen, dass ein Mensch in eine Situation kommt, wo die Treue zu Jesus ihm abverlangt, dem Papst zu widersprechen?"

"Da würde er etwas nicht verstehen. Ich kann es mir nur als Irrtum vorstellen."

"Und ehe er Schaden anrichtet", ihre Stimme wurde ganz leise, "müssten Sie ihn ausschalten."

"Das kann man heute nicht mehr. Aber früher dachte man so. Wollen Sie es verurteilen?"

"Wollen Sie mich verurteilen?"

Diesen Kampf hatte sie verloren. Sie stand auf, schaltete den Rekorder aus, steckte ihn in die Tasche. "Danke für dieses Interview", ein Lächeln, "und für den Espresso."

"Sie wollten doch den Heiligen Vater sprechen." Er war aufgestanden, deutete zur Tür, "Kommen Sie! Und nehmen Sie den Schleier, bitte!"

Sie ging neben ihm her durch einige Flure, hörte ihre Schritte und seine, spürte mit einem Mal all die Angst, von dieser Kirchenmaschine zermahlen zu werden, und dieser Mann könnte sie nicht beschützen. Peinlich achtete Sie auf den Abstand zu ihm. Eine Tür öffnete sich, - der Papst. Sie kniete vor ihm:

"Sie haben mit Monsignore Rondoni gesprochen. Ich hoffe, er hat Ihnen alles gut erklärt. Kirchentreue Journalisten sind unsere Hoffnung. Es wird so viel geschrieben."

Den Segen nahm sie kaum noch wahr, den Abschied, die langen Flure zum Ausgang. Auf der Straße roch sie den Frühling, sah den klaren Himmel über sich, hörte Motoren, Hupen, Rufen. Ein Priester kam ihr entgegen, blickte ihr lange nach.

## 26. Übung – Der Fremde

*Frau Halfen lässt mich nicht los. Inzwischen heißt der Papst Franziskus. Der Stil im Vatikan hat sich geändert, auch das Mitgefühl. Und Frau Halfen steht inmitten all dieses Neuen.*

„In Oberhausen wurde wieder der Hochhuth gespielt, mit den üblichen Seitenhieben auf die Kirche." Monsignore Kreuzfeld hat sein betroffenes Gesicht aufgelegt.

„Ja, mein lieber Kreuzfeld, meine Deutschen kommen von diesem Thema nicht los. Aber was hätte Pius denn machen sollen?"

„Hat er denn nicht genug getan?"

„Hat man je genug getan?" - Der Papst lässt lange Zeit seine Gedanken reisen, ehe er weiter spricht: „Kreuzfeld, was würden wir denn heute tun?"

„Heiligkeit, heute gibt es den Staat Israel. Uns bleibt heute fast nichts mehr zu tun."

„Wirklich? - Ich frage mich manchmal, ob wir heute das Richtige tun. Es gibt doch Lampedusa, die Bootsflüchtlinge. Reicht es wirklich aus, ihrer ab und an in einer Mittwochsaudienz zu gedenken?"

„Eure Heiligkeit, mehr kann ein Papst wirklich nicht tun."

„Kreuzfeld, wir sollten hin fahren. Wir sollten die Leute sehen. Sind wir nicht die Augen Gottes in der Welt?"

„Aber wie stellen Sie sich das vor?"

„Besorgen Sie einen Hubschrauber, nur ganz kleine Leibgarde, Sie, ich, eventuell ein Vertreter der Presse, denn alles Gute wird erst ansteckend, wenn man darüber spricht. Wissen Sie jemand, den man mitnehmen könnte?"

„Frau Halfen würde sicher gerne mitkommen. Sie ist uns sehr gut gesonnen, dabei aber innerlich ganz unabhängig."

„Dann rufen Sie sie an! Was meinen Sie, ist nächster Mittwoch zu kurzfristig?"

„Ich will sehen, was sich machen lässt. Zu kurzfristig ist es immer. Und ob wir gut daran tun?"

Es war nur eine kleine Maschine, die am Mittwoch-Vormittag den Papst nach Lampedusa flog, ihn, Msgr. Kreuzfeld, vier Sicherheitsbeamte seiner Schweizergarde und Frau Halfen, beim Heiligen Stuhl akkreditierte Journalistin, einen Arzt und zwei Piloten. Der Hinflug verlief ruhig, das Gespräch kam nicht in Gang. Zu unsicher war allen, was sie erwartete, zu undeutlich, was sie mit diesem Flug erreichen wollten. Da war das Lager der Bootsflüchtlinge, vollgepfercht mit Menschen, hergetrieben aus einer Hoffnung, die nur schwer von Hoffnungslosigkeit zu unterscheiden war. Da waren die Bürger der Insel, Menschen, die vom Tourismus lebten und feststellen durften, wie ihr Erwerb einzubrechen drohte. Menschen, die alle Schuld auf die Flüchtlinge schoben, und auf eine ferne Regierung, die ihnen nicht half. Da waren die Beamten des Zoll und der Sicherheitsbehörden, der Ausländerbehörden auch, Menschen, die davon lebten, Elend zu verwalten, gelegentlich auch neues Elend zu schaffen, wenn ihre Regeln und Gesetze sich an der Wirklichkeit brachen.

Stunden später landete der Hubschrauber auf dem kleinen Flughafen der Insel. Der Papst und seine Begleiter stiegen aus, während die Piloten die Wartung des Hubschraubers beaufsichtigten.

„Ihre Papiere bitte!" Der Weg der kleinen Gruppe endete vor einem Zollbeamten.

„Monsignore, haben wir Papiere?"

Man hatte keine, man hatte bisher nie welche gebraucht. Auch trug der Hubschrauber das päpstliche Wappen, wozu also eigene Papiere?

„Guter Herr, das ist der Papst."

„Und ich bin der Kaiser von China."

„Sie können gerne im Vatikan anrufen."

„Sie zeigen mir jetzt ihre Personalpapiere, oder ich rufe in meiner Wachstation an."

„Dann rufen Sie bitte Ihren Vorgesetzten!"

„Warum nicht gleich den Staatspräsidenten? Der alte Herr dort mag sich ruhig hinsetzen. Wie ich es sehe, kann das hier länger dauern."

„So viel Zeit haben wir aber nicht, wir wollen in das Flüchtlingslager und müssen heute auch noch zurück. Und den Bischof dieser schönen Stadt möchten wir auch noch kurz sprechen."

„Jetzt füllen Sie bitte diese Meldeformulare aus, und mein Leutnant wird dann entscheiden, wohin wir Sie ohne Papiere bringen. Aber dass jetzt auch Weiße ohne Papiere einreisen, und dabei so ein alter Mann. Was werde ich hier noch erleben müssen?"

Frau Halfen hatte inzwischen mit ihrem Mobile den diensttuenden Redakteur der örtlichen Zeitung angerufen und ihm erklärt, hier im Flugplatz sitze der Papst und den lasse man nicht ins Land. Auch der Redakteur glaubte zuerst an einen Scherz, fand den aber dann doch so gut, dass er ein Reportageteam hinzuschicken versprach, mit Fotograph, wie es sich gehörte. In Deutschland nannte man so etwas eine Köpenikiade, wusste er noch von der Journalistenschule. Da spielte so ein Verrückter Papst und wollte auch gleich ins Flüchtlingscamp. Nun, dahin würde man ihn sowieso bringen, bis seine Identität geklärt wäre.

Als der Leutnant zu der Gruppe kam, lachte er schallend.

„Das haben Sie gut hingekriegt. Der sieht tatsächlich dem Papst ähnlich. Und der Lange dort sieht aus wie der lange Priester, der bei den Feierlichkeiten im Fernsehen immer schräg hinter dem Papst zu sehen war." In Deutschland hatte das doch auch einmal ein Komiker mit der belgischen Königin gemacht. Jedenfalls würde der Tag nicht langweilig werden.

„Bringen Sie bitte die Herrschaften, Pardon, den Papst und seine Begleitung in unsere Cafeteria und geben Sie ihnen etwas zu trinken. Dann werden wir uns dem Papierkram widmen."

Wo nur das Reportageteam blieb. Frau Halfen schielte immer wieder auf ihre Armbanduhr. Ob sie noch einmal anrufen sollte? Da sah sie durch das Fenster der Cafeteria einen Aufnahmewagen vorfahren, Zeitungslogo auf Dach und Seiten, und einer sprang heraus:

„Wo ist denn nun der Papst?"

„Du glaubst doch nicht wirklich, dass der Papst hier sei."

„Warum denn nicht? Wir machen unsere Photos, und der Vatikan kann morgen dementieren."

## 27. Übung - Abende mit Folgen

*Eine große Übung in religiöser Imagination. Sie erzählt von Abendgesprächen und ihren Folgen. Noch gehört sie zur Gattung catholic-fiction.*

Wir leben in einer deutschen Kleinstadt, neugotische Kirche in der Innenstadt, davor ein Marktplatz mit schönen Giebelhäusern, am Rand die Bausünde eines modernen Kaufhauses, ein Gymnasium für die Stadt und das Umland, ,urbi et orbi', wie die Schulleiterin, Frau Zimmer, zu sagen pflegt.

Die Stadt hat einen Bürgermeister, den eher konservativen Hans Berg, Mitglied der CDU, ein kleiner Mann Ende fünfzig mit großer Freude daran, die örtlichen Probleme zu lösen. Unter seiner Leitung wurde der Martinszug wieder neubelebt, aber auch eine jährliche Gedenkfeier an die Reichspogromnacht. Theoretische Fragen finden bei ihm wenig Interesse, aber in seiner praktischen Art genießt er das Vertrauen der Kleinstädter. Pfarrer in der neugotischen Kirche ist der Kreisdechant, Herr Ringel, der sich um das Seelenheil der Kleinstädter sorgt, aber auch um die kirchliche Ordnung im Landkreis. Wer Herrn Ringel zum ersten Mal trifft, wird in diesem freundlichen alten Herrn eher einen Gastwirt vermuten als einen Pfarrer Diese drei pflegen sich alle Monate zu einem Gedankenaustausch zu treffen, bei dem alle großen und kleinen Sorgen der Stadt besprochen werden. Dabei wird das freie Wort geschätzt wird, aber auch die feine Speise und ein guter Wein. Mehr muss man nicht wissen, um dem Bericht der Gymnasialleiterin über diese Abende zu folgen, und über das, was daraus werden sollte. Frau Zimmer hat das Wort:

Unser Treffen fand immer am Abend des zweiten Donnerstags im Monat statt. Diesmal trafen wir uns im Haus des Kreisdechanten. Marta, seine Haushälterin, hatte eine Platte mit kaltem Roastbeef und Toast bereitgestellt, auch mehrere Sorten Käse, damit der Wein sich im Magen wohlfühlt. Der Wein war sehr wichtig bei unseren Treffen, dieses Mal ein Ahrwein, ein Spätburgunder von Brogsitter. Der Abend versprach schön zu werden.

Ich frage: „Marta, wollen Sie nicht mit uns essen?" Der Blickwechsel zwischen Marta und ihrem Dienstherrn war so kurz, dass er einem Fremden wohl nicht aufgefallen wäre.

„Danke schön, Frau Zimmer, aber Sie wollen sicher auch über Dinge sprechen, die nicht für jedermanns Ohren gedacht sind. Da esse ich besser in der Küche."

„Ja. Aber vielen Dank für ihre Mühe."

Auch Herr Berg, stimmte in den Dank ein.

„Meine Marta ist schon ein Schatz", der Dechant, „ich weiß nicht, wie ich ohne sie zurechtkäme."

Dann glitt das Gespräch wie jeden Donnerstag zu den vielen Dingen, die Menschen mit öffentlicher Verantwortung eben bedenken und besprechen müssen. Und das waren wir, ein Bürgermeister, ein Kreisdechant, eine Gymnasialleiterin. An uns lag es, die Gemeinde zu führen, zivil wie kirchlich. Manchmal hörte man das Wort „Mauschelrunde". Wir mauschelten aber nicht, wir verabredeten auch keine Beschlüsse, wir achteten lediglich darauf, über alles, was in unserem Ort geschah, rechtzeitig unterrichtet zu sein und so für unsere Stadt sorgen zu können.

So kam an diesem Abend auch zur Sprache, dass zwei Katholiken, wie man sagt, aus der Kirche ausgetreten waren.

Ringel: „Ich sollte einmal mit ihnen reden."

„Herr Dechant, so eine Entscheidung trifft man nicht leicht, einmal reden dürfte daran kaum etwas ändern."

„Aber was sollen wir tun? Sie sehen doch auch, wie uns landesweit die Gläubigen in Scharen weglaufen. Der Bischof hat immer wieder zur Erneuerung der Pastoral aufgerufen. Mehr kann man bei bestem Willen nicht leisten."

„Sind Sie da sicher? Ich meine, man kann mehr machen. Man sollte aber vor allem das Richtige tun."

„Ist denn alles falsch, was wir bisher gepredigt haben?" Der Dechant fühlte sich angegriffen. „Man kann die Kirche nicht nach zweitausend

Jahren neu erfinden." War es der Wein, war es sein Blutdruck, der das Gesicht des Dechanten etwas rötete?

„Gestern Abend war wieder so eine Sendung im Fernsehen voller Angriffe auf die Kirche." warf Hans Berg ein.

„Und hast du einmal überlegt, ob an den Vorwürfen etwas dran ist?"

„Was soll schon dran sein. Es war das Übliche, sexueller Missbrauch, Klerikalismus, das Priesteramt der Frau, Homosexualität und was sonst noch alles."

„Sehen Sie, es sind immer die gleichen Themen. Die Kirche kann ihre Lehre doch nicht dem Zeitgeist anpassen. Und was den Missbrauch angeht. Ja, der ist bedauerlich. Aber unsere Bischöfe haben dazu gesagt, was gesagt werden musste, haben die Fehler eingestanden und um Verzeihen gebeten."

„Ich will nicht penetrant sein. Aber ich frage noch einmal: Sagen wir das Richtige? Ich habe immer mehr den Eindruck, dass wir viele Antworten geben auf Fragen, die niemand mehr stellt. Aber die Fragen, die gestellt werden müssten, wir stellen sie nicht und wir beantworten sie nicht."

„Und was bringt Sie zu dieser Meinung?"

„Im Religionskurs der Jahrgangsstufe 12 hab' ich über Kirchengeschichte gesprochen. Da gab es einmal eine Zeit, da wuchs unsere Kirche mit zwei Prozent jährlich. Stellen Sie sich einmal vor, das wäre immer so weiter gegangen, dann gäbe es heute über eine Billiarde Katholiken. So viele Menschen passen gar nicht auf die Erde. Aber was ich sagen will: Es gab eine Zeit, da hörte unsere Kirche auf die Fragen der Menschen und gab ihnen eine Antwort auf ihre Fragen. Und deshalb wuchs sie. Was sind aber heute die Fragen?"

„Richtig" pflichtete mir Hans bei, „wir müssen auch mit der Kirche in der Moderne ankommen."

„Wenn wir jetzt alles auf modern trimmen, dann laufen uns noch die letzten Gläubigen davon." Dechant Ringel war nicht unserer Meinung. „Wenn wir jetzt Hinz und Kunz fragen, was die Kirche alles machen sollte, dann werden wir zu einem kirchlichen Diskontladen, mit niedrigen Preisen und noch niedrigerer Qualität."

„Ich meine, wir sollten uns dennoch einmal ansehen, was damals anders war. Ich rede von den ersten Jahrhunderten unserer Kirche."

„Das war die Zeit der Märtyrer. Sanguis martyrorum semen christianorum!" Wenn Dechant Ringel die Argumente ausgingen, dann wurde er lateinisch.

Berg: „Und was heißt das?"

„Das Blut der Märtyrer ist der Samen, aus dem die Christen sprießen", meine Antwort, „doch dann müsste es der Kirche heute blendend gehen, denn so viele Märtyrer wie in der Gegenwart gab es noch nie."

„Sie dürfen da aber die politischen nicht mitzählen. Die werden doch nicht wegen ihres Christentums, sondern wegen ihrer politischen Meinung verfolgt."

„Gibt es denn Verfolgte erster und zweiter Klasse? – Aber lassen wir das. Sehen wir zu, was damals anders war. Vielleicht erkennen wir, wo wir vom Weg des Erfolgs abgeirrt sind.

Ich erinnere mich noch, wie wir es im Studium gelernt haben. Damals gab es einen breiten Zug in alle möglichen neuen Religionen. Denkt nur an den Mithras-Kult, der bei Soldaten beliebt war, an die ägyptischen Kulte, die überall aufblühten. Und einer dieser neuen Kulte war halt das Christentum. Gott hatte wohl mit Bedacht die Gründung seiner Kirche in eine Zeit gelegt, in der sie so günstige Wachstumschancen hatte. Was aber wohl entscheidend war, das war die große gegenseitige Liebe, die in allen Gemeinden herrschte. Das überzeugte die Leute. Aber wo finden wir heute noch Liebe?"

„Und Sie meinen, die hohe Spendenbereitschaft der heutigen Menschen ist kein Zeichen der Liebe?"

„Doch, doch. Aber wo ist die Liebe in unseren Gemeinden?"

Marta brachte eine Schale mit Obst. „Möchte jemand von Ihnen einen Kaffee?"

„O ja, einen Espresso."

„Ich auch."

„Sie wohl nicht, Herr Dechant, sonst schlafen Sie wieder schlecht."

„Richtig Marta. Aber Sie dürfen mir ein Likörchen bringen."

„Gut dann, zwei Espressos und einen Likör."

„Ach haben wir es gut."

„Wo waren wir stehen geblieben? Ach ja – bei der religiösen Sehnsucht der Menschen in den ersten Jahrhunderten. Also, mir ist das zu einfach. Religiöse Sehnsucht gibt es auch heute. Wo kämen sonst alle die Sekten her? Wir sollten das genauer ansehen."

Und dann verabredeten wir, dass ich zum nächsten Treffen einmal einen kurzen Überblick über die Zeit des ersten und zweiten Jahrhunderts geben sollte, jene Zeit, als das Christentum fast zu explodieren schien. Ich ahnte nicht, was damit auf mich zu kam.

Ein neues Treffen, heute in meinem Haushalt. Ich habe gegrilltes Gemüse vorbereitet, lecker und figurschonend, dazu ein Moselwein, Trittenheimer Altärchen, Kabinett. Heute soll ich über die frühe Christenheit erzählen und gleichzeitig die Küche besorgen, ich fühle mich ein wenig gehetzt. Es war nicht einfach, an die damaligen Fragen zu kommen. Sowohl meine alten Lehrbücher als auch die Internetangebote heutiger Kirchengeschichtler berichten größtenteils über die Antworten, die die Kirche damals glaubte gefunden zu haben. Für jedes der großen Dogmen kann man seine Entstehungsgeschichte nachlesen, einschließlich aller Abweichungen und was man sonst damals meinte verdammen zu müssen. Aber was waren die Fragen?

„In Delphi soll schon Jahrhunderte vorher eine Inschrift den Apollotempel geziert haben: >Erkenne dich selbst!< Das war dann in diesen Jahrhunderten Teil der Aufgabe: Sorge um dich selbst! Die Gebildeten um die Zeitenwende spürten diese Aufgabe, sich selbst zu gestalten. Die einfachen Leute richteten sich nach den Gebildeten, den Trendsettern Eine Frage war wohl: Wie kann ich mich selbst gestalten? Heute würde man philosophisch fragen: Wie werde ich Subjekt?

Das klingt sehr einfach, aber es entfaltet sich in viele kleine Teilfragen: Welches ist die richtige Philosophie? Die richtige Religion? Vielleicht kam daher der Drang in die vielen exotischen Sekten, die man zur Zeit der Römischen Kaiser beobachtete. Auch einige unserer kirchlichen Schriftsteller dieser Zeit berichten über ihren Weg durch allerlei philosophische Schulen, bis sie zum Christentum gefunden haben.

Ein weiteres Teilproblem: Wie hängen Lehre und Handeln zusammen, Theorie und Praxis? Liegt das gute Leben vor allem in der rechten Erkenntnis? Liegt es im rechten Wollen? Im Handeln? Welche Rolle spielen die göttlichen Gebote und Verbote?

Ein Drittes: Eine gute Lehre erkennt man nicht nur an der Praxis. Die christlichen Autoren zeigen immer wieder, wie die Beobachtung der Natur, die Lehren der großen Philosophen und die Aussagen der Religion in ihren Anweisungen zum guten Leben übereinstimmen. Das frühe Christentum hat keineswegs alles Heidnische beiseitegeschoben in einem großen „Ich aber sage euch". Es hat alles benutzt, was damals als gut und bewährt galt. Vielleicht ergaben sich die dogmatischen Probleme erst aus diesem Versuch, auch das Weltliche in die Religion zu integrieren.

Es gab auch noch andere Leitfragen, aber dieses: „Gestalte dein Leben!" war womöglich für viele Menschen ein Ansporn, sich mit dem Christentum zu beschäftigen. Wenigstens war es das für die Gebildeten. Und die Masse folgte wie zu allen Zeiten den Vordenkern, damit war man vorne dabei, war man modern.

Wenn ich nun die heutige Welt anschaue, finde ich ähnliche Fragen und Aufgaben, aber eine ganz andere Haltung meiner Kirche dazu. Das sollten wir einmal anschauen."

„Sie meinen also, auch heute sehen Menschen ihre Aufgabe darin, ihr Leben zu gestalten?"

„Unbedingt. Das Erleben von Massengesellschaften der Nazis und der Kommunisten fordern geradezu, dass die Menschen ihr Leben selbst in die Hand nehmen."

„Doch wieso suchen sie diese Gestaltung nicht innerhalb der Kirche?"

„Richtig. Und wie kann man sie davor bewahren, in blinder Selbstüberschätzung sich ihre eigene Weltanschauung zu basteln, die sie am Ende ins Unglück führt? Ist es nicht wie bei Adam und Eva, die doch auch werden wollten wie Gott und darüber das Paradies verloren haben?"

„Wozu noch Gebote, wenn doch jeder machen kann, was er will?"

„Sehen Sie, wir sind schon wieder dabei, Antworten zu geben, und haben die Frage noch gar nicht richtig gehört. Aber um gehört zu werden musste die frühe Kirche erst einmal dieses Anliegen der Menschen ernst nehmen. Und sie nahm es noch lange Zeit sehr ernst, wie dann das Aufkommen der Mönche zeigen wird. Ja, wenn die Menschen sich frei für und gegen eine Religion entscheiden können, dann können sie auch irren, und wenn sie irren, dann können sie unter den Folgen leiden. Aber ohne diese Freiheit sind sie bloße Automaten.

Im Fernsehen sah ich einen Bericht über den Islamischen Staat. Der kennt auch alle Antworten, der braucht keine Fragen. Und deshalb kann der örtliche Befehlshaber anordnen, wen die jungen Mädchen heiraten sollen. Sie werden nicht gefragt. Wenn ich Ihre Antwort, Herr Dechant, einmal parodieren soll, dann kann das so lauten: Wenn unsere Mädchen in blinder Selbstüberschätzung glauben, ihren Ehemann selbst wählen zu können, dann kann das nur ins Unglück führen."

„Nun übertreiben Sie aber gewaltig, meine Liebe."

„Zugegeben. Dennoch frage ich: Hört unsere Kirche den Ruf der Menschen nach Freiheit, selbst nach der Freiheit des Irrens? Sieht unsere Kirche die Menschen, die sich verantwortlich fühlen, ihr Leben zu gestalten? Ich glaube, hier stoßen wir auf eine erste Ursache, warum gerade die aktiven Menschen nichts mehr mit unserer Kirche zu tun haben wollen."

„Aber so ist es doch nicht. Wir predigen doch auch die Freiheit."

„Das tun wir, aber es ist eine vergiftete Freiheit. Wir reden von der „Freiheit zu" und machen dann ihren Spielraum so eng, dass am Ende keine Freiheit übrigbleibt. Ihre Predigten, lieber Herr Dechant, sind da eine wohltuende Ausnahme. Doch neulich war ich in einer anderen Gemeinde, wo so ein liebes Kaplänchen sich von oben bis unten bepredigte. Seine Gemeinde nahm er gar nicht wahr, wie seine Körpersprache zeigte. Und dann zog er in seiner Predigt vom Leder: die Zehn Gebote. Lauter Antworten. Wie Gott alles weiß, und wie sein Bodenpersonal alles besser weiß: wann und wie eine katholische Familie zu beten hat, wie katholische Ehepartner ihre Sexualität leben sollen, warum Gott die Schwulen hasst, und so weiter. Ich hätte laut lachen mögen, wenn es nicht so bodenlos traurig gewesen wäre. Herr Dechant, Sie kennen sicher sein Argument: Die Natur lehre uns, dass die Sexualität nur der geregelten Erzeugung von Nachkommen dient. Und wenn man dann in der Natur auch gleichgeschlechtliche Sexualität beobachtet, und das können Sie bei jedem Spaziergang entlang der Kuhweiden in unseren Bauerndörfern sehen, dann liefert uns die Natur gleich noch das Beispiel, wie man es nicht machen soll. – Was sage ich also: Antworten, Antworten, keiner hört die Fragen, und hört einer doch einmal eine Frage, dann bekommt er gleich die unpassende Antwort."

„Liebe Maria, jetzt trägst du aber dick auf!" Bürgermeister Hans schwankte erkennbar zwischen begeisterter Zustimmung und ebenso begeisterter Ablehnung. Jahrelang Gelerntes kann man nicht einfach ausradieren. Der Dechant schwieg. So sehr, dass ich mich fragte, ob ich nicht auch viel zu viel Antwort gegeben und viel zu wenig auf seine Fragen gehört habe. Ich fragte mich: Suchen die verbliebenen Kirchgänger tatsächlich die ‚Freiheit eines Christenmenschen' oder doch eher die Sicherheit, die eine Kirche als Versicherung für das ewige Leben verspricht?

Wir widmeten uns zuerst einmal dem Nachtisch. Kleine Nugat-Baiser-Plätzchen zu Kaffee und Grappa stimmten unsere Runde versöhnlich. Fragen des Tages bestimmten das Gespräch. Hans kam schließlich wieder auf die alte Zeit zu sprechen:

„Sag mal. Glaubten die Leute damals nicht auch an Dämonen, an Besessenheit und so? In unserer Kirche soll es immer noch die Teufelsaustreibung geben." Wie kam er auf einmal zu dieser Frage?

„Den Exorzismus, den gibt es wohl immer noch."

„Du hast Recht. Was immer den Leuten gar nicht passen wollte, das schoben sie irgendwelchen Dämonen in die Schuhe. Die damalige Literatur ist voll von Besessenheit und Austreibung. Heute blickt man darauf zurück wie auf eine primitive Vorgeschichte. Und doch ist diese Vorgeschichte noch sehr lebendig. War nicht die Nazizeit eine solche Besessenheit und der Sieg der Alliierten ein Exorzismus? War nicht die Stasi in der DDR ein böser Dämon und die Montagsgebete in Leipzig waren der Exorzismus? Sehen wir den Islamischen Staat als eine verbrecherische Macht oder als einen bösen Dämon an? Oder unsere neuen Nazis? oder Putin?

Ich könnte lange weiter fragen. Aber euch ist schon klar, dass wir auch heute das Ungewollte als dämonisch abspalten. Deshalb frage ich andersherum: Welches Problem hatten die Leute damals, dass sie zu dieser Erklärung Zuflucht nahmen?"

„Wenn ich die Kirche richtig verstehe, dann hat Gott die Engel geschaffen zu seinem Dienst, aber einige lehnten sich gegen Gott auf und wurden zu Teufeln. Und wenn diese Teufel von einem Menschen Besitz ergreifen, wenn er also besessen wird, dann kann nur noch das Gebet und das Heilshandeln der Kirche helfen, diese Teufel wieder auszutreiben."

„Schön gesagt. Jetzt haben wir eine Erklärung des Phänomens. Aber hilft uns die Erklärung? Der Sieg der Alliierten im zweiten Weltkrieg war dann sicher kein Exorzismus. Und ob man den Islamischen Staat oder Putins Größenwahn mit Gebeten und Weihwasser vertreiben kann, das sei dahingestellt. Ich möchte es lieber nicht versuchen. Aber dann bleiben noch die vielen Neurosen und Psychosen, und was es da alles gibt. Früher hätte man diese Krankheiten oft auch unter die Besessenheit gezählt.

Ich will euch eine Geschichte erzählen. Einer meiner Schüler verstummte eines Tages. Bis dahin war er ein aufmerksames Kind gewesen, nun zog er sich in sich zurück und wollte niemanden mehr an sich heranlassen. Später erfuhr ich, dass sein Vater in der Familie gewütet und seine Mutter schwer geschlagen hatte. Als der Junge ihr helfen wollte, richtete sich die Wut des Vaters auch gegen ihn. Danach verstummte der Junge.

Dann hörte ich sonntags die Geschichte, wie Jesus einen Stummen heilte. Der galt auch als von einem Dämon besessen. So erklärte man es eben damals. Hatte der Stumme auch solche Gewalt erfahren? Konnte er erst wieder reden, als mit Jesus nach langer Zeit endlich jemand ihm wieder zuhörte? Ich weiß es nicht. Aber das, was die frühere Zeit dämonisch nannte, ist mir aus dem Schulalltag leider gar nicht so fremd."

„Aber gegen prügelnde Väter kann man wohl kaum anbeten."

„Richtig. Doch meine ich, mit all unserem Reden von Besessenheit geben wir zwar Antworten, aber wir hören die Fragen nicht. Was wollten die Leute sagen, wenn sie Gewalt, der sie nicht ausweichen konnten, bösen Geistern zuschrieben? Stellen wir mehr Fragen!"

Das Gespräch wurde in der Folge sehr schweigsam. Jeder hing seinen Gedanken nach. Auch ich. Meine Aufforderung zu fragen war auch eine Art der Antwort. Welche Fragen stellten meine Mitmenschen, was war dem Dechanten fraglich, seiner Haushälterin, dem Bürgermeister, seiner Frau?

Vor dem Abschied fragte der Dechant:

„Frau Zimmer, Sie haben uns hier so vieles erklärt. Wollen Sie nicht einmal dazu predigen?"

„Ich bin Frau, Laie. Geht das überhaupt, dass ich predige?"

„Es geht. Sie predigen halt vor der Messe. Dann bleibt das Kirchenrecht gewahrt und niemand kann etwas dagegen sagen." Wenn er nur Recht behält. Wir vereinbaren meine Predigt in anderthalb Wochen.

Ich bitte, in dieser Messe das Evangelium von der Stillung des Seesturms[52] zu lesen. Denn ich möchte den Bildbereich des Schiffs ausloten. Der Dechant ist einverstanden. Und dann stehe ich an diesem Sonntag vor der Gemeinde. Nach Eingangslied und Begrüßung wird mir das Wort erteilt.

„Wie Sie wissen, kann in einer Messe nur der Priester predigen. Aber ich meine, dass die Leiterin unseres Gymnasiums, Frau Zimmer, uns zum heutigen Evangelium etwas zu sagen hat. Deshalb hat sie nun das Wort und ich werde nachher nur ganz kurz predigen. Frau Zimmer, bitte!"

„Liebe Mitchristen!

Sie werden heute im Evangelium nach Markus hören, wie Jesus einen Sturm auf dem See beruhigte. Der Herr Dechant bat mich, dazu einige Gedanken vorzutragen. Aber da es unser Kirchenrecht mir als einer Minderchristin verbietet, innerhalb der Messe zu predigen, muss ich es eben vor der Messe tun.

Eben haben wir das schöne Lied gesungen „Ein Schiff, das sich Gemeinde nennt". Und nun erwarten Sie vielleicht, dass ich Ihnen über die Gemeinde als Schiff predige, als eine Gemeinschaft, zusammengehalten durch den Schiffsbau, durch die Not auf See, unter dem absoluten Kommando eines Mannes, des Kapitäns, der allein um das Ziel weiß und dem alle Vollmacht an Bord gegeben ist. Aber der Text sagt so wenig davon. Er erzählt sogar, dass auch andere Boote unterwegs waren, und dass Jesus auf einem Kissen lag und schlief. Jesus als Vorbild aller Kirchenoberen, die gar nicht mitbekommen, dass sich ein Sturm zusammenbraut. Unseren lieben Herrn Dechant meine ich damit nicht. Ihn erlebe ich als sehenden und sorgenden Seelsorger. Wenn Sie nachher im Evangelium die Geschichte vom Seesturm hören, achten Sie bitte einmal darauf, was nicht in dieser Geschichte steht!

Was aber sagt das Bild vom Schiff? Ich meine, es ist ein Bild für jeden einzelnen Christen, jede einzelne Christin. Deshalb gebe ich Ihnen vier Fragen mit, die Sie bitte einmal erwägen mögen:

1. Jedes Schiff hat einen Heimathafen. Was ist der Heimathafen Ihres Glaubens? Kennen Sie ihn noch, reden Sie noch davon, etwa bei Ihren Kindern?

2. Jedes Schiff hat ein Ziel. Was ist Ihr Ziel? Wo wollen Sie hin? Nun beginnt die große Suche nach Lebens- und Sterbens-Zielen. Das muss nicht gemeint sein. Vielleicht sagen einige, ihr Ziel sei der nächste Urlaub. Auch gut. Ein Segelschiff, auf dem das Trinkwasser knapp wurde, hatte auch nur noch ein Ziel: das nächste Ufer, an dem es eine Trinkwasserquelle gab. Aber danach? Wer für sich sorgt, der steckt sich immer neue Ziele.

3. Eine Schiffsmannschaft muss eingeübt sein. Sie haben so viele Talente. Nehmen Sie Ihre Talente wahr? Üben Sie diese so ein, dass Sie ein gestaltendes Glied unseres Ortes, unserer Gemeinde werden? Als Schulleiterin, als die Sie mich kennen, sehe ich viele Kinder und auch Eltern, die etwas aus sich machen. Sie wollen ihre Talente nutzen. Das zu sehen tut mir gut, das gibt mir Hoffnung.

4. Auf See ist man oft in Gefahr. Was sind heute die Gefahren für Sie als Christen in unserer Gemeinde, als Bürger unseres Ortes? Nur wer die Gefahr sieht, kann sie bestehen. Und oft ist die Gefahr für uns zu groß. Jesus aber liegt da auf einem Kissen und schläft. Oder näher an unserer Liturgie: Jesus wartet im Tabernakel und schweigt. Dann schreien auch Sie bitte: „Herr, kümmert es dich nicht, dass wir zugrunde gehen?"

Dann gibt es noch die anderen Boote, die anderen Menschen. Schön, wenn wir wenigstens vorübergehend ein gleiches Ziel haben. Wir sind dann nicht so allein. Jetzt habe ich nur Fragen gestellt, keine Antworten gegeben. Kirchliche Antworten gibt es schon zu viele. Fragen müssen gestellt werden. Und Sie sind längst kompetent, Ihre eigene Antwort zu finden.

Wenn ich meine Eindrücke zum heutigen Evangelium zusammenfasse, dann sind das die vier Fragen an mich als lebendiges Schiff: Heimathafen, Ziel, Ausbildung, Seenot. Man kann sie auch so zusammenfassen: „Mensch, sorge um Dich!" Und wenn Sie dabei an die Grenze kommen: Schreien Sie nach Gott! Er soll Ihnen helfen zu seiner Ehre.
Amen."


Das nächste Treffen ist im Haus des Bürgermeisters. Seine Frau Susanne hat Spargel mit Kochschinken und neuen Kartoffeln vorbereitet, dazu eine Sauce Bearnaise. Ein Nahewein, ein leichter Riesling aus Kreuznach soll das Essen begleiten. Wie ich in der Küche sehe, wird es Erdbeeren als Nachtisch geben. Ich freue mich schon auf dieses Essen. Weil ich etwas früh eingetroffen bin, konnten wir Frauen uns bei den letzten Griffen der Vorbereitung unterhalten.

Susanne klagt über die Last der Wechseljahre. Das kann ich nachfühlen. Was ihr dabei aber besonders zusetzt, ist die Fülle der Ratschläge, die aus dem Kreis ihrer Freundinnen auf sie einprasseln. Jede kennt ein besseres Rezept gegen Hitzewallungen und Stimmungsschwankungen. Und auch ihre Frauenärztin macht da keine Ausnahme. Gleich mehrere Therapien bietet sie an, ohne aber sagen zu können, warum sie bei ihr diese oder jene empfiehlt. Sie müsse das schon selbst entscheiden. Und nun sitzt sie da, hilflos den vielen Empfehlungen ausgeliefert. Sie probiert dieses aus und jenes. Aber die Stimmungsschwankungen werden nicht kleiner, die Hitzewallungen rauben noch den letzten ruhigen Schlaf. Ich kann sie verstehen, helfen kann ich ihr nicht. Arme Susanne.

Dann sitzen wir drei wieder zusammen. Susanne hat sich zurückgezogen, damit wir „Drei Öffentlichen" ungestört unsere vielen Fragen besprechen können.

Hans: „Deine Predigt neulich, Hochachtung."

Der Dechant pflichtet ihm bei. Es habe auch ihm gutgetan, einmal eine andere Sichtweise zu hören.

Ich danke für das Lob und melde gleich eine neue Frage an:

„Die Sorge um sich selbst ist sicher gut. Das konnte ich hoffentlich deutlich machen. Aber wie soll sich ein Mensch zurecht finden bei dem Wirrwarr von Sinnangeboten. Schon damals in den ersten Jahrhunderten war es so. Man wollte um sich sorgen, aber jede Religion oder Philosophenschule hatte ihre eigenen Vorstellungen, wie man das anstellen sollte. Es gab eben nicht nur die Christen. Da gab es die Stoiker, die Platoniker, die Epikuräer, die Kyniker, die orientalischen Mysterienreligionen, die römische Reichsreligion, und vor allem auch die Gnosis, das waren Leute, die darauf bestanden, dass die richtige Erkenntnis alle Probleme von selbst lösen würde. Kaum ein wichtiger Schriftsteller, der nicht die eine oder andere dieser Lebensformen ausprobiert hatte. Und über allem die Frage: Welche Lebensform ist richtig?"

„Das kann doch kein Problem gewesen sein. Wir Christen standen unter der Leitung des Heiligen Geistes. Wer die christliche Lehre bedachte, konnte sich von ihrer Wahrheit überzeugen. Und in unseren Gemeinden herrschte der Geist der Liebe, wie schon die Apostelgeschichte erzählt. Das war am Ende noch überzeugender."

„Herrschte wirklich der Geist der Liebe? Manchmal hab' ich eher den Eindruck, dieser Geist wurde je lauter beschworen desto mehr er fehlte. Schon in den Gemeinden des Paulus gab es Zoff. Wir können das immer noch im Galaterbrief nachlesen. Und bei den christlichen

Schriftstellern taucht mir das Wort ‚Häretiker' viel zu oft auf, als dass ich an eine einträchtliche Geschwisterlichkeit glauben könnte."

„Aber was willst du uns damit sagen?"

„Wenn ich forsche, was die Fragen der Leute waren, dann helfen die Antworten wenig, aber ich sehe, dass viele vor einer großen Ratlosigkeit standen. Wer sagt mir, was zu tun ist?

Und bei unseren christlichen Schriftstellern gibt es einen bemerkenswerten Versuch, das zu lösen. Wenn die Wissenschaftler, also Ärzte, Naturkundler usw., die Philosophen und die Theologen übereinstimmen, dann spricht einiges dafür, dass man sich an ihre Lehren halten kann. Schauen wir auf die Fragen des Geschlechtsverkehrs. Da gibt es anfangs keine christliche Sondermeinung, sondern die Ärzte, die Philosophen und die Schrift scheinen wie mit einem Mund zu reden. Und das gilt dann als natürlich, als von Gott geboten und als vernünftig."

„Und heute, meinst du, ist es anders?"

„Das sind zwei Fragen auf einmal. Stehen die Menschen heute mit gleicher Ratlosigkeit vor den vielen Angeboten, wie sie ihr Leben gestalten sollen? Darauf kann ich nur sagen: Ja. Der Schinken hier ist köstlich. Aber seht nur, wie viele Menschen aus Gründen ihrer Weltanschauung ihn nicht essen würden, die einen, weil er vom Schwein ist, die anderen, weil dafür ein Tier geschlachtet werden musste, dritte wegen des ökologischen Fingerabdrucks.

Euer Porzellan, lieber Hans, ist wunderschön. Und doch kenne ich Leute, für die ist es kapitalistische Güteranhäufung, für andere ist es Ausdruck bürgerlicher Lebensform, für manche das Ergebnis der Ausbeutung arbeitender Menschen.

So kann ich leicht weiterreden. In jeder Kleinigkeit treten die verschiedenen Lebensformen gegeneinander an. Und die Ratlosigkeit ist heute genau so groß wie früher. Wir Christen aber scheinen zu wissen, was richtig ist, und das stößt die Menschen ab, die sich in ihrem Bemühen, das für sie Passende zu finden, nicht ernst genommen sehen. Ich habe einen Bekannten, Katholik, wie er sagt, der geht seit einigen Jahren sonntags nicht mehr zur Messe. Zu sehr wird ihm dort, nach seiner Ansicht, seine ganze Lebensweise vorgeschrieben. Und auf meine Frage, warum er sich dann nicht einer anderen Gruppe anschließt, sagte er mir, das habe er versucht, aber dabei habe er einen noch größeren Moralismus angetroffen. Nun sucht er, und wird wohl über seiner Suche sterben.

Die zweite Frage aber ist: Wie begründen wir, was wir in unserer Kirche für richtig halten? Das Gespräch mit den Wissenschaften ist doch reichlich vertrocknet, mit der Philosophie gibt es nur noch Abwehrkämpfe, selbst die Heilige Schrift decken wir mit angeblich verbindlichen Interpretationen zu, damit sie nicht zu laut zu uns redet. Mich wundert es nicht, wenn heute kaum noch jemand uns glaubt. Vielleicht glauben wir uns schon lange selbst nicht mehr."

„Das musst du aber mal genauer erklären. Natürlich glauben wir den Wissenschaftlern. Wer sollte uns denn sonst durch die Krisen leiten, die allenthalben passieren. In der Corona-Krise hörten wir auf die Virologen, in der Bankenkrise auf die Wirtschaftsweisen. Da ist doch nichts vertrocknet."

„Wirklich? Wie unsicher unser Standpunkt gegenüber der wissenschaftlichen Argumentation ist, das erlebten wir gerade in der Corona-Krise. Da wurden Kirchen widerspruchslos geschlossen, als bestünde in der Krise kein Bedarf nach Orten des Gebetes mehr, da mussten Kranke unbegleitet sterben aus Furcht vor der Ansteckung, andererseits hielten sich andere Christen für immun, Gott war auf ihrer Seite, was konnte da ein Virus ausmachen, Priester standen vor ausgedünnten Kirchenräumen, aber auf jeder Seite ein Messdienerlein zur Hebung ihres Amtsanspruchs. Eine sachgerechte Auseinandersetzung stelle ich mir anders vor."

„Liebe Frau Zimmer", bis jetzt hatte der Dechant meist geschwiegen, „dass die moderne Exegese die Gläubigen eher verunsichert, das gebe ich gerne zu. Aber vor die Entscheidung gestellt, was das Wort Gottes sagt oder ein Wissenschaftler, brauche ich nicht lange zu überlegen, wem ich folgen möchte. Aber gerade darin sehe ich eines unserer schwersten Probleme, dass die Menschen nicht mehr auf das Wort Gottes hören. Darin sehe ich auch die Schwäche Ihrer

Position, die Leute sollten für sich selbst sorgen. Das passt nicht gut zur göttlichen Leitung der Kirche noch zu einem Leben der Nächstenliebe. Wir müssen uns auch immer wieder klar machen, dass wir als Menschen irren können."

„Und doch verkündet unsere Kirche irrtumsfreie Wahrheiten, und wundert sich dann, wenn man ihr nicht glaubt. Die Möglichkeit des Irrens will ich gerne zugeben. Aber noch vor einer irrigen Antwort möchte ich die Frage verstehen, die mir gestellt ist. Was Sie über das Wort Gottes sagen, ist schön, aber vorher will ich verstehen, in welchen Beziehungen jene Menschen zu Gott stehen, die meinen, sich zwischen dem Wort Gottes und einem Satz der Wissenschaft entscheiden zu müssen. Wenn wir diese nicht mehr verstehen, drängen wir am Ende mit unserer Rechthaberei gerade die aus der Kirche hinaus, die Gott noch lieben."

„Darüber müssen wir ein andermal noch lange nachdenken. Aber jetzt bringt Frau Berg uns einen köstlichen Nachtisch. Den wollen wir nicht mit zu schweren Gedanken belasten."

Das Gespräch schien an ein vorläufiges Ende gekommen zu sein. Doch dann fragte Susanne:

„Wenn hier so viel geistliches Gewicht an meinem Tisch sitzt, möchte ich auch einmal eine Frage stellen. Einige meiner Freundinnen sind sehr verunsichert, wie sie mit ihren Kindern reden sollen. Sie selbst sind gute Katholikinnen, gehen jeden Sonntag brav zur Messe, aber ihre Kinder wollen nicht mit ihnen gehen, und auch sonst probieren die Kinder so einiges aus, was der Herr Dechant sicher nicht gutheißen würde."

„Wollen Sie uns nicht ein Beispiel geben?"

„Ich möchte keine Namen nennen. Aber eine Freundin meint, ihr Sohn sei schwul. Und nun weiß sie nicht, wie sie sich verhalten soll, wenn er mit einem Freund in seinem Zimmer verschwindet."

„Aber das ist doch klar. In ihrer Wohnung muss sie keinen unnatürlichen Geschlechtsverkehr dulden. Darauf kann sie bestehen, es ist ihre Wohnung und dort ist sie die Herrin."

„Ja, aber es ist auch ihr Sohn, und den will sie nicht aus dem Haus vertreiben. Auch weiß sie gar nicht, was in seinem Zimmer vorgeht. Soll sie einfach hereinplatzen? Der Sohn könnte das als Ausdruck starken Misstrauens werten. – Versteht ihr den Zwiespalt?"

„Man kann auch befreundet sein, ohne gleich Geschlechtsverkehr zu haben."

„Aber es ist schwer. Denn hier scheint so etwas wie Liebe im Spiel zu sein."

„Eine unnatürliche Beziehung sollte man nicht Liebe nennen. Heute können auch zwei Männer vor dem Staat heiraten, aber das ist gegen Gottes Willen. Dem kann die Kirche niemals zustimmen."

„Irgendwie kommt mir der Ausdruck, dass die Kirche dem niemals zustimmen kann, bekannt vor, aber sei's drum. Das Beispiel ist aber gut, um zu zeigen, welche Verwirrung entsteht, wenn Naturwissenschaft, Medizin, Philosophie und Religion einander widersprechen. Die Leute wissen dann nicht mehr, woran sie sich halten sollen. Und je polemischer die Abgrenzungen werden, desto unsicherer werden die, die eine Lösung suchen, die sie verantworten können. Am Ende gewinnen die Papageien, die besinnungslos ihren Führern nachplappern."

„Sie reden aber jetzt nicht von den guten und treuen Katholiken?"

„Wenn sie nur nachplappern, dann muss ich auch von ihnen reden. Aber gehen wir an die Sache. Die Biologen erzählen uns, auch im Tierreich könne man homosexuelles Verhalten beobachten. Wozu hat Gott das geschaffen? Jetzt erzählen Sie nicht, er wolle uns zeigen, was man nicht tun soll. Nun kommen die Ärzte dazu, die sagen, manchen Menschen sei ihre Homosexualität vorgegeben. Wieder: Wozu hat Gott das geschaffen? Gerade in der alten Philosophie, die ich besonders liebe, etwa bei den Stoikern, finden wir den Gedanken, die Menschen sollten ihre Sexualität beherrschen. Nur so, also gegebenenfalls auch durch Verzicht, würden sie Herren über sich selbst. Und dann kommen die frommen Katholiken, die erklären ganz einfach, jede sexuelle Handlung, die nicht der legitimen, also ehelichen Erzeugung neuer Katholiken diene, sei vom Teufel. Finden Sie sich in diesem Wirrwarr zurecht?"

„Aber in jedem Fall muss man doch Gott mehr gehorchen als den Menschen."

„Wenn es denn so sicher wäre, was Gott geboten hat. Wenn wir nicht aufpassen, dann lassen wir Gott seine eigene Schöpfung verurteilen und verbieten. Was unseren Glauben auch nicht glaubwürdiger macht.

Nun, ich sehe es so: Nichts, was Gott geschaffen hat, sollten wir böse nennen. Auch eine vorgegebene Homosexualität ist als von Gott gegeben erst einmal gut. Ich vermeide das Wort „genetisch", denn ich weiß nicht, auf welchen Wegen solche Veranlagungen entstehen können. In der Schöpfung gibt es aber bei Menschen und Tieren gleichgeschlechtliche Liebe. Warum das so ist? Ich weiß es nicht. Aber ich kann das Geschöpf nicht verdammen, ohne den Schöpfer zu verurteilen. Aus der Philosophie gewinnen wir jetzt die Einsicht, dass die Menschen auch die Sexualität beherrschen und gestalten sollen. Gestalten heißt aber nicht nur vermeiden. In der Schöpfung hat Geschlechtlichkeit viele Funktionen, die wir nicht übersehen dürfen. Was aber unser Glaube dazu fügt: Sexualität hat immer der Liebe zu dienen. Lieblose Sexualität ist ein Verbrechen.

Lieber Herr Dechant, wie Sie jetzt im Beichtstuhl damit umgehen, dass es heißt, man solle seinen Mitmenschen lieben wie sich selbst, und die jungen Leute diese Regel auch auf ihre Sexualpraktiken anwenden, das weiß ich nicht. Und ich habe auch keinen Rat für Sie."

„Ach Maria", Susanne seufzte, „ich hätte schon eher mit dir darüber sprechen sollen."

„Aber nicht jede Homosexualität ist angeboren. Manche soll auch durch Verführung entstehen."

„Das kann sein. Auch in der Natur sehe ich nicht in Allem seinen Sinn. Schau, Hans, du hast so einen schönen Garten mit vielen Rosen. Versuche einmal durch Abschneiden eine Rose am Blühen zu hindern. Schwer! Aber im Garten gibt es auch Wasserschösse. Die blühen nicht. Und ich weiß nicht, wozu es sie gibt."

Über das Gartenthema glitt das Gespräch zu anderen Themen. Mir war es sehr Recht, denn ich hatte meinen Gesprächspartnern viel zugemutet.

Dann kam die Überraschung. Der Dechant hatte mir bei unserem letzten Treffen deutlich genug widersprochen. Nun rief er an.

„Frau Zimmer, über unseren letzten Abend habe ich viel nachdenken müssen. Manches wurde mir erst im Nachhinein klar. Aber Ihre These, Wissenschaft und Theologie sollten zusammenpassen, leuchtet mir nicht nur ein, nein ich halte sie für eine nötige Ergänzung zu Ihrer letzten Predigt, als Sie die Gläubigen aufforderten, sich um sich selbst zu sorgen. Deshalb meine Frage: Wären Sie bereit, auch zu diesem Thema vor einer Sonntagsmesse einige Sätze zu sagen?"

Damit hatte ich nicht gerechnet. Natürlich war ich bereit, meinen Standpunkt auch vor der Gemeinde darzulegen. Es gab deshalb nur die Antwort „Ja", und wir vereinbarten meine Rede für den übernächsten Sonntag. Als Text für das Evangeliums wählten wir die Warnung Jesu vor falschen Propheten, wie sie Matthäus aufgeschrieben hat.[53]

Da stand ich also vor der Gemeinde und redete:

„Liebe Mitchristen!

Hier stehe ich wieder, um Ihnen zu predigen, natürlich wieder vor der Messe. Beim letzten Mal hatte ich Ihnen mit dem Bild des Schiffes nahegelegt, für sich zu sorgen. Doch stellt sich Ihnen wohl die Frage, wie kann ich für mich sorgen, wenn alle Welt mir etwas anderes rät. Die Medizin sagt „Hü", die Naturwissenschaft „Hott", die kirchlichen Oberen versuchen mit einem „Brr" alles anzuhalten. Die Philosophen, die Juristen, alle wollen gehört werden und es entsteht ein vielstimmiges Geschrei, aber keine Klarheit.

Nachher im Evangelium werden Sie den Rat Jesu dazu hören: „An ihren Früchten werdet ihr sie erkennen"[54], nämlich die echten und die falschen Ratgeber. Es ist schon gruselig, nach all den Missbrauchsskandalen gerade dieses Evangelium zu hören. Aber das soll nicht mein Thema sein. Ich spreche von der Not, sich schon heute entscheiden zu müssen, aber es sind noch keine Früchte zu sehen. Die Bäume der Weltdeutung tragen erst einige Knospen. Noch kann niemand sehen, welche Früchte sie am Ende tragen. Doch wir müssen uns schon jetzt entscheiden.

Ich mag nicht glauben, Gott habe die Welt böse geschaffen, nicht einmal einen Teil der Welt. Und daher sehe ich in jeder Knospe auch die Möglichkeit, dass etwas Gutes daraus wächst. Als Lehrerin sehe ich auch in jedem Kind die Möglichkeit, dass aus ihm etwas Großes wird. Deshalb meine ich, wir sollen nicht die unterschiedlichen Erkenntnisse und Erfahrungen gegeneinander ausspielen, wir sollen uns die Mühe machen, die verschiedenen Weltanschauungen wieder zusammen zu sehen wie die verschiedenen Instrumente in einem Konzert.

Nehmen Sie zum Beispiel die hinter uns liegende Corona-Krise. Die Ärzte sagten, wir sollen die Ansteckungsgefahr verkleinern, indem wir Abstand voneinander halten. Die Ökonomen meinten, wir müssten alle Risiken auf uns nehmen, damit es uns weiter wirtschaftlich gut geht. Die Schulplaner forderten Unterricht per Internet, die Kindergärtnerinnen wussten, dass gerade kleinere Kinder auch Körperkontakt zu Mitkindern wie auch zu Erwachsenen brauchen. Die Seelsorger betonten, der Mensch verkümmere bei zu viel Abstand. Am Anfang haben wir versucht, ausschließlich in der einen oder anderen Lehrmeinung das Richtige zu finden. Aber woran sollte man es erkennen. Dann haben wir begonnen, die unterschiedlichen Interessen zusammen zu sehen, einen roten Faden in diesem Meinungsknäuel zu finden. Ob wir den richtigen Faden gefunden haben, das werden die Früchte zeigen, die die Zukunft hervorbringt. Doch entscheiden mussten wir uns jetzt. Gott wird niemanden verurteilen, der aus Liebe entschieden hat.

Ich habe gerne ein schlichtes Beispiel gewählt, weil es nicht so emotional belastet ist. Aber die Regel, „Finde den roten Faden im Dickicht der Meinungen!", die dürfte auch in anderen Fragen gelten. Die gilt vor allem bei den belastenden Problemen, vor die uns unsere Kinder stellen, wenn sie aggressiv sind, wenn sie von unserer Religion nichts wissen wollen, wenn sie geschlechtlich anders orientiert sind, wenn sie unsere Lebensform ablehnen. Gott hat die Welt sinnvoll und gut geschaffen, uns hat er den Verstand gegeben, diesen Sinn zu erkennen, und das Wort Gottes drückt auf seine Art wieder diesen Sinn aus. Wenn wir diesen roten Faden gefunden haben, dann brauchen wir uns um die Früchte keine Sorge zu machen.

Jesus nimmt diese Aufgabe so ernst, dass er sogar uns Theologen relativiert. Achten Sie auf den Schluss des Evangeliums, wenn Jesus zu denen, die meinen, in seinem Namen zu handeln, sagt: ‚Weg von mir, ihr Übertreter des Gesetzes.'

Gott hat die Welt gut geschaffen, wir können das erkennen. Aber wir dürfen sie nicht böse machen, weder durch Tun des Bösen noch durch Übertreibung des Guten.
Amen."

Nach dieser Predigt beherrschten für eine Weile die Dinge des Tages unsere monatlichen Treffen. Es schien alles gesagt zu sein. Mir gingen noch zwei Themen durch den Kopf: Was ist der richtige Augenblick, etwas zu sagen oder zu tun? Was geschieht mit der Sehnsucht der Menschen nach ein wenig Anerkennung? Ich nahm mir vor, darüber nachzudenken.

Der Kreisdechant machte in dieser Zeit eine andere Erfahrung, wie er mir erzählte:

Sein Bischof hatte ihn zu einem Gespräch geladen. Herr Ringel wusste zwar nicht, was man ihm vorwerfen würde, aber ein mulmiges Gefühl beschlich ihn doch bei dieser Einladung bei dem Mann, dem er Gehorsam schuldig war, als sei es Christus selbst. Der Sekretär des Bischofs hatte nichts angedeutet, nur die Zeit ausgemacht, am nächsten Dienstag, 16.00 Uhr zum Kaffee.

Dann saß er ihm gegenüber, dem Bischof, dem direkten Nachfolger eines Apostels, wenn man auch nicht so genau wusste welches. Man plauderte über sein Dekanat. Der Bischof schien erstaunlich gut informiert zu sein, man aß Berliner und trank einen vorzüglichen Kaffee.

Schließlich kam seine Exzellenz auf den Anlass dieses Gesprächs.

„Mein lieber Ringel. In Ihrer Gemeinde sollen jetzt auch Frauen predigen."

„Nicht gleich predigen, Exzellenz. Die Leiterin unseres Gymnasiums hat zweimal zu Beginn der Messe eine Einführung ins Evangelium gegeben."

„Ich weiß, ich weiß. Und dabei hat sie beim ersten Mal die Leute ermahnt, sich um sich selbst zu sorgen."

„Aber predigen wir das nicht schon immer, wenn wir die Menschen an ihr Seelenheil erinnern."

„In diesem Brief steht aber nichts von Seelenheil." Der Bischof hielt einen Brief in der Hand. „Fast im Gegenteil. Die Menschen seien kompetent, ihre eigenen Entscheidungen zu treffen. Aber wenn jetzt Hinz und Kunz selbst entscheiden, was für sie gut ist, wozu braucht man dann noch die Kirche?"

„Aber sie entscheiden es doch längst schon selbst. Und wenn wir ihnen in der Kirche keinen Platz für ihre Entscheidungen einräumen, dann werden sie die Kirche verlassen. Sie werden eher gehen als weiter Vorschriften zu befolgen, die sie nicht verstehen."

„Ihre Frau Zimmer scheint ja auch auf Sie großen Eindruck zu machen."

„Ich weiß nicht, was Sie damit andeuten wollen, aber darf ich den Brief einmal lesen?"

„Natürlich nicht, mein lieber Ringel. Das ist ein vertraulicher Brief an den Bischof, und der geht nur den Bischof etwas an."

„Ich weiß. Entschuldigen Sie bitte!" Einem Fürsten kann man nicht widersprechen.

„Aber in ihrer zweiten Predigt treibt sie es noch toller. Da wendet sie das Wort Jesu geradewegs gegen uns Kleriker."

„Aber sind wir nicht oft den Pharisäern ähnlicher als den Jüngern Jesu?"

„Mein lieber Ringel, das ist die menschliche Schwäche, die es auch bei Klerikern gibt. Aber deshalb dürfen wir unser heiliges Amt nicht kleinreden. Es kann keinen Kompromiss geben zwischen dem, was die Kirche lehrt, und dem, was die Welt herausposaunt. Und als Katholiken sind wir der Kirche verpflichtet, gerade auch bei den Fragen ihrer Frau Zimmer", und er schaut in den Brief und liest: „wenn die Kinder von unserer Religion nichts wissen wollen, wenn sie geschlechtlich anders orientiert sind, wenn sie unsere christliche Lebensform ablehnen.' Nein, da kann es keinen Kompromiss geben. – Wie können Sie so jemanden in der Kirche reden lassen?"

Der Bischof schüttelte den Kopf, die ganze Mimik Enttäuschung, wie ein Vater, der seinen Sohn mit Haschisch erwischt hat.

„Ich hätte Ihnen ein sichereres Urteil zugetraut. Um dieses auch für Sie unangenehme Gespräch abzukürzen: Lassen Sie diese Frau nicht mehr in der Kirche predigen. Wenn diese Frau unbedingt reden will, dann soll sie einen Stand auf dem Marktplatz eröffnen, da kann sie dann reden so viel sie will. Aber in der Kirche möchte ich nicht, dass Frauen predigen, auch wenn Sie es vielleicht anders nennen. Gerade jetzt bei den wildgewordenen Frauen von Maria 2.0 können wir gar nicht vorsichtig genug sein. Unsere Aufgabe ist es, die Lehren unserer geistlichen Vorfahren unverfälscht weiterzugeben. Darin sind wir beide doch sicher einig. Da stören diese Querschüsse von außen nur. Aber beenden wir dieses Thema. Erzählen Sie doch, wie war Ihr Urlaub in diesem Jahr?"

„Ich habe keinen Urlaub gemacht, Exzellenz. Meine Gemeinde brauchte mich."

„Schön, dass Sie Ihr Amt so ernst nehmen. Dann werde ich doch sicher in der nächsten Zeit keine Beschwerde erhalten."

„Ich würde auch jetzt gerne mich verabschieden." Dechant Ringel wusste, bei einem Fürsten verabschiedet man sich nicht, man wird verabschiedet. Aber dieses Gespräch nagte an ihm, die blödsinnige Steigerung: Zuerst weiß er nur, dann hat er einen persönlichen Brief bekommen, am Ende ist es eine Beschwerde. Der nächste Schritt ist wohl eine Abmahnung. Diesem Bischof hat er Gehorsam gelobt. Doch in seinem Herzen keimte eine kleine Aufsässigkeit. Wie hatte Frau Zimmer gesagt: Ihr gebt nur noch Antworten. Ihr wisst nicht mehr, was die Leute fragen. Dieses Gespräch hatte es ihm mehr als bestätigt. Verdammt, entfuhr es ihm, als er wieder auf der Straße stand, besprecht doch eine CD mit den Lehren unserer geistlichen Vorfahren, stellt die Lehren ins Internet. Dann kann jeder es sich anhören, wenn er denn will. Man braucht keine Priester-Marionetten.

Ganz gegen seine Gewohnheit kehrte er in einer Gaststätte ein, bestellte sich einen großen Cognac, den er genussvoll hinunterspülte. Sein Nachbar an der Theke blickte auf seinen römischen Kragen und meinte:

„Heiraten dürft ihr ja immer noch nicht. Aber jetzt dürft ihr wenigstens was Anständiges Trinken. Es geht mit der Kirche aufwärts."

Es bedrückte mich, als der Dechant mir das erzählte. Unser Bürgermeister hätte sicher eine pragmatische Lösung dieses Konflikts gefunden, aber ich bin Lehrerin, für mich sind auch die Gedanken wichtig. Für einige Monate ruhte das Thema Kirche bei unseren Treffen, zu viele Sorgen des schulischen und politischen Alltags bestimmten unsere Gespräche. Doch hatte ich den Eindruck, dass wir damit begonnen hatten, in allen Fällen mehr zu fragen und weniger zu antworten. Natürlich verlangten die Leute von uns Antworten und Führung, doch tat es ihnen wohl auch gut, wenn wir ihre Fragen ernst nahmen und wenn wir ihnen eigene Lösungskompetenz zutrauten. Bei unserem letzten Treffen vor den Herbstferien im Haus des Bürgermeisters gerieten wir doch wieder in den Bann unserer alten Fragen.

Susanne hatte Lachsröllchen vorbereitet mit einer Meerretichsauce, für die Liebhaber eher vegetarischer Kost dazu Spinatröllchen. Es schmeckte köstlich. Dazu tranken wir einen leichten Silvaner aus dem Würzburger Juliusspital, Franken. Als Susanne sich zurückziehen wollte, „damit ihr bei euren Überlegungen nicht gestört seid", kam die einstimmige Bitte, sie möge doch bleiben. Und so saßen wir nun zu viert.

„Frau Zimmer, möchten Sie uns nicht noch einmal etwas aus der Frühzeit der Christen erzählen?"

Es fühlte sich an, als hätte ich darauf gewartet.

„Ich habe Ihnen schon erklärt, dass es damals wichtig wurde, für sich selbst zu sorgen, auch wie man in der Übereinstimmung der verschiedenen Schulen Bestätigung für die eigenen Ansichten fand. Im letzten Jahrhundert hat der französische Philosoph Michel Foucault dazu manches geschrieben. Es gab aber auch kleine Dinge, die man gerne übersieht. Nie zuvor war man in Europa so mobil wie im Römischen Reich der Kaiserzeit. Menschen, Waren, Religionen bewegten sich frei über die Straßen des Reiches. Und wenn jemand als Christ in eine andere Stadt zog, dann fand er dort eine Christengruppe oder er gründete eine. Wer sich entschlossen hatte, Christ zu sein, der lebte es, wo immer er sich befand. Das führte oft zu Spannungen mit der Umwelt, aber auch die war es gewohnt, dass man sich einer Weltanschauung anschloss. Ebenso mobil waren aber auch die Meinungen innerhalb des Christentums. Sie gingen von einer Abart des Judentums über Strömungen, die der Stoa oder dem Platonismus nahestanden, bis zu dem, was später als Gnosis verurteilt wurde. Und was noch wichtiger war, sie gingen von einer alltagstauglichen Normalreligion bis zu einer übermoralischen Extremreligion. Es war eben alles mobil."

„Ach Hans, wenn wir im Urlaub sind, suchen wir selten Kontakt zu der dortigen katholischen Gemeinde."

„Das stimmt. Und wenn wir dann doch sonntags in die Kirche gehen, dann fühlen wir uns eher wie Eindringlinge. Na ja, manchmal steht auch der Pastor nach der Messe an der Tür, begrüßt jeden, und wenn er uns als Neue ausmacht, trieft er vor Willkommen und überlegt schon, welche Ämter und Aufgaben er denn für uns hat. Und so ganz angenehm ist mir das auch nicht immer."

„Ja, so sind meine lieben Kollegen. Sie versuchen fast alles, um ihre Kirche wieder halbvoll zu bekommen. Aber sagen Sie einmal, hat sich auch schon einmal jemand für Ihre Fragen interessiert?"

Es herrschte einige Atemzüge Schweigen, dann fast gleichzeitig: „Nein." „Nein."

„Ich meine aber, im Bewusstsein der Leute damals ging die Mobilität noch weiter. Der Dichter Ovid schrieb ein Buch über ‚Umwandlungen', es heißt „Metamorphosen". Selbst das, was etwas Bestimmtes ist, ist so mobil, dass es auch etwas Anderes werden kann. So schreibt er von einem alten Ehepaar, dem Jupiter schenkte, nach ihrem menschlichen Leben als zwei Lorbeerbäumchen ewig beieinander stehen zu können. Eine schöne Geschichte über die verwandelnde Kraft der Liebe. Was die

Christen ‚Wandlung‘ nennen, das war damals vielleicht nicht so außergewöhnlich wie wir es heute denken. Heute aber, so scheint es mir, ist uns vor jeder Änderung bange, nicht nur uns Christen. Ist der Kampf gegen das Artensterben nicht auch ein Kampf gegen Änderung? Strotzen unsere konservativen Parteien – entschuldige lieber Hans – nicht davon, Änderungen zu meiden. Wie tönte es einmal: ‚Keine Experimente!‘ Und dann wurde der alte Adenauer wieder einmal gewählt.“

„Du hast schon Recht. Mit dem Wohlstand kam die Behaglichkeit, und damit die Unlust zu jeder Veränderung. Wir müssten politisch dringend so einiges erneuern, in der Schule, in der Rente, in der Rechtsordnung, aber dazu ist keine Stimmung im Volk.“

„Verstehe ich richtig“, der Dechant, „wenn ich die Fragen der heutigen Menschen suche, dann finde ich zuerst die bange Frage: ‚Ihr wollt doch wohl nichts verändern?‘“

„So könnte es sein. Und ich meine, der Papst und viele Bischöfe stehen an der Spitze dieses Beharrungswillens. Das Böse an Maria 2.0 ist nicht Maria, sondern das 2.0. Vielleicht ist das Christentum am Ende keine Religion für reiche und satte Menschen. Aber wenn ich das so sage, dann stehe ich gleich in der Spur unserer moralistischen Gruppen, die von dem ganz anderen Leben träumen.“

„Da öffnest du aber einen großen Spalt zwischen dem Christentum und dem übrigen Leben in der modernen Welt?“

„Ja.“

Hans schüttelte den Kopf: „Wenn ich nur ansehe, wie viele Menschen hier ihr Alter durch Aktienfonds abgesichert haben. Diese Fonds aber investieren zum Teil in recht ausbeuterische Projekte. Wenn sie das ändern wollen, dann untergraben sie die Basis ihrer Alterssicherung. Zu so viel Opferwillen kann auch keine Kirche bewegen.“

Susanne ergänzte: „Die Spinatröllchen hier sind lecker. Und wir freuen uns darüber. Aber welchen Stundenlohn erhält ein rumänischer Spinatpflücker?“

Ich hatte den Eindruck, dass die frühen Christen es auf ihre Art leichter hatten zu glauben. Dafür wurden sie dann auch viel mehr von ihrer Umgebung angefeindet. Manches Mal könnte ich die Muslime richtig beneiden, wenn sie durch das Befolgen ihrer fünf Regeln des Paradieses sicher sein könnten. Aber das sagte ich jetzt nicht. Zu vieles in meiner katholischen Kirche ging längst einen ähnlichen Weg: Befolge unsere Regeln und wir garantieren dir den Himmel! Diese Naivität habe ich längst nicht mehr. Das Gespräch umkreiste noch eine Weile diese Fragen, aber das Denken machte müde, oder war es der Silvaner?

Das nächste Mal sollten wir uns wieder in meiner Wohnung treffen. Nachdem nun Susanne zu uns gestoßen war, bat ich den Dechanten, doch seine Marta auch mitzubringen. Er meinte erst, es sei ihr vielleicht unangenehm. Doch da konnte ich ihn umstimmen. Nicht er, sondern Marta sollte das entscheiden. Zu oft schon hatte ich hinter einer dienenden Seele das stolze Bewusstsein einer Herrscherin gefunden. Aber indem wir seine Haushälterin ausschlossen, schufen wir sofort wieder eine Standeskirche, weniger zwischen Klerus und Laien als zwischen Dienenden und Bedienten. Marta kam also mit, nicht ohne mich vorher zu fragen, ob sie mir nicht bei der Vorbereitung helfen könnte. Das nahm ich gerne an. Zu zweit konnten wir ein Gericht bereiten, das mir allein doch zu viel Mühe gemacht hätte: Gefüllte Kartoffeln mit Apfelkompott. Als Vorspeise einen bunten Salat, als Nachtisch eine Apfelcreme mit reichlich Sahne. Dazu passte aber kein Wein, dazu trank man am besten Apfelwein, den herben mit einer leichten Zugabe von Birne. Auf so ein Essen konnte ich mich immer wieder freuen.

Nach dem Essen war die Reihe wieder an mir, etwas zu sagen.

„Ich möchte heute zum Schluss meiner Ausführungen kommen. Zwei Punkte aber darf ich noch berühren: die Frage nach dem richtigen Moment, etwas zu tun, und die Frage des Amtes.

Wenn jemand begonnen hatte, für sich zu sorgen, wenn er sich über seine Wahlen gewissenhaft Rechenschaft gab, wenn er schließlich sogar bereit war, etwas zu ändern, dann blieben ihm immer noch die Fragen: Wann? Wo? Unter welchen Umständen? Das war keine leichte Frage, wie wir daran erkennen können, dass einige Leute ihre Taufe bis zum letzten Moment ihres Lebens aufschoben. Wir taufen heute die Kinder so früh wie möglich. Das ist unsere Antwort auf die Frage des „Wann?". Aber die Frage „wann" tritt uns heute sofort entgegen, wenn Eltern nicht mehr bereit sind, ihre Kinder taufen zu lassen. Für diesen Taufverzug haben wir oft nur spöttische Worte übrig. ‚Es soll einmal selbst entscheiden, welches Geschlecht es haben möchte, ha, ha!' Aber das Geschlecht ist vorgegeben, Christsein ist aber eine Frage der Entscheidung. Nehmen wir also die Fragen der jungen Eltern ernst."

„Aber das Kirchenrecht gebietet den heutigen Brauch der frühen Taufe."

„Das Kirchenrecht ist ja auch ein Musterbeispiel, wie Antworten auf Fragen gegeben werden, die niemand mehr stellt. Das Kirchenrecht geht doch immer noch von der Fiktion aus, Jesus habe seine Kirche in der heutigen Form als Institution gegründet. Dabei erwartete Jesus das baldige Endgericht. Mit einer solchen Erwartung sorgt man sich nicht allzu sehr um institutionelle Formen."

„Liebe Frau Zimmer, Sie wollen aber auch alles ändern."

Das klang nach Verständnis, dennoch musste ich es berichtigen:

„Ich will nicht alles ändern, sondern aufräumen. Bei uns steht zu viel Wissen herum und steht dem Glauben im Weg. Da wird es Zeit, Platz zu schaffen. Der Glaube vieler Menschen aber wächst aus ihren Fragen und dann aus der Entscheidung, die sie dazu treffen. Ich möchte, dass meine Kirche wieder sagt: ‚Dein Glaube hat dich gesund gemacht.'"

„Wir wünschen also beide mehr entschiedene Christen?"

„Unbedingt. Und nicht nur wir beide. Hier sitzt wahrscheinlich niemand, der etwas anderes will.

Aber mit dem Kirchenrecht, wenn ich damit fortfahren darf, berühren wir auch das Amt, und mit dem Amt die Wertschätzung des jeweiligen Menschen. Das war auch eine Frage in der alten Kirche. Rom hatte den lokalen Autoritäten in den Städten ihre Macht genommen. Was hatte noch ein Bürgermeister zu sagen, wenn er in allen wichtigen Dingen die Erlaubnis des kaiserlichen Präfekten einholen musste? Je mehr die tatsächliche Macht der Bürger aber geschwunden ist, desto mehr drängten sie in die Vereine und die vielen Pöstchen, die dort zu vergeben waren. Ihr glaubt nicht, wie viele Beerdigungsvereine es auf einmal gab. Und all die Mysterien und Privatreligionen brauchten ihre Mystagogen und ihren Klein-Klerus. Auch das war eine damalige Frage: Wie komme ich zu einem Amt, das mir Ansehen und Würde verschafft?"

„Und nun meinst du, daraus sei der katholische Klerus entstanden?"

„Vielleicht nicht sofort. Aber mit der Zeit erlebten die jungen Männer, dass Kleriker als Menschen angesehen wurden, die ihrem Wesen nach höher stehen als andere. Das machte diesen Beruf interessant."

„Der Pastor als Nietzsche 'scher Übermensch?" Der Dechant sagte es spöttisch.

„In etwa so. Was meinen Sie, warum manche Frauen so unbedingt die Priesterweihe anstreben? Suchen sie die Aufgabe oder suchen sie den höheren Stand? Doch das ist jetzt nicht das Hauptproblem. Auch unsere Welt macht die Menschen immer gleichförmiger. Schon gibt es eine moralische Aufsicht über den Gebrauch der Sprache, ich meine die politische Korrektheit. Da sollte man erwarten, dass sich Strukturen bilden, in denen eine einzelne Person doch wieder Ansehen und Würde erlangen kann. Und nun frage ich mich, ob unsere Kirche solche Rollen anbietet oder unter einer klerikalen Leitungsschicht die Gleichförmigkeit noch vermehrt. Ehrlich, ich weiß nicht, was ich mehr wünschen und mehr befürchten soll. Jesu Reden vom Dienen geht eher in die Richtung des Statuswechsels."

„Aber mich halten Sie für einen Menschen mit Leitungsanspruch?" Nun lacht der Dechant laut.

Marta aber, die bis jetzt geschwiegen hatte, sagte ganz einfach: „Ich habe nur eine dienende Rolle, und ich bin in meiner Rolle glücklich."

Auch ich hatte als Schulleiterin einen Leitungsanspruch. Den wollte ich mir nicht als Dienst schönreden. Ich hatte Macht. Doch wollte ich dem Dechanten antworten:

„Ich glaube, Herr Dechant, Sie persönlich leisten oft Statusverzicht. Und das tut uns gut, und wir sind dafür dankbar. Aber warten Sie nur bis zur nächsten Firmung. Dann kommt der Bischof und in der

Bischofsmesse werden zwei junge Menschen als Kleiderständer für hoheitliche Symbole gebraucht. Der eine darf den Stab halten, der andere die Mitra, und beide tragen sie Schals, damit ihre ungeweihten Hände nur ja nicht die Abzeichen heiliger Macht berühren. Und Sie werden danebenstehen und dürfen nicht lachen."

Es folgte eine betretene Stille, bis schließlich Susanne sagte:

„Da hast du uns wieder eine Menge zum Nachdenken verpasst. Lassen wir es dabei gut sein, sonst raucht mein Kopf."

„Recht hast du!"

Danach wurde es wie immer noch ein gemütlicher Abend. Beim Abschied meinte der Dechant:

„Das mit dem Statusverzicht, dem Dienen, das ist auch heute ein Problem. Wollen Sie nicht auch dazu einmal predigen?"

„Ich dachte, der Bischof hätte das verboten?"

„Das hat er. In der Kirche darf ich Sie nicht mehr reden lassen. Aber er hat mir, vielleicht ohne Absicht, sogleich den Ausweg genannt. Auf dem Marktplatz vor der Kirche dürfen Sie reden."

Wir einigten uns auf jene kleine Erzählung des Markus, in der Jesus seinen Schülern, die sich stritten, wer unter ihnen der Größte sei, ein Kind zum Vorbild gab.[55]

Und so kam es, dass am dritten Sonntag nach diesem Gespräch der Dechant nur ganz kurz predigte, aber nach der Messe die Gemeinde bat, doch vor der Kirche auf dem Markt eine Predigt anzuhören, die die Leiterin des städtischen Gymnasiums zum heutigen Evangelium halten wollte. Vor der Kirche standen einige Bierbänke für die älteren Leute, und ein kleines Podest mit einer Mikrophonanlage für mich. Dann staunte ich, als fast alle nach der Messe auf dem Marktplatz blieben, selbst die, die ich eigentlich für zu reaktionär hielt, um einer Frau zuzuhören. Ich dachte: ‚Jetzt bewegt sich die Kirche zu den Leuten.'

„Liebe Gemeinde.

Als Frau ist es mir nicht erlaubt, in der Kirche den Mund aufzumachen. Und weil ich das schon zweimal getan habe, bekam unser lieber Kreisdechant von seinem Bischof einen Rüffel. Hier aber, unter freiem Himmel, kann auch eine Frau ein freies Wort sprechen.

Im Evangelium nach Markus haben Sie gehört, wie Jesus rät, wer der Erste sein wolle, der sei der Diener aller. Ähnliches sagt er im Evangelium nach Johannes, wenn er den Jüngern rät, einander die Füße zu waschen. Für Jesus ist Dienen die Eintrittskarte ins Gottesreich.

Und dann stehe ich hier, eine Schulleiterin, die über Wohl und Wehe kindlicher Karrieren entscheidet, und rede vom Dienen. Und ich sehe den Herrn Dechant mit all seiner geistlichen, unseren Bürgermeister mit seiner politischen Macht. Und soll nun vom Dienen reden. Welche Heuchelei!

Um es kurz und knapp zu sagen: In unserer Gesellschaft kann fast niemand ausschließlich dienen, fast alle haben wir in irgendeiner Form Teil an der Macht. War Jesus so weltfremd, das nicht zu sehen?
Ich möchte Ihnen nun zwei Weisen vorlegen, mit diesem Problem umzugehen.

Die erste Weise ist: Umbenennen. Wenn wir Macht ausüben, nennen wir das ‚eigentliches Dienen‘. Je höher wir in der Hierarchie stehen, desto mehr nennen wir uns ‚Diener‘. Wir achten darauf, bei Rasse und Geschlecht uns politisch korrekt auszudrücken, aber es geht uns so leicht über die Lippen, Macht ‚Dienen‘ zu nennen. Mein Amt als Schulleiterin macht mich zur Dienerin der mir anvertrauten Kinder, der Bürgermeister ist der ‚erste Diener der Stadt‘. Mit Umbenennen machen wir das Problem des Dienens unsichtbar, - und das Problem der Macht.

Die zweite Weise ist: Versachlichen. Wie schnell fällen wir in unserem Machtverhalten Urteile über andere Menschen. Beurteilen wir nicht mehr die Menschen, beurteilen wir die Sachlage. Wir kommen um Entscheidungen nicht herum, aber sachliche Entscheidungen sind keine Bewertungen. Erweisen wir selbst den Menschen unsere Achtung, gegen die wir aus guten Gründen entscheiden müssen. Das ist nicht leicht. Aber es kommt dem ‚Dienen‘ noch am nächsten.

Sie haben gehört: ‚Wer der Erste sein will, soll der Letzte von allen und der Diener aller sein. Und er stellte ein Kind in ihre Mitte, nahm es in seine Arme und sagte zu ihnen: Wer ein solches Kind in meinem

Namen aufnimmt, der nimmt mich auf; und wer mich aufnimmt, der nimmt nicht nur mich auf, sondern den, der mich gesandt hat.'[56] Das ist keine kitschige Kindchen-Romantik des 19. Jahrhunderts. Zur Zeit Jesu war ein Kind nichts wert. Es hatte zu gehorchen und nicht zu stören. Jesus erlöst es nicht aus dieser Rolle, das kann er gar nicht. Aber er gibt ihm seine Würde zurück, er stellt sich nicht über das Kind. Heute gibt es viel Missbrauch von Kindern, aber auch Missbrauch von Armen, schlecht Ausgebildeten, Wohnungslosen. Diener sein heißt, auch diese Kinder, Arme, schlecht Ausgebildete, Wohnungslose annehmen, ihnen ihre Würde wiedergeben.

Welche Weise des Dienens Sie wählen, ist ihre Sache. Und wie sie die Einzelheiten ihres Dienens planen, ist noch mehr Ihre Sache. Ich kann Sie nur um eines bitten: Wenn Sie sehen, wie wir Amtsinhaber unter der Verkleidung als Dienen unsere Macht ausüben, zeigen Sie es uns bitte, und zeigen Sie es so, dass wir es auch einsehen können.

Dann kann unser Christentum wieder zu einer gestaltenden Größe in unserem Land werden. Es wäre schön. Gott helfe uns dabei.
Amen.'"

Von meiner Seite war alles gesagt. Der Blick in die alte Kirche hatte unser Sehen geschärft, dass wir auch in der heutigen Kirche mehr erkennen konnten. Nun wollte ich vor allem Fragen stellen.

Nach einigen Tagen erhielt ich einen Brief von Dechant Ringel. Auch er hatte nachgedacht. Nun bedankte er sich bei mir dafür, dass ich das Fragen wieder ins Gespräch gebracht hatte. In der letzten Zeit habe er sich viele Fragen gestellt und dabei wichtige Einsichten gewonnen. Aber die Hauptfrage hätte ich noch nicht gestellt, auch er habe sie erst entdeckt, nachdem er den anderen Fragen nachgegangen sei. Dabei habe er festgestellt, dass unsere historisch orientierten Fragen doch nur die Fragen einer Oberschicht seien. Die anderen würden sich wohl anschließen. So ähnlich hatte ich es auch vor einem halben Jahr selbst gesagt. Wir übernehmen die Fragen der Leute, die zu essen haben, die reden und schreiben können, die im Leben einen Sinn sehen. Und dann fährt er fort:

„Was aber sind die Fragen der anderen, die hungern, die sich nicht ausdrücken können, denen ihr Leben sinnlos erscheint? Deren Fragen sind damals wie heute viel schwerer zu finden. Aber es gibt sie. Und es ist Aufgabe der Jünger Jesu, diesen Fragen und Klagen Sprache zu geben. Es sind die Fragen nach Gerechtigkeit und Mitgefühl.

Ich möchte ein Beispiel nennen, die Versuchung Jesu[57]. Steine zu Brot machen, leistet das nicht schon unsere Wissenschaft? Aber die Verteilung des Brotes, der bleibende Hunger der einen und die Bereicherung der anderen, das ruft nach Gerechtigkeit. Ein zweites Beispiel: Von der Zinne des Tempels zu springen, wenn das Leben sinnlos erscheint. Heute springen wir nicht mehr, heute fahren wir in die Schweiz. Aber den fehlenden Sinn in einem Leben können wir nicht frömmlich zuquatschen. Wir müssen dieses Sinn-Loch mitfühlen. Das dritte Beispiel: Wenn du mich anbetest, will ich dir alle Macht geben. Ist das nicht die kirchliche Versuchung durch die Jahrhunderte? Eine Versuchung, die damit beginnt, dass wir die Fragen der Gerechtigkeit und des Mitgefühls einklammern.

In unseren Gesprächen habe ich gelernt, mehr zu fragen. Aber jetzt schieben sich diese Fragen in den Vordergrund. Und meine Aufgabe als Priester ist es, ihnen eine Sprache zu geben, dass sie wieder gehört und beachtet werden. Wird Gott sie hören? Manchmal zweifle ich daran, denn er antwortet so wenig. Aber er ist der letzte, zu dem man schreien kann. Wenn ich diese Hoffnung aufgebe, dann bleibt mir nur noch die Wahl, mich selbst zum Gott zu machen, der die Antworten gibt, oder zynisch zu werden und so zu leben, als gäbe es keine Antwort.

Dazu möchte ich am Sonntag predigen. Ich freue mich, wenn Sie dann dabei sind und hören, was ich zu sagen habe.“

Auf diese Predigt war ich höchst gespannt. Ich kannte Dechant Riegel als einen offenen Geist. Wie weit würde diese Offenheit ihn führen?

In der Sonntagsmesse hörte ich Worte des Propheten Ezechiel über schlechte und gute Hirten[58] und aus dem Evangelium nach Matthäus die Rede, mit der Jesus seine Schüler aussandte, den Leuten das Reich Gottes zu verkünden.[59] Danach die Predigt:

„Liebe Mitchristinnen und Mitchristen!

Die heutige Lesung wird nicht oft verlesen, zu herb ist ihre Anklage.

Da geht es zuerst einmal gegen diejenigen unter uns Klerikern, denen Gott ein Hirtenamt gegeben hat, und die doch die Herde vernachlässigen, ja die manchmal sich auf Kosten ihrer Herde selbst mästen. Sie suchen das Wohl und Ansehen ihres Standes aber nicht Gerechtigkeit. Sie beten vor ihren Altären um Priesternachwuchs, während ihnen anvertraute Menschen auf den Intensivstationen einsam sterben. Sie sorgen sich um ihre leeren Kirchen, aber nicht um die überfüllten Behausungen der Wanderarbeiter. Kann ich mich davon ausnehmen? Leider nicht. Auch ich muss immer wieder lernen, die Rufe nach Gerechtigkeit und Mitgefühl zu hören.

Die Strafandrohung Gottes wurde in der Lesung nicht vorgetragen. Wenn Sie möchten, lesen Sie die zuhause nach im Buch Ezechiel, Kapitel 34.

Nun aber wendet sich der Prophet im zweiten Teil an uns alle, an Sie genauso wie an mich. Wir leben im Wirtschaftswunderland und verderben seine Gaben, verschmutzen seinen Ertrag und schaden so denen, die nicht wie wir zu den Besitzenden gehören. Da lese ich schon in einigen Gesichtern die Anklage, das alles sei doch nur linkes Gerede. Mag sein, aber am Ende der Lesung sagte der Lektor: ‚Wort Gottes‘, und auch sie haben geantwortet: ‚Dank sei Gott.‘ Und es ist Wort Gottes. Es ist die bleibende Mahnung Gottes, Gerechtigkeit und Mitgefühl in seinem Namen zu üben.

Ein drittes noch: Gott ist die letzte Adresse, die die Armen noch anrufen können. Wenn es keinen Gott gibt, dann ist ihr Rufen sinnlos, wenn da aber einer hört, dann wehe denen, die hier nicht gehört haben. Ein theoretischer Beweis der Existenz Gottes ist sinnlos. Gott ist der, der die Armen und Verzweifelnden hört, indem wir sie hören. Aufgabe unserer Kirche ist es dann, auch denen eine Sprache zu geben, denen die Umstände die eigene Sprache längst zerstört hat. Eine Sprache, in der sie wieder zu Gott und zu uns rufen können.

Gottseidank, so mögen einige nun denken, ist das Neue Testament gnädiger. Aber es ist nicht gnädiger, es formuliert nur positiv, was der

Prophet negativ formulierte. Es sagt es konkreter: ‚Heilt Kranke, weckt Tote auf, macht Aussätzige rein, treibt Dämonen aus!' Aber auch diese Rede Jesu endet mit einer Gerichtsdrohung.

Geben wir also den Armen eine Sprache, damit wir ihren Ruf nach Gerechtigkeit hören können, geben wir den Verzweifelnden eine Sprache, damit wir ihre Frage nach dem Sinn hören können, geben wir den Leidenden eine Sprache, damit sie unsere Herzen dem Mitleid öffnen können.

Amen"

Das alles geschah im Lauf eines Jahres in einer Kleinstadt. Ob es die Menschen verändert hat? Hier wurde nur erzählt. Was noch zu tun bleibt? Hoffen!

# 28. Übung - Auch ein Klima

*Eine weitere Übung in catholic-fiction*

Da stelle ich mir vor, ich dürfte am kommenden Sonntag in meiner Gemeinde predigen. Ich darf das als Nicht-Geweihter natürlich nicht, aber es ist eine spannende Vorstellung. Was soll ich sagen? Da liege ich auf meinem Sofa und phantasiere:

Liebe Mitchristinnen, liebe Mitchristen!

Sie haben sicher schon oft gehört, dass wir Christen die Zeichen der Zeit als einen Anruf Gottes beachten sollen. Das will ich also machen, und so beachte ich heute – das Klima. Einige schauen mich nun an, als wollten sie sagen: Nicht schon wieder „Klimawandel", ich kann es nicht mehr hören. Aber ich möchte keine Moralpredigt über den Klimawandel halten, ich will das Klima schlicht als ein Gleichnis lesen. Das Wetterklima, von dem so viele reden, das kann ich als einzelner kaum beeinflussen, und doch ändert es sich, es ändert sich in winzigen Schritten, man redet dabei gerne vom „Schmetterlingseffekt", dass der Flügelschlag eines Schmetterlings in Europa einen Tropensturm in Asien auslösen kann. Es gibt keine winzigen Taten, die man einfach übersehen dürfte. Dazu geht das Wetterklima uns alle an, wir leben darin, und mehr noch, es beeinflusst unsere Stimmung. Eine Woche grauer Tage schlagen mir aufs Gemüt, und ein sonniger Maientag weckt in mir Stimmungen, die ich kaum noch für möglich hielt.

Und das soll kein Gleichnis sein? In der letzten Woche habe ich ein Buch gelesen: Martin Hartmann, Die Praxis des Vertrauens. Und darin zeigt mir der Autor, dass das Wetterklima sehr wohl ein Gleichnis ist, nämlich für das Glaubensklima oder das Vertrauensklima. Und darüber wird man hier im Erzbistum Köln schon etwas nachdenken können.

Im Hebräerbrief lesen wir: „Glaube aber ist: Grundlage der erhofften Dinge, ein Klarwerden von Tatsachen, die man nicht sieht."[60] Aber warum soll ich diese Tatsachen glauben, zumal wenn sie der alltäglichen Erfahrung widersprechen? Zum einen halte ich eine Lehre für richtig, die Gott geoffenbart hat, zum anderen aber schenke ich mein Vertrauen

Gott selbst. Nun kann man eine religiöse Lehre in der Regel nicht empirisch untersuchen, ja meistens enthält sie sogar etwas, das der alltäglichen Erfahrung widerspricht. Denn eine Lehre, die nichts enthält als die Bestätigung meiner tagtäglichen Erfahrungen ist – überflüssig. Die religiöse Lehre aber glaube ich, weil ich Gott vertraue und denen, die mir diese Lehren überliefert haben. Nun sehe ich, beide Weisen des Glaubens haben als Grundlage ein Vertrauen, einmal das Vertrauen in die kirchlichen Lehrer, zum anderen das Vertrauen in Gott selbst. Gibt es da einen Unterschied?

Ja, ich lebe im Erzbistum Köln. Und da gibt es diesen Unterschied hoffentlich. Wenn es ihn nämlich nicht gäbe, wäre es auch um das Vertrauen in Gott übel bestellt. Bei Hartmann lerne ich, dass es ein Klima des Vertrauens gibt. Hier aber stoße ich eher auf ein Klima des Misstrauens. Wie soll man auch einem Bischof vertrauen, der viel Geld für PR-Beratung ausgibt, also für eine Beratung darüber, was er uns vorspielen soll, damit wir ihm vertrauen?

In diesem Klima lebe ich nun, ihm ausgeliefert wie dem Wetter-Klima. Am Horizont dämmert die Befürchtung, wir stünden auch vor einem Klimawandel des Vertrauens in die kirchlichen Obrigkeiten, und nach diesem Wandel wäre unsere Kirche kein Ort religiöser Heimat mehr. Aber das Vertrauen in Gott bleibt doch? Noch bleibt es, aber was daraus wird, wenn die Erzählungen von Gott zu Schreien in einer religiösen Wüste werden, das mag ich mir nicht ausdenken. Doch heißt es nicht: „Stimme eines, der in der Wüste schreit: Bereitet dem Herrn einen Weg!"[61] Auch der Glaube an Gott kann mühsam werden. In mir aber beginnt das Gleichnis vom Klima zu wirken.

Den meteorologischen Klimawandel bekämpft der Staat mit einem Preis auf Kohlendioxid. Wie wäre es, wenn wir den kirchlichen Wandel des Vertrauens-Klima mit einem Preis auf solches Reden und Tun bekämpften, das Vertrauen zerstört. Herr Pfarrer, sie brauchen Ihre Verarmung nicht zu befürchten, Ihnen bleibt, was Sie uns immer wieder empfohlen haben – Schweigen. „In der Stille liegt die Kraft." Und das Schweigen kostet weniger als eine PR-Beratung.

Auf meinem Sofa kann ich auch den Pfarrer angreifen. In einer wirklichen Predigt sollte ich das nicht tun. Vor allem darf ich in einer Predigt nicht empfehlen, zu schweigen. Das wird ein Bumerang. Also seriös weiter:

Nun stehe ich vor den vielen kleinen Entscheidungen des Alltags. Soll ich mit dem Auto fahren oder mit dem Fahrrad? Meine Entscheidung alleine ist ein winziges Tüpfelchen in einer großen Entwicklung. Und doch wird die Klimaentwicklung von unzähligen solcher kleinen Entscheidungen geprägt. Das wird auch die Entwicklung eines Vertrauensklimas, oder aber eines Misstrauensklimas. Als Laie habe ich in meinem Bistum fast nichts zu sagen, doch nun sehe ich mich ein einen Prozess hineingenommen, in dem jedes meiner Worte ein winziges, aber unverzichtbares Gewicht hat. Ein Klima kann man nicht beherrschen, aber es gibt den Schmetterlingseffekt, auch in einem Glaubensklima. Ein kleiner Satz kann mit einem Mal viel verändern.

Mehr noch: Keiner steht allein im Klima, wir stehen zusammen darin. Die Überschwemmungen an Ahr und Erft haben nicht nur einzelne Häuser zerstört, sie haben ganze Gemeinden verändert. Unser Vertrauen in die kirchlichen Führer und unser Vertrauen in Gott bleibt nicht individuell, nicht einmal innerkirchlich. Es ändert die Grundlagen unserer Gemeinwesen. Was bleibt von unserem Grundgesetz, wenn wir es aller Glaubensvoraussetzungen entleeren? Einige Länder der Welt zeigen, was dann möglich ist. Doch das Auseinanderlaufen des Vertrauens in die kirchliche Leitung und des Vertrauens an Gott mahnt uns, auch das zu meiden, was man einen gutgemeinten Götzendienst oder ein Sektenwesen nennen möchte. Angesichts des sich ausbreitenden Misstrauensklimas im Erzbistum Köln scheint es geboten zu sein, die Ursachen dieses Klimas zu nennen, damit sie dann in ebenso vielen kleinen Entscheidungen auch verändert werden können.

Und dann ist ein gutes Klima auch unserer Stimmung förderlich ist, sei es das Wetter-Klima, das Arbeitsklima, kirchliches und religiöses Klima. In einer freien Gesellschaft werden auf lange Sicht nur zwei Gruppen in einer Kirche bleiben, einerseits die, die sich darin wohlfühlen, die darin ein Klima gegenseitigen Vertrauens erfahren, von der persönlichen Begegnung angefangen bis zur Struktur des Ganzen. Andererseits werden auch die in einer Kirche bleiben, die seelischen Leidens wegen von einer Struktur des Misstrauens und der Kontrolle profitieren. Nur ob beide Gruppen in der gleichen Kirche ihren Platz haben, das bezweifle ich.

Ich fasse zusammen: Das Glaubensklima, Vertrauensklima sowohl gegenüber der kirchlichen Obrigkeit als auch Gott gegenüber, umfängt mich, scheint mich zur Passivität zu verurteilen, und nährt sich doch auch von meinen vielen winzigen Entscheidungen. Es verbindet mich mit den Menschen meiner Umgebung, es färbt meine Stimmung und die meiner Mitmenschen. Gerade in diesen kleinen Möglichkeiten liegt meine Verantwortung. Mit Gottes Hilfe kann so auch unser Bistum einen Klimawandel erfahren, nun aber einen erwünschten. Amen.

Meine Frau ruft zum Abendessen. Meine Predigt war nur ein Tagtraum, aber ein schöner. Wer weiß, vielleicht ändert sich noch viel mehr in meiner Kirche.

Ich frage meine Frau: „Schatz, möchtest du nicht auch manchmal predigen?"

„In der Kirche?"

„Ja."

„Das geht doch nicht, ich bin doch eine Frau."

„Was wetten wir, eines Tages wird es gehen! Das Klima ändert sich gerade."

## 29. Übung – Die Seuche

*Statt einer Analyse der derzeitigen Situation nur ein Gleichnis: Vielleicht kann es zeigen, dass auch die derzeitige Covid-Seuche ein Gleichnis sein kann für staatliche und kirchliche Zustände. Denn auch die eucharistischen Gaben wurden früher „Heilmittel zur Unsterblichkeit" genannt. Aber wer darf diese Heilmittel bekommen?*

Man konnte gut leben in der Stadt. Ein weiser Rat sorgte dafür, dass Handel und Wandel gediehen, so dass selbst die Ärmeren gelegentlich Fleisch auf ihrem Teller sahen. Wer es aber zu etwas gebracht hatte, wie man zu sagen pflegte, den verwöhnte das Leben mit all den Annehmlichkeiten, die mit Geld zu kaufen waren. Vornehmlich um die Gesundheit der Bürger dieser Stadt war es gut bestellt. Mehrere Ärztegilden wetteiferten darum, das leibliche Wohl ihrer Klienten zu sichern, die dafür allerdings einen festen Obolus an die jeweilige Gilde zu zahlen hatten, von welchem nicht nur das Gehalt der in dieser Gilde zusammengeschlossenen Ärzte bezahlt wurde, sondern mehr noch die immer üppiger wuchernden Feste zu Ehren der Gildeheiligen, allen voran St. Anna und St. Benno, den Namenspatronen der beiden größten Ärztegilden. Bei diesen Volksfesten stellte jede Gilde so recht heraus, welche wirtschaftliche und angesichts ihrer Heiligen auch religiöse Macht ihr zu Gebote stand, so dass seit einiger Zeit die Erhöhungen der Gildenbeiträge nicht mehr der Erhöhung der ärztlichen Einkommen oder der Verbesserung der Gesundheitsstandards, die zugegebenermaßen schon hoch waren, sondern der Erhöhung und Verschönerung der Gildenfeste dienten, daher man die Gildenheiligen, - wenn sie von den Opfergaben genährt würden, - eher als wohlbeleibte, ja bisweilen fette Gestalten sich vorzustellen geneigt sein könnte.

In diese Stadt des feinen Wohllebens und der Gesundheit kam eines Tages die Seuche. Niemand hatte ihr Kommen bemerkt, und die ersten Kranken, auch Toten, verbuchte man als durchaus normale Erscheinung im Zeitlauf. Aber dann griff sie um sich, erfasste diesen, ergriff jenen, und nach kurzer Zeit hielt die Seuche die ganze Stadt in ihrem Würgegriff.

Erst kam das Fieber, dann das Blut, dann der Tod. Zuerst kamen die Armen an die Reihe, sie hatten der Krankheit wenig entgegenzusetzen, doch schon bald fand sich die Seuche in allen Häusern. Die Ärzte schienen machtlos angesichts ihrer Gewalt, und ebenso die fetten Gildenheiligen der Ärzte, deren Bilder in langen Prozessionen durch die Straßen zu tragen man nicht versäumte, leider nicht mit der erwünschten Wirkung auf die Seuche, die ganz im Gegensatz zu den frommen Erwartungen mit jeder Prozession zuzunehmen schien.

Schließlich entdeckte ein Arzt aus der Gilde der heiligen Anna ein Heilmittel, das der Krankheit wehrte, bisweilen Heilung verschaffte, zumindest aber Linderung, und oft genug dem Tod die Sense aus der Hand nahm, wenn dieser sie schon auf einen Lebensfaden gerichtet hatte. Und binnen Kürze verabreichten die Ärzte der heiligen Anna all ihren Patienten dieses Elixier, dessen Heilkraft mit jedem Tag deutlicher wurde, dessen Zubereitung aber streng gehütetes Gildengeheimnis blieb.

So konnte es auch nicht ausbleiben, dass auch Kranke, die bisher ihren Beitrag anderen Gilden entrichtet hatten und infolgedessen auch von deren Ärzten betreut wurden, dass auch diese Kranken bei den Ärzten der Anna-Gilde um die neue Medizin baten, allerdings vergeblich, denn die frommen Ärzte verstanden die Treue zu ihrer Gilde so, dass sie es gänzlich ablehnten, fremde Patienten zu behandeln. Zwar gelang es einigen Familien durch Freunde und Bekannte, die man sich verpflichtet hatte, auch außerhalb der St.-Anna-Gilde an das Medikament zu kommen, doch waren ihrer nur wenige, denn die Patienten der heiligen Anna hüteten sich sehr, den Zorn der Ärzte und der Schutzheiligen auf ihr Haupt zu beschwören, indem sie das Heilmittel weiter gaben, darin für sie das Leben selber lag, und dessen Weggabe sie daher auch wie die Auf- und Abgabe ihres Lebens empfanden. Meist konnte man aus ihrem

Mund den Rat hören, ob es nicht klug sei, einer Gesundheitsgilde beizutreten, die unter dem Schutz einer so mächtigen Heiligen stand und in welcher man ein so kräftiges, im wahrsten Sinne Leben-Schenkendes Medikament erhielt. Da aber viele den Zorn der eigenen Gildeheiligen dagegen rechneten, und da die St.-Anna-Gilde in letzter Zeit mit großem Abstand teurer war als ihre Konkurrentinnen, so dass sich etliche den Beitritt zu dieser Gilde gar nicht leisten konnten, so blieb es doch bei nur wenigen Wechslern.

Diese, wie sie es nannten, Ungerechtigkeit ließ nun andererseits die Ärzte der anderen Gilden gegen solchen Gebrauch des Arzneimonopols protestieren, besonders die der St. Benno-Gilde, die obschon nicht die reichste doch bisher von außerordentlicher Popularität war. Ihre Ärzte verwiesen als erste darauf, dass auch trotz des neuen Medikamentes einige Anhänger der hl. Anna an der Seuche starben, was in ihren Augen die Wirksamkeit des Heilmittels doch sehr in Frage stellte. Außerdem schimpften sie über die Exklusivität der Arzneivergabe und forderte gleiche Medizin für alle, welcher Forderung sie auch sogleich selbst nachkamen, indem sie ihre Seuchenmedizin, die wenig mehr war als ein Placebo und deshalb eher unspezifisch wirkte, an alle abgaben, die danach verlangten.

Wenn schon die Hilfe ihres Heilmittels sehr gering war, es war ja in unseren Augen nur der äußere Anschein einer Arznei, so bewirkte doch die allgemeine Abgabe großen Trost unter den Angehörigen der Kranken, die am meisten darunter gelitten hatten, dass sie angesichts des Leidens ihrer Lieben untätig bleiben mussten. Und man wird nicht fehl gehen in der Annahme, dass das Placebo auch die Kränkung, die sie angesichts der verweigerten Hilfe durch die hl. Anna, denn das Verhalten der Gildenmitglieder schrieb man gerne deren Schutzheiligen zu, wenn nicht aufhob so doch beträchtlich milderte.

Drei Monate wütete die Seuche, dann war ihre Kraft erschöpft, und zurück blieben etliche Patienten der St.-Anna-Gilde und auch einige, wenn auch weniger Patienten der übrigen Gilden, die entweder von der Seuche verschont worden waren oder nach einem milderen Verlauf der Krankheit wieder genesen waren. Doch nun, als schon seit einer Woche niemand mehr neu erkrankt war, nun beriet alles, was in der Stadt überlebt hatte, wie man dem Himmel und besonders den Schutzheiligen der Ärztegilden danken könnte. Eine Versammlung wurde abgehalten, auf der viele Vorschläge erörtert wurden, wie das geschehen könnte: ein großes Fest mit Musik, eine ewige Stiftung, an diese Seuche zu erinnern, Prozessionen und, was dergleichen üblich war. Die Beratung wogte hin und her, und die Fülle der Vorschläge ließ eine lange Versammlungszeit erwarten.

Da erhob sich aus der letzten Reihe der Versammelten ein Mann, bat bescheiden ums Wort und sagte dann leise, aber mit ganz deutlicher Stimme, seiner Meinung nach solle man nicht feiern, die Schutzheiligen hätten sich allesamt nicht als hilfreich erwiesen, da doch die allermeisten, die ihre Medizin aus der Gilde St. Bennos bezogen hätten, dennoch gestorben seien. Und was St. Anna angehe, so sehe er nicht, warum eine Stadt einer Heiligen dankbar sein sollte, die äußerst erfolgreich verhindert habe, dass das Heilmittel ihrer Gilde auch anderen Kranken verabreicht werden konnte. Wenn er so den Verlauf der Seuche ansehe, wisse er nicht, wer sich mehr schämen müsste, die, deren Medizin ohne alle Wirkung war, oder jene, die ihre Medizin eigennützig den anderen verweigert hatten. Er kenne leider auch Beispiele, wo selbst Freunde und Verwandte nicht bereit waren, die lebensrettende Arznei miteinander zu teilen. Statt Dankbarkeit sei seiner Meinung nach die Scham eher angebracht.

Er sagte es und setzte sich eben so leise, wie er gesprochen hatte. Mit solcher Rede hatte keiner gerechnet, und auch denen, die sonst schnell fremde Meinungen hinweg argumentieren oder komplimentieren, blieb für eine Weile die Sprache weg. Überdies waren es nicht wenige, die sich bei einem Verhalten ertappt sahen, das sie im Nachhinein nicht zu rechtfertigen vermochten, denen die Aussicht, damit aber nun öffentlich konfrontiert zu werden, ihren Mund ängstlich verschloss.

Daher gab es in der Folge einige Zustimmung zu dem, was der Mann gesagt hatte, aber keine ernstliche Kritik daran.

Als in den nächsten Tagen, ich weiß nicht, woher das Wort kam, auch noch über die große Ersparnis geredet wurde, die die Abschaffung der Heiligenfeste mit sich brächte, ein Geld, das man gut zum Neuaufbau nach dieser Seuche gebrauchen konnte, da war das Ende der Ärztegilden besiegelt. Eine neue Zeit sollte auch ein neues Gesundheitswesen erhalten, woran ihnen nicht einmal das Wortungetüm des Namens als scheußlich erschien, versprach es doch, die Fehler und Unausgeglichenheiten der alten Ärztestruktur gründlich zu vermeiden. Die kostbaren Figuren der heilkundigen Heiligen nebst all ihrem Schmuck und Zier sollen dann noch durch ihren Verkauf ein ansehnliches Startgeld für das neue „Wesen" eingebracht haben, jedenfalls sagt es das Gerücht.

## Anmerkungen:

[1] Siehe John D. Caputo, Hoping against Hope.

[2] Siehe Michel de Certeau, Theoretische Fiktionen: Geschichte und Psychoanalyse.

[3] Gen oder 1.Mose 1 bis 3.

[4] Gen oder 1.Mose 4.

[5] Mt 5, 48.

[6] Siehe Lk 5, 5. („Meister, wir haben die ganze Nacht gearbeitet und nichts gefangen. Doch auf dein Wort hin werde ich die Netze auswerfen.")

[7] Gen oder 1.Mose 12 bis 25.

[8] Ausdruck in Anlehnung an Röm 4, 12.

[9] Gen oder 1.Mose 22, 1.

[10] Gen oder 1.Mose 18.

[11] Ignatius von Loyola, Geistliche Übungen.

[12] Gen oder 1.Mose 24.

[13] Die Bibel erzählt eine andere Geschichte, Gen oder 1.Mose 25, 27-34.

[14] Gen oder 1.Mose 27.

[15] Siehe 2 Sam 11 und 12.

[16] 1 Kön 19.

[17] 1 Kön 17 bis 2 Kön 2.

[18] Lk 1, 1 und 4.

[19] Jes 1,1 und 6, 1-13.

[20] Jer 1, 4-10.

[21] Ez 1, 3.

[22] Hos 1, 1; Am 1, 1; Jona 1, 1; Mi 1, 1; Zef 1, 1; Hag 1, 1; Sach 1, 1.

[23] Röm 8, 3.

[24] 1 Kor 1, 23.

[25] Mt 1 und 2.

[26] Mt 1, 25.

[27] Mt 2, 1.

[28] Jes 2, 2-4; Mi 4, 1-5.

[29] Lk 1 und 2.

[30] Lk 2, 1.6.15.46.

[31] Siehe die „Inschrift von Priene".

[32] Lk 1, 52.

[33] Lk 2, 32.

[34] Lk 2, 41-52.

[35] Lk 2, 48.

[36] Hinweis von Hermann-Josef Repplinger.

[37] Baby, griech. *brephos*, Lk 2,12.16. Kind oder Söhnlein, griech. *paidion*, Lk 2,17.27.40; junger Mann, griech. *pais*, Lk 2,43. Kind, griech. *teknon*, Lk 2,48.

[38] Ps 51,19.

[39] 19. Mai 1977 in Aquilares.

[40] Gen 1,11.

[41] Mt 5 und Parallelen.

[42] Den „Sündenbockmechanismus" erklärt René Girard.

[43] Ex 12 bis 14.

[44] Joh 13, 14.

[45] Ps 42.8.

[46] Jes 1,11.

[47] Jes 11, 3-5; 32, 16-17; und mehr.

[48] Jes 2, 2-4; 56,7.

[49] Jes 2, 2-4.

[50] Jes 42, 3; Mt 12, 20.

[51] Can. 170 – Eine Wahl, deren Freiheit auf irgendeine Weise tatsächlich beeinträchtigt war, ist von Rechts wegen ungültig.

[52] Mk 4, 35-41.

[53] Mt 7, 15-20.

[54] Mt 7, 20.

[55] Mk 9, 33-37; Mt 18, 1-5.

[56] Mk 9,37.

[57] Mt 4, 1-11; Lk 4, 1-13.

[58] Hes 34.

[59] Mt 10, 1-16.

[60] Hebr 11, 1.

[61] Mt 3,3; Mk 1,3; Lk 3,4.